www.bbulmedia.com

www.bbulmedia.com

그들에겐 주의가 필요해

HYANG ROMANCE STORY

그들에겐 주의가 필요해

루영 장편 소설

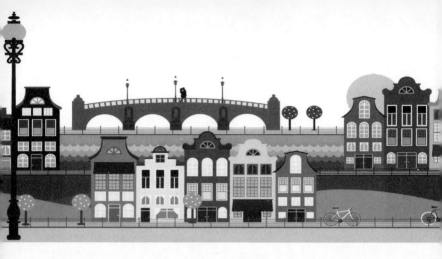

Contents

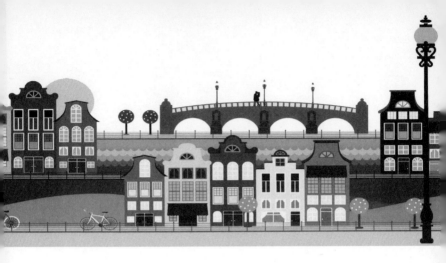

프롤로그

"어머, 너 노주희 아니니?"

학교 내에서 이렇게 나를 반갑게 알은척하는 이는 드물었다. 줄곧 복도 바닥만 보고 있던 시선을 올려 나도 반갑게 인사하고 싶었지만, 성격상 잘못된 부분부터 바로잡는 게 먼저였다.

"노주희 아니고 노주의입니다만."

나를 불러 세운 이는 고등학교 동창인 심서현이었다. 말없고 어둡기만 했던 나와 달리 항상 반 아이들의 중심에 서서 반짝반짝 태양처럼 빛나던 아이. 그래서 우린 너무 다른 서로를 싫어했었다.

하지만 그녀는 이 사실을 모를 것이다. 왜냐하면 그녀는 나를 싫어하는 마음을 행동으로 보여 준 반면 나는 내 일기장에만 썼기 때문이다.

"너 이 학교 선생님이었구나?"

날 왕따시켰던 반갑지 않은 동창과의 재회에 내 얼굴은 딱딱하게 굳어졌다.

"무슨 과목인데?"

"국어."

"어머, 너랑 딱이다, 야."

서현이의 눈길이 목 끝까지 단추를 채운 내 셔츠와 단정한 면바지를 훑어 내렸다. 나는 그녀의 시선을 느끼며 덤덤히 물었다.

"학부모 상담 왔니?"

이틀 전부터 우리 학교에서는 고3 학생들을 위한 학부모 진로상담이 진행되고 있었다.

그녀 나이 스물여섯. 고등학생의 학부모가 되기엔 지나치게 젊은 나이였지만, 그녀가 돈 많은 중년과 재혼을 해서 계모가 되었다면 충분히 가능한 이야기지 않은가?

내 질문에 서현이는 한쪽 입술 끝만 올려 웃었다.

"내가 새로 부임한 선생일 거란 생각은 안 하나 봐?"

"그렇게 착각하기엔 네 고등학교 때 성적을 내가 아니까. 그리고 너 지금 선생님다운 옷차림도 아니고."

안경 너머로 보이는 서현이의 옷차림을 눈으로 빠르게 훑었다. 가슴골이 보일 정도로 단추를 푼 흰 블라우스와 허벅지를 아슬아슬하게 가리는 짧은 스커트, 타투 문신이 새겨져 있는 스타킹, 모두가 선생님의 느낌은 아니었다.

"흥. 계집애, 빡빡한 건 여전하구나? 사실은 우리 막내 때문에 왔어."

"막내아들이 몇 학년 몇 반인데?"

"3학년 1…… 뭐? 너 지금 뭐랬어? 막내아들?"

얇게 정리된 그녀의 눈썹이 순간 치켜 올라갔다. 불쾌감을 드러내는 그녀의 얼굴을 보면서 되물었다.

"응. 재혼한 거 아니야?"

내 추측에 서현이는 누구 혼삿길 막을 일 있냐며 펄쩍 뛰었다.

"내 막내 동생 말하는 거야! 늦둥이라 이제 열아홉이거든. 지금 부모님이 유럽 여행 중이시라서 내가 대신 온 거란 말이야."

"그래. 알았으니까 그만 가 봐."

'시끄러우니까 그만 가 봐.'를 최대한 예쁘게 바꿔서 말하고 돌아서는데 서현이가 내 팔을 잡았다.

"교무실이 어딘지 알려 줘야지."

나는 가만히 그녀에게 잡힌 내 팔을 끌어와 복도 끝을 가리켰다.

"계단 타고 올라가. 그리고 오른쪽으로 턴. 그럼 바로 보여."

획—

그녀의 손을 쳐 내고 다시 내 갈 길 가려는데 서현이가 내 뒤통수에 대고 하는 말이 들려왔다.

"근데 3학년 1반 담임선생님이 그렇게 잘생겼다며? 이름이 뭐더라? 정…… 석?"

정석 선생님?

순간 심장이 덜컥 내려앉는 것만 같았다. 그래서 나는 바로 몸을 휙 돌리며 빠르게 말했다.

"잘생긴 거 아니야. 그냥 흔히 있는 훈남 정도지."

그때 서현이가 핸드백을 열어 진한 핑크색 립글로스를 꺼냈다. 그리고 나를 빤히 보면서 그것을 입술에 발랐다.

"키도 크다던데?"

"요즘은 깔창 넣으면 다 180은 넘는데, 뭐."

"몸도 좋다고 내 동생이 그러던데."

"그냥 어깨만 되게 넓어. 저번 교무회의 때 정 선생님 뒤에 앉았는데 교장 선생님이랑 교감 선생님을 다 가리더라. 교감 선생님이 나 안 왔냐고 막 찾을 정도였어."

웃기려고 한 말은 아니었는데-난 진지했는데- 서현이는 입을 가리며 쿡쿡 웃어 댔다. 웃으니까 예전부터 내가 부러워 마지않던 그 요염한 얼굴이 된다. 어쩌면 나는 단순히 심서현이 예뻐서 싫었던 걸지도 모른다는 생각이 들자 쓴웃음이 지어졌다.

"그래서 제가 그때 '제 뒤에 계십니다' 하고 어깨 치워 드렸는데요?"

"!"

상당히 익숙한 목소리와 그 섬뜩한 내용에 놀라 어깨를 움찔 떨었다. 천천히 고개를 돌리자 나를 내려다보고 있는 정석 선생님이 보였다. 곧 그의 도톰하니 매력적인 붉은 입술이 열렸다.

"제가 어렸을 때부터 수영을 해서 어깨가 좀 넓습니다. 수영 때문에 키도 컸는지 깔창 없어도 183은 되구요."

정 선생님의 조곤조곤 이어지는 설명에 얼굴이 확 붉어졌다.

다…… 다 들은 거야, 이 남자.

"더 험한 말 나올까 봐 좀 더 빨리 말 걸었어요."

차마 정 선생님의 얼굴을 오래 마주할 자신이 없어서 황급히 시선을 내렸다. 그때 서현이의 상큼한 목소리가 우리 사이로 파고들었다.

"어머, 그럼 그쪽이 정석 선생님? 안녕하세요. 심서석 큰누나 심서현이에요."

당황한 내 옆에서 서현이는 요염하게도 웃으며 정 선생님에게 손을 내밀었다. 나는 두 사람이 악수하는 것을 지켜보면서 두 주먹을 꽉 쥐었다.

이게 아닌데.

정말 아닌데…….

그때 심서현을 향한 정 선생님의 목소리가 들려왔다.

"그럼 상담실로 자리를 옮기시죠."

정 선생님은 나에게 눈길 한 번 주지 않고 상담실 방향으로 걸어갔다.

"나중에 또 보자, 주희 아니, 주의야."

나를 향해 건성으로 손 인사를 건넨 서현이 그 앙큼한 엉덩이를 흔들면서 사라지는 것을 바라보며 작게 중얼거렸다.

"한국어는 끝까지 들으셔야죠, 정 선생님……."

내가 그 넓은 어깨에 얼마나 매달리고 싶었는지, 그 등에 얼마나 백허그를 하고 싶었는지, 그 등짝에 얼마나 얼굴을 부비고 싶었는지, 정 선생님은 모르시잖아요!

털썩 주저앉아 터져 나오려는 눈물을 꾹 참아 보았다. 그런데 자꾸 안경 너머 세상이 흐려진다.

자그마치 2년이다. 2년이나 짝사랑한 상대를 험담한 여자가 되어 버렸다. 2년 동안 그렇게 가까워지고 싶었는데 맘에도 없는 험담으로 더 멀어졌다.

'심서현 그 계집애가 곱게 화장한 얼굴로 관심만 드러내지 않았어도……!'

나는 예쁜 그녀가 정 선생님을 눈독 들일 것만 같아서 덜컥 겁이 났었다. 그래서 마음에도 없는 험담이 튀어나와 버린 것이다.

심서현, 넌 어떻게 된 애가 이렇게 매번 내 인생을 거칠게 휘저어 놓니?

푹 숙였던 고개를 천천히 들며 아랫입술을 잘근 깨물었다.

"심서현 이 나쁜 계집애……. 전생에 나랑 대체 무슨 악연이었던 거야?"

나는 점점 더 뿌옇게 흐려지는 시야를 손등으로 비벼서 맑게 하고, 다시 가던 길을 가기 위해 발을 옮겼다. 그런데 뭔가 놓친 것 같아서 고개가 갸웃거려졌다. 뭐지? 이 찜찜한 기분은? 뭐였더라?

그 순간 내 발이 우뚝 멈춰 섰다.

"……잠깐, 걔 막내 동생 이름이 뭐라고? 심…… 서석?"

1

"서석아."

난 지금 말을 더듬은 게 아니다. 정말 학생 이름이 서석이다, 심서석. 이니셜로는 트리플S.

혼자 복도 창문에 올라앉아 있던 녀석이 내 부름에 나를 돌아보았다. 그런데 내 얼굴을 확인한 서석이가 깜짝 놀란 얼굴을 했다.

"노쌤이 웬일이에요? 나한테 먼저 말을 다 걸고."

폴짝 뛰어 바닥으로 내려온 서석이가 웃는 얼굴로 나에게 성큼성큼 다가왔다.

"내가 뭘? 창문에 걸터앉지나 마."

애들이 '얼짱'이라고 하는 이유를 보여 주듯 서석이의 얼굴은 빛이 나는 것처럼 깨끗하고 반듯했으며 작은 얼굴과 큰 키 때문에 비율도 꽤 모델 같았다.

이제 보니 자기 큰누나를 좀 닮은 것 같기도 하다.

"저 지금 좀 신기해요. 맨날 제가 먼저 말 걸어야 겨우 대답할까 말까잖아요, 노쌤은. 근데 그런 노쌤이……."

이 녀석은 큰누나와 달리 나를 제법 잘 따른다. 그리고 이과인데도 국어를 정말 잘해서 국어 과목만 늘 1등이라 내가 특별히 기억하고 있는 학생이었다.

그런데 이놈이 심서현의 막내 동생이었다니.

"창문에 앉으면 위험하니까."

심드렁하게 대답하고 창밖으로 시선을 던지자 자신의 반 아이들과 농구를 하고 있는 정 선생님의 모습이 눈에 들어왔다. 손목을 들어 시계를 확인해 보니 점심시간은 어느덧 5분밖에 안 남아 있었다.

'좀 더 일찍 와 볼걸.'

내 시선은 이리저리 공을 쫓아 바쁘게 움직이는 정 선생님의 넓은 어깨에 고정되었다.

'아아, 몇 센티인지 재어 보고 싶다.'

"노쌤, 지금 저 걱정하는 거예요?"

뜻밖이라는 뉘앙스가 깃든 서석이의 목소리에 고개를 돌려 녀석에게 되물었다.

"선생님이 학생 걱정하는 게 뭐 어때서?"

"아니, 노쌤은 뭔가, 좀…… 선생님 같진 않잖아요?"

"내가?"

의아한 마음이 들어 눈썹을 치켜 올렸다.

나처럼 완벽한 선생님이 어디 있다고? 옷차림도 그렇고 생김새, 심지어 안경까지 완벽히 이상적인 선생님의 모습 그 자체인데!

"특별히 학생들에게 애정이 있는 것 같지도 않고, 그렇다고 선생님이란 직업에 딱히 자긍심을 느끼는 것 같지도 않고. 제일 눈에 안 띄는 것 같으면서도 제일 먼저 눈에 들어오고……. 저한텐 좀 신비한 존재라서요, 노쌤이."

"너 혹시……."

나는 서석이 녀석의 깔끔하게 정리된 눈썹과 아몬드 모양의 쌍꺼풀진 눈, 그리고 오뚝한 콧날을 슥 훑으며 이어 말했다.

"이 선생님 좋아하니?"

학창 시절에 흔히 있을 수 있는 증상 아니던가. 학교 선생님을 짝사랑하는 그런…….

"풋."

순간 서석이가 웃음을 터뜨렸다. 그 웃음소리에 난 살짝 민망해졌다. 내 굳어진 얼굴을 확인한 서석이가 서둘러 입을 열었다.

"아, 죄송해요. 맞아요. 저 노쌤 좋아해요."

목소리에 웃음이 한가득 들어차 있는 저딴 고백은 나에게 코웃음밖에 이끌어 내지 못했다.

"흥."

이제 보니 쟨 성격도 지 큰누나를 닮은 모양이다.

❋ ✳ ❋

서석이는 수업 태도가 상당히 좋은 학생에 속했다. 대답도 잘하고 질문도 잘하고 딴짓도 안 하는 아주 모범적인 학생이었다. 보통 반에서 제일 튀고 인기가 많은 아이가 수업 분위기를 좌지우지하는데 1반은 서석이가 그랬다. 그래서 나는 모범생인 녀석 덕분에 1반 수업은 꽤 편하게 하는 편이었다.

그러나 오늘은 손을 드는 서석이를 가볍게 무시했다. 수업이 바쁜 척 못 본 척 눈 아픈 척 세 번쯤 무시하니 서석이도 더 이상은 손을 들지 않았다. 대신, 나를 무섭게 노려보기 시작했다.

'그러기에 누가 심서현 동생하랬니?'

날 향한 서석이의 살벌한 눈빛에 살짝 위축되어서 오늘은 평소보다 3분 정도 일찍 수업을 끝냈다.

"수업 끝. 인사는 됐어."

혹시라도 녀석이 쫓아 나와서 따질까 봐 황급히 걸음을 옮기다가 옆 교실에서 나오는 선생님과 세게 부딪치고 말았다.

"으헉!"

그 선생님의 어깨에 밀려 휘청한 나는 복도 벽을 짚으면서 고개를 들어 그 얼굴을 확인했다. 남자다운 얼굴선과 옆으로 가늘고 긴 눈, 무엇보다 태평양같이 넓은 어깨가 내 시선을 사로잡았다.

"정 선생님?"

수학 과목 담당인 나의 사랑 너의 사랑 정석 선생님이었다. 그를 보자마자 내 심장이 뛰었다.

"아, 노 선생님! 제 어깨가 또 사고를 친 모양이네요."

나와 눈이 마주친 정 선생님은 자신의 어깨를 감싸며 멋쩍어했다.

아니, 그게 아닌데, 정 선생님의 어깨는 그 존재만으로도 아름다운 것인데……!

"괜찮으세요?"

정 선생님이 내게 손을 내밀었지만, 나는 감히 잡을 생각도 못하고 바로 허리를 폈다.

"괜찮습니다."

공중에서 머쓱해진 손을 거두며 정 선생님은 내 눈치를 보았다.

"아, 정말 죄송합니다. 앞으론 어깨 조심할게요. 매번 제 어깨가 노 선생님에게는 실수를 범하네요."

"아뇨. 그게 아니라, 사실은 정 선생님의 어깨는……."

사랑입니다, 라고 말하려는데 내 음침한 성격이 그걸 막았다.

네가 하면 그 유쾌한 말도 스토커처럼 들릴 거야, 노주의.

그러니까 하지 마, 하지 마, 해지 마, 제발.

그때였다.

"노쌤!"

뒤에서부터 들려오는 우렁찬 고함에 화들짝 놀라 정 선생님을 밀쳐 버리고 빨리 걷기 시작했다. 자기 어깨가 대체 어떤 거냐고 궁금해하는 정 선생님을 남겨 둔 채 나는 서석이를 피해 달렸다.

"잠깐만요, 노쌤!"

서현이한테 할 복수를 지한테 좀 했다고 저리도 집요하게 쫓아
오다니.

"노쌤, 거기 서 봐요!"

내 뜀박질이 이리도 느렸던가!

서석이 녀석의 목소리가 바로 뒤에서 들려왔다. 그래서 나는
재빨리 계단을 뛰어 내려갔다.

덥석―

그러나 얼마 못 가 나는 계단 한가운데에서 녀석에게 팔을 잡
혀 버리고 말았다.

"노쌤!"

서석이에게 붙들린 팔 때문에 내 몸이 계단 위에서 빙글 돌았
다.

"저 왜 피해요?"

녀석이 버럭 목소리를 높여 내게 소리쳤다. 그것 좀 달렸다고
숨이 찬 나는 거칠게 숨을 몰아쉬며 대답했다.

"피한 적 없는데?"

"여기까지 달려와 놓고 무슨 헛소리예요?"

난 팔에 힘을 줘서 녀석에게서 내 팔을 빼내려고 안간힘을 썼
지만 쉽지 않았다.

"제가 국어 공부 얼마나 열심히 하는지 아시면서 수업 시간에
그게 뭐예요? 왜 저 무시하시냐구요!"

"그야 네가 하도 시도 때도 없이 손을 드니까 그렇지. 수업에
도 흐름이라는 게 있는데."

"그렇지만 지금까진 단 한 번도 무시한 적 없으시잖아요. 왜 오늘만 그러세요?"

"오늘 내 인내심이 한계에 달한 거야. 그뿐이야."

팟—

신경질적으로 녀석의 손에서 내 팔을 빼내다가 그 반동으로 몸이 휘청하고 크게 흔들렸다.

"노쌤!!"

눈앞에서 서석이 녀석이 나를 향해 손을 뻗는 게 보였지만 내 눈은 그 손과 점점 더 멀어졌다.

그렇다.

나는 지금 계단에서 떨어지고 있었던 것이다.

"아악!"

계단에서 두어 바퀴 굴러떨어지자 정신이 아득해지려고 했다. 그런 정신 가닥을 꽉 잡으며 속으로 이를 갈았다.

심서석, 이 자식! 누가 심서현 동생 아니랄까 봐······! 그 집 식구들은 나를 숙명처럼 괴롭히는구만.

"어? 국어쌤!"

순식간에 주변이 소란스러워지더니 이내 쓰러진 내 쪽으로 학생들이 몰려들었다.

"괜찮으세요, 노 선생님?"

"일어서실 수 있겠어요?"

"보건실 가야지, 보건실!"

다음 순간 내 상체가 주위로 몰린 학생들에 의해 들리는가 싶

19

더니 눈앞에 누군가의 커다란 등과 어깨가 보였다.

"!"

나는 그게 누군지 굳이 말해 주지 않아도 알 수 있었다. 내가 이 등을 얼마나 지켜봐 왔던가.

"업히세요, 노 선생님."

갑자기 눈물이 핑 돌아서 그 넓은 등에 업힌 채 얼굴을 묻었다. 그러자 또다시 정 선생님의 부드러운 목소리가 조심스럽게 들려왔다.

"많이 아프세요?"

"……네."

"큰일이네."

내 대답을 듣자마자 나를 업은 정 선생님의 걸음이 빨라진다.

꿈인 듯 정석 선생님의 등에 업혀 나는 눈물을 펑펑 흘렸다. 무릎도 아팠고 팔꿈치도 쓰라렸지만, 정 선생님의 어깨는 예상대로 듬직했고 따뜻했다.

❋ ❋ ❋

보건실에 도착해서 천천히 살펴보니 내 아이보리색 면바지의 무릎 부분이 길게 찢어져 있었다. 그 사이로 상처 난 무릎에서 발생한 듯한 피가 흥건하게 보였다. 그 피를 보자 욱신욱신하며 통증이 더 밀려오는 것 같았다.

"박쌤이 어딜 가셨지?"

정 선생님은 조용하기만 한 보건실 안에 나와 단둘이 있는 게 어색했던지 보건 선생님을 찾아 두리번거렸다.

"전 괜찮습니다. 그만 가 보세요."

긴장해서 평소보다 더 딱딱해진 내 말투에 부산스럽던 정 선생님의 움직임이 멈췄다.

"보건 선생님은 저 혼자 기다려도 됩니다. 곧 수업 종 칠 텐데 그만 가 보세요."

"아, 예."

머쓱한 듯 정 선생님은 뒷머리를 긁으며 보건실 문을 향해 걸어갔다. 그에게서 시선을 거두고 탁자 위에 있던 티슈를 한 장 뽑아 무릎에 대자 피가 스며 나왔다. 그런데 그 순간 정 선생님이 다시 목소리를 보내왔다.

"바지는 어쩌실 거예요? 그걸 계속 입고 있을 순 없잖아요?"

고개를 들었더니 보건실 문의 손잡이를 잡고 선 정 선생님의 단정한 얼굴이 보였다. 그 얼굴에 걱정이 깃든 것이 느껴져서 나는 순간 당황스러웠다.

정 선생님이 나를 걱정하다니……. 심장이 두근거렸다.

"찢어진 부분을 옷핀으로 연결해서 대충 입으면 됩니다."

그런데 마음과 달리 자꾸 말투가 딱딱하게 나왔다. 그동안 정 선생님과 이렇게 단둘이, 이렇게 오랫동안—응?— 대화를 나눠 본 적이 없어서 그런지 뭘 어떻게 해야 할지도 모르겠고, 대화가 길어질수록 툴툴거리는 목소리만 나와서 난감했다.

그때였다.

"제 체육복 바지라도 빌려 드릴까요?"

오 마이 갓.

그의 체육복 바지라니!

생각지도 못한 그의 이벤트 아니, 선물 아니, 제안에 심장이 더 크게 뛰어 댔다.

"근데 어제랑 오늘 계속해서 입었던 거라, 냄새가 좀 날 것 같……."

'냄새' 란 단어에 내 칼 같은 성격이 먼저 반응했다.

"됐어요. 남의 것, 잘 안 입습니다."

차분하고 무덤덤한 내 말투에 정 선생님은 어색하게 목례를 한 다음 보건실을 나갔다.

"……이런."

너 지금 무슨 짓을 한 거야, 노주의?

한숨이 입술을 비집고 새어 나왔다.

'나는 왜…….'

긴장을 하면 말투가 더 차분해지는 걸까.

떨리면 떨린다고, 긴장하면 긴장하고 있다고 티가 나면 상대방이 나를 이해하기가 좀 더 쉬울 텐데…….

잠시 후, 보건 선생님인 박 선생님이 들어왔고 그녀는 울상인 내 얼굴을 보고는 얼른 치료를 시작했다. 치료를 마친 박 선생님이 허리를 펴며 내게 말했다.

"좀 쉬고 있어요. 난 소독약이 떨어져서 사 와야 하니까."

"네."

박 선생님이 보건실을 나가자 나는 침대에 벌러덩 누워 오늘 수업이 몇 개 있는지 떠올려 보았다.

점심시간 전에 하나, 후에 두 개. 많기도 하다.

침대에 누운 채 한쪽 다리를 들어 올려 보았다. 길게 찢어진 천 쪼가리가 바지 중간에 매달려 달랑달랑 흔들리고 있는 것이 눈에 들어왔다.

"……."

그깟 냄새 좀 나면 어떻다고 그렇게 싸가지 없이 내치니, 내치길.

그러니까 네가 친구가 없는 거야, 노주의.

나도 가끔 이런 성격인 내가 싫지만 그렇다고 바꾸겠다는 의지가 넘치는 것도 아니었기에 나는 지금까지 늘 이렇게 손해를 보면서 살아왔다.

"후우……."

입술을 타고 긴 한숨이 입 밖으로 터져 나왔다.

근본적으로 어둡고 부정적인 성격 탓에 사람 사귀기가 쉽진 않았다. 그런데 태생적으로 머리는 좋은 편이라 엘리트 코스를 밟아 왔고 덕분에 사람들과 어울리지 않아도 내 성격대로 살아올 수 있었다. 그 덕에 성격은 점점 더 모나졌고 자기중심적이 되어 버렸다.

처음엔 그게 편했는데, 그게 나아서 좋았는데, 짝사랑을 시작하고부터는 내 성격 따위 쓰레기통에 버리고 싶을 만큼 아무짝에도 쓸모가 없다는 사실을 절실히 깨달았다.

이대로라면 난 평생 연애도 못 해 보고 죽을 것만 같았다. 그런 생각을 하면 조금 서글퍼졌다.

벌컥—

"노쌤!"

갑작스런 부름에 놀라 자리에서 벌떡 일어나 앉았다. 세차게 열린 보건실 문틈으로 서석이가 머쓱해하는 얼굴을 들이밀었다.

"괜찮아요, 노쌤?"

내게 조심스럽게 질문을 던지며 서석이는 안으로 들어왔다.

"괜찮을 리 있겠니?"

서늘한 목소리로 대답하면서 나를 이 지경으로 만든 놈을 노려보았다.

"아이, 미안해요, 노쌤."

애교 섞인 목소리로 다가온 서석이는 두 눈으로 천천히 내 상처 부위를 살폈다.

"아, 진짜 아팠겠다. 근데요, 노쌤, 제가 민 건 아닌 거 알죠?"

"뭐라고?"

서석이의 뻔뻔스런 말투와 표정에 또다시 눈에 힘이 들어갔다. 내가 자신을 노려보고 있는데도 서석이는 뻔뻔한 태도로 일관했다.

"엄밀히 말하면 노쌤 혼자 넘어진 건데……."

"애초에 네가 날 잡지 않았다면 이런 일도 없었어."

"애초에 노쌤이 도망가지만 않았다면 이런 일도 없었겠죠."

그 말을 듣는데 순간 울컥 화가 치밀었다.

"그래서 네가 잘했다는 거야? 난 너 때문에 무릎에서 피가 철철 나고 바지가 찢어지고 팔꿈치가 안 움직인단 말이야."

"그러니까 왜 수업 시간에 저 무시하시냐구요, 왜!"

"그거야 네가 심서현 동생이니……!"

헉.

나 지금 무슨 소릴 한 거니?

순간적으로 감정이 격앙되어서 뱉어선 안 되는 말까지 뱉어 버렸다.

"아, 뭐야. 큰누나 때문에 그런 거예요?"

방금까지 붉으락푸르락 변하던 서석이의 얼굴에 어이없다는 듯한 미소가 걸렸다. 나는 굳은 얼굴로 바로 부정했다.

"아니야. 말이 헛 나왔어."

"우리 큰누나가 노쌤이랑 동창이라고 하던데, 둘이 사이 별로 안 좋았었나 봐요?"

"아니라니까."

최대한 태연한 표정으로 고개를 저었지만 서석이는 믿지 않는 눈치였다.

"그래도 그렇지, 왜 저한테 복수해요. 제가 무슨 죄라고. 아무 잘못도 없는 저한테 그러지 마요."

쳇. 여우 같은 놈.

잠시 고민하다가 지금 이 순간 제일 중요한 화제를 새로이 끄집어냈다.

"너 남는 바지 있니?"

마치 그런 말 처음 듣기라도 한다는 듯 서석이는 눈꺼풀을 서너 번 깜박거렸다.

"바지요?"

"어."

"체육복 바지는 있는데."

"언제 빤 건데?"

"글쎄요? 언젠간 빨았겠죠."

더러운 놈.

다시 한 번 서슬 퍼런 눈빛으로 녀석을 쏘아봐 주고는 자리에서 일어섰다.

'할 수 없다. 이대로 수업에 가는 수밖에.'

그랬더니 서석이가 얼른 내게로 다가오며 말했다.

"아! 바지 찢어진 것 때문에 그러시는구나. 잠깐만 기다려요. 제가 깨끗한 거 구해 올게요."

내 앞을 막아선 서석이가 내 어깨를 눌러 다시 침대에 앉히자 나는 녀석을 향해 새치름하게 말했다.

"더러우면 절대 안 입어."

"네!"

시원스럽게 대답을 한 서석이는 그대로 보건실을 빠져나갔다. 그때 수업이 끝나는 종소리가 들렸고 그걸 듣는 순간 내 눈썹은 팩하니 올라갔다.

"이 녀석, 수업 중간에 온 거였네?"

오면 한 소리 해야지.

그러나 서석이 녀석은 5분이 지나도 나타나지 않았고, 결국 나는 다음 수업 준비를 위해 침대에서 내려왔다. 불편한 걸음으로 보건실 문까지 가서 문을 여는 순간 바람을 달고 서석이가 뛰어들어왔다.

"노쌤! 허억…… 이거요!"

숨을 거칠게 몰아쉬면서 서석이는 내 눈앞으로 우리 학교 회색 체육복을 내밀었다. 그 체육복은 새것처럼 깨끗했고 은은한 라벤더 향까지 풍겼다.

"깨끗하죠?"

"응. 그러네."

녀석에게서 체육복을 받아 들면서 고개를 끄덕였다. 솔직히 꽤 만족스러웠다. 그러자 녀석이 신이 나서 말했다.

"어젯밤에 빨아서 오늘 아침에 걷어 온 거래요."

"알았어. 넌 그만 가 봐."

서석이 녀석을 내보내고 바로 보건실 문을 닫았다. 그리고 얼른 찢어진 바지를 벗고 체육복으로 갈아입었다. 그런데 보건실을 나오려고 걸음을 뗀 순간 체육복 바지의 옆줄에 무심코 시선이 갔다. 거기에는 굵은 매직으로 이렇게 쓰여 있었다.

「3학년 6반 김희준」

이름 한번 크게 써 뒀구나, 희준아.
네가 무슨 초딩도 아니고……!

순간적으로 밀려오는 민망함에 체육복을 벗을까 고민도 했지만 지금 당장 수업에 들어가야 했기에 두 눈 꾹 감고 보건실을 나왔다.

"오오, 잘 어울리시네요."

교실로 돌아가지 않고 보건실 밖에서 나를 기다리고 있던 서석이가 내 체육복 차림을 칭찬했다. 그런 녀석을 향해 빠르게 물었다.

"이 체육복 주인, 이과에서 1등 하는 김희준 맞지? 너 때문에 국어만 2등 하는 김희준. 걔 맞지?"

"네. 아마 걔일걸요?"

"걔일걸요? 내 이럴 줄 알았다. 너 이거 빌려 온 거 아니고 뺏어 온 거지?"

"아니에요! 절 뭘로 보고."

서석이는 펄쩍 뛰었지만 나는 영 께름칙했다. 그러나 그 순간 수업 시작종이 울렸고 나는 더 이상 지체하면 안 된다는 생각에 교실로 걸음을 옮겼다. 그런 내 뒤를 졸졸 따라오던 서석이가 내 어깨를 톡톡 건드렸다.

"있잖아요, 혹시 고등학교 때 우리 큰누나가 노쌤 괴롭혔어요?"

"……."

아무런 대답 않고 묵묵히 걷고 있는데 갑자기 서석이 녀석이 펄쩍 뛰어와 내 앞을 막아섰다.

"그런 거라면 제가 갚을게요. 제가 앞으로 더 잘할게요."

나는 눈앞에서 서석이가 환하게 웃는 것을 보면서 고개를 갸웃했다.

"네가 왜?"

"노쌤을 좋아하니까요."

또 그 소리냐.

"그래, 그래. 날 좋아하면 국어 공부 더 열심히 해."

피식 웃으며 서석이의 어깨를 툭툭 쳐 준 나는 웃는 얼굴로 녀석을 지나쳤다.

❄ ❄ ❄

수업이 끝나자마자 걸음을 최대한 빨리 옮겨서 교실을 나왔다. 복도에서는 거의 뛰듯이 걸었다. 학생들도 선생님들도 되도록이면 마주치고 싶지 않았다. 그래서 경보하듯이 복도를 지나고 있는데 복도 끝에서 제일 만나고 싶지 않았던 정 선생님과 정면으로 마주쳤다.

"아, 노 선생님……."

정 선생님이 내 몰골을 눈으로 빠르게 훑는 게 느껴졌다. 몸을 슬쩍 틀어 체육복 바지에 박힌 이름이라도 가리고 싶었지만, 정 선생님은 이미 읽은 모양이었다.

"남의 건 잘 안 입으신다더니…… 희준이 바진 입으셨네요? 희준이는 남이 아닌가 봐요."

어쩐지 비아냥거리는 듯한 정 선생님의 말투에 두 눈이 모나게 떠졌다. 그래서 나는 그를 향해 도도하게 턱을 들어 올리며 대답했다.

"학생은 남이 아니니까요. 학생들은 제 새끼들이죠."

말을 마치고 가볍게 목례를 건넨 후 당당한 걸음으로 그를 스쳐 지나갔다. 그런데 바로 그때였다.

"국어쌤!"

뒤에서 들려온 외침에 두 발을 멈추고 어깨를 틀었다. 그곳에는 늘 국어 과목만 2등을 하는 이과 1등 김희준이 서 있었다.

"어? 희준아."

희준이는 팔을 쭉 뻗어 손가락 끝으로 내 하체를 가리키면서 다가왔다.

"쌤, 그거 제 체육복 바지 아니에요?"

"응? 응. 맞을걸?"

내 대답에 희준이는 허탈하다는 표정으로 한숨을 내쉬었다. 어리둥절해하는 내 앞에 멈춰 선 희준이가 불만을 드러내며 말했다.

"체육복이 갑자기 없어져서 얼마나 놀랐는 줄 아세요? 가져간다면 가져간다고 말씀을 해 주셔야죠. 누가 훔쳐 간 줄 알았잖아요."

"뭐……?"

순간 얼굴이 화악 붉어졌다.

'시, 심서석, 이 자식……!'

빌린 것도 아니고 뺏은 것도 아니고 훔친 거였어?

"저 다다음 시간이 체육이거든요? 그때까지만 가져다주세요."

이 말만 남기고 희준이는 교실로 돌아갔고 나는 녀석의 뒷모습을 보면서 그 자리에 멍청하게 서 있었다. 그러다 이내 울컥 화가 났다.

'심서석, 얘는 누가 심서현 동생 아니랄까 봐 왜 번번이 나한테 이래?

두 주먹을 불끈 쥐는데 문득 시선이 느껴졌다. 그래서 가만히 고개를 돌려 보다가 심장마비에 걸릴 뻔했다.

"저, 정 선생님?"

정 선생님이 아까 있던 자리 그대로 멈춰 서서 나를 지켜보고 있었던 것이다. 모든 상황을 다 본 듯한 그 때문에 심장이 격하게 반응하고 말았다.

"……."

정 선생님은 아무 말도 하지 않았지만 나는 나를 뚫어 버릴 듯한 그 시선에 미쳐 버릴 것만 같았다. 심장은 계속 격하게 뛰어 댔다.

학생들은 내 새끼들이라고 말했는데, 새끼들 물건이나 훔치는 선생님처럼 보이려나? 그러려나?

"노 선생님."

"!"

그가 부르는 소리에 몸을 미세하게 떨고 말았다. 곧 그 낮은 목소리가 다시 들려왔다.

"일단, 저랑 같이 가시죠."

"어, 어딜?"

순간 너무 놀라서 목소리가 갈라졌다.

"경찰서?"

곧바로 다시 던진 내 질문에 정 선생님이 웃음을 빵 터뜨렸다.

"네? 하하하하—"

저렇게 크게 웃는 걸 보니 경찰서는 아닌 모양이다.

이내 차분함을 되찾은 나와 달리 정 선생님은 얼굴이 붉어질 정도로 계속 웃었다.

'저렇게 계속 사람 얼굴 보면서 웃는 건 예의가 아닌데…….'

그래도 정 선생님이니까.

예의 좀 없어도 정 선생님이니까.

그가 더 웃었으면 좋겠다고 생각했다.

2

"제 바지예요."

희준이 바지 사건 때문에 쥐구멍이라도 있으면 거기에 코라도 박고 딱 죽고만 싶었는데, 그런 내 곁에서 나를 지켜보던 정 선생님이 같이 가자던 곳은 다행히 경찰서가 아닌 교무실이었다. 그가 자신의 의자에 걸쳐 두었던 체육복 바지를 집어서 내게 내밀었다.

"또 거절할 거예요?"

얼굴이 화끈거리고 민망해서 말없이 손을 뻗어 바지를 받아 들었다. 그때 정 선생님이 낮은 목소리로 말했다.

"가서 얼른 갈아입고 와요."

하지만 그 전에 나는 그에게 꼭 하고 싶은 말이 있었다.

"저, 저기……!"

그래서 자리를 뜨려는 정 선생님의 팔뚝을 급히 잡아챘다. 그

33

러다 순간 내가 정 선생님의 신체 일부와 접촉했다는 사실에 화들짝 놀라 손을 뗐다. 급히 시선을 내리며 정 선생님에게 조심스런 목소리를 보냈다.

"체육복이요, 제가 훔친 거 아니구요, 그러니까, 그게 사정이 좀 있어서……."

"알아요."

정 선생님의 부드러운 어투에 고개가 저절로 들려졌다. 그의 쌍꺼풀 없이 가늘고 긴 눈이 초승달처럼 휘어지며 미소를 짓는 것을 보는 순간 심장이 쿵 하고 반응했다. 미소를 짓던 그가 나와 눈이 마주치자 웃음을 터뜨렸다. 그 웃는 얼굴에 심장이 크게 뛰었다. 세차게 뛰어 대는 심장 소리를 그가 들을까 봐 내 목소리가 조금 커졌다.

"그런데 왜 웃으세요?"

게다가 내 말투는 또다시 긴장해서 엄청 딱딱해져 있었다. 그런데도 정 선생님은 웃음을 멈추지 않았다. 내가 그런 그를 물끄러미 쳐다보고 있자 정 선생님은 급히 웃음을 멈추고 말했다.

"아, 죄송해요. 지금 노 선생님 왠지 인간적이라서요."

인간적이라……

그 말은 즉, 그동안은 내가 인간적이지 않았다는 의미인가?

"항상 당황하는 법도 없고, 말 더듬는 건 한 번도 본 적이 없었는데, 오늘은 그 두 모습을 다 봤잖아요."

다시 얼굴 가득 미소를 띤 정 선생님의 말에 나는 순간 난감해졌다.

이럴 땐, 대체 무슨 대답을 어떻게 해야 하는 거지?

고마워요? ……대체 뭐가 왜 고마운데?

죄송해요? ……죄송할 건 또 뭐람?

그만해요? ……싸움 거니, 지금?

밥 먹었어요? ……바보니, 나?

머릿속에 떠오르는 말들이라곤 온통 상황에 맞지 않는 말들뿐이었다. 난 국어 선생님인데도 그 정답을 모르겠다.

어색한 침묵이 싫어서라도 무슨 말이든 하긴 해야겠는데…….

그때 나는 나를 빤히 쳐다보고 있는 정 선생님을 향해 겨우 한마디 뱉어 냈다.

"그래서요?"

아악, 진짜, 이놈의 주둥아리……! 이게 기껏 네가 고른 정답이냐?

내 차가운 대구에 정 선생님도 상당히 당황한 눈치였다.

"그냥 그렇다구요. 곧 수업 종 칠 것 같은데 얼른 옷 갈아입고 오세요."

곧 정 선생님은 내게서 고개를 돌려 버렸다. 돌려진 등에 대고 입만 달싹거리다 겨우 한마디 내뱉었다.

"감사해요."

작은 목소리였지만 분명 내 마음을 전달하긴 했다. 그런 다음 정 선생님의 등에 고개를 꾸벅 숙여 목례를 하고 급히 화장실로 향했다.

왠지 뒤통수에서 정 선생님의 시선이 느껴진다고 말한다면…….

자의식과잉일까?

아마도 뒤통수가 착각하는 거겠지?

※ ✱ ※

시간이 갈수록 무릎의 통증은 더 심해졌다. 이래서 교통사고도 후유증을 조심하라고 했던가? 그래도 마지막 수업까지 끝냈으니 이젠 퇴근만 남았다. 그런데,

"노 선생, 오늘 당직인 거 알지?"

몰랐다. 전혀 생각지도 못한 방해물이 내 퇴근을 막았다.

오 마이 갓.

"네. 압니다."

주임 선생님을 향해 대답은 칼같이 해 놓고 욱신욱신거리는 무릎을 만져 보았다.

꽤 아팠지만 견딜 만했다. 무릎을 만지다가 문득 내가 지금 무릎을 만진답시고 정 선생님의 바지를 막 만지고 있다는 생각이 들어 갑자기 부끄러워졌다.

이 음탕한 노주의 같으니라고.

상변태 같은 자신을 비웃고 있는데 그때 누군가 내 어깨를 덥석 잡아 왔다.

"노 선생님."

이런 친근한 스킨십에는 익숙지 않았기에 움찔 몸을 떨며 고개를 돌렸다.

"당직 바꿔 드릴까요?"

그는 그 이름도 수학 선생님스러운 정석 선생님이었다. 그가 걱정스런 얼굴로 말했다.

"무릎도 아프실 텐데."

"괜찮습니다. 견딜 만합니다."

무릎이고 뭐고, 나는 어깨에 얹어진 정 선생님의 손 때문에 심장이 벌렁거렸다. 그때 그가 다시 물었다.

"병원 안 가 보셔도 돼요?"

"그 정도는 아닙니다."

"그래요, 그럼."

그가 나에게서 손을 거두어 가는 게 그렇게 아쉬울 수가 없었다. 그래서 그 손을 따라 고개를 돌리면서 정 선생님에게 말했다.

"바지는 내일 돌려 드릴게요."

"아니에요. 천천히 주셔도 돼요."

정 선생님이 온화한 미소를 지으며 손까지 부드럽게 저었지만 나는 단호했다.

"안 돼요. 내일 점심시간에도 학생들이랑 농구하셔야 하잖아요?"

헉.

내 주둥이가 또 뭐래니?

"아아……. 보셨어요?"

순간 정 선생님의 표정에서 의아함이 읽혀졌다.

내가 점심시간마다 정 선생님이 학생들이랑 농구하는 걸 지켜봤다는 사실을 왜 굳이 지금, 이 시점에 밝혀야 했을까? 생각 없는 내 입이 원망스러웠다.

"우연히 봤습니다."

태연하게 말하려 애쓴 내 덤덤한 대답에 정 선생님은 사람 좋은 미소를 지었다.

"트레이닝복이야 또 가져오면 되죠, 뭐."

내가 정 선생님을 좋아하는 이유 중 하나가 바로 '나에겐 없는 좋은 성격'이다. 사람은 자신에겐 없는 것을 가진 타인에게 본능적으로 호감을 느낀다. 그것이 단순히 부러움을 동반한 호기심일지라도 그로 인해 처음 시선이 갔고 어느 순간부턴 좋아한다고 느끼고 있었다. 그리고 그걸 인정한 순간에는 그 마음이 배가되고 말았다.

"그럼 내일 뵐게요, 노 선생님."

"네."

고개를 까닥 숙여 목례를 한 뒤 시선을 돌렸다. 책상에 멍하니 앉아 있으니 중요한 인물 하나가 퐁 하고 떠올랐다.

'심서석, 이놈의 자식.'

그러고 보니 아직 심서석을 못 만나서 혼내 주질 못했다.

이 괘씸한 녀석, 감히 선생님을 놀려? 누가 심서현 동생 아니랄까 봐.

분한 마음이 들어서 서둘러 야간 자율학습을 하고 있을 3학년 교실로 갔다. 우선 1반 교실 근처로 가서 복도 창문으로 안을 들여다보았다. 그런데 서석이의 모습은 어디에도 보이지 않았다.

드르륵—

문을 열고 교실 안으로 들어서자 다소 산만했던 교실이 순식간에 조용해진다. 교실 뒷자리의 빈 의자를 바라보며 나직하게 물었다.

"비어 있는 거 누구 자리니?"

누구 자리인지는 이미 알고 있었지만, 아이들의 입으로 들어야만 내가 화를 낼 명분이 생긴다. 그러나 반 아이들은 나름 의리랍시고 대답을 침묵으로 일관했다.

"두 번 물어보게 하지 마라."

카리스마 있게 말했지만 아이들은 여전히 입을 꾹 다물고 있었다. 이 반에서의 심서석의 강력한 존재감을 잘 알 수 있는 상황이었다. 그래서 나는 제일 만만한 녀석을 불렀다.

"반장!"

이 반 반장인 이윤은 공부만 열심히 하는 모범생 스타일이라 자신에게 피해가 올 것 같으면 금세 그 특유의 개인주의를 드러낸다.

"심서석이요."

지금처럼 말이다.

"어디 갔는데?"

"모르겠어요."

오호. 심서석 이놈. 안 그래도 내가 널 어떻게 혼내야 하나 고민 중이었는데 잘 걸렸다, 너.

교무실로 돌아온 나는 3학년 1반의 학생기록부를 꺼내 심서석의 휴대폰 번호를 찾았다. 그리고 바로 서석이 녀석에게 전화를 걸었다. 학교 전화로 하면 지역번호 때문에 안 받을 수도 있으니까 일부러 내 개인 휴대폰으로 걸었다. 긴 신호음 끝에 나는 녀석의 목소리를 들을 수 있었다.

— 여보세요.

"너 어디야?"

내 질문에 서석이는 곧 놀란 목소리를 보내왔다.

— 왜? 담탱이 떴냐?

"아니. 국어쌤."

— 아, 진짜? 안 그래도 지금 들어가려고 했어. 전화 고맙다. ……근데 너 누구냐? 반장이냐?

"아니. 국어쌤."

— 헉!

전화기 너머 서석이의 호흡이 거칠어지는 게 아주 잘 들려왔다.

— 노, 노쌤?

"그래, 나다."

— 아…… 이거 노쌤 번호구나. 저장해도 되죠?

"지금 그게 문제야? 너 어디야? 당장 안 와? 이게 어디서 야자도 빼먹고 토껴?"

— 그런 거 아닌데…… 암튼 알았어요. 갈게요. 어차피 학교 근처예요, 저 지금.

"너란 녀석은 정말이지, 구제불능이구나?"

희준이 바지 사건이 떠올라서 화를 참지 못하고 버럭 소리를
질러 버렸다.

— 화내지 마요. 노쌤 바지 사러 잠깐 나온 거니까.

생각지도 못한 서석이의 말에 순간 화가 더 치밀어 올랐다.

"왜? 훔친 거 입힌 게 미안해서 사러 갔냐?"

그때 서석이 녀석이 피식 웃는 게 들렸다.

— 아뇨, 바지 찢어진 거에 제 탓도 있으…… 네? 뭐라구요?
훔쳐요?

"아, 진짜 아니라고요!"

5분도 안 돼 학교에 나타난 서석이는 복도 끝에서부터 아니라
고 난리를 쳤다. 손에 웬 까만 바지 하나를 들고 억울하다고 몸부
림을 치며 다가오는 서석이를 나는 차갑게 노려보았다.

"감히 훔친 체육복을 나한테 줘?"

못난 놈.

"가져간다고 분명히 말했다니깐요?"

"희준인 전혀 모르고 있던데? 없어져서 놀랐다고 하더라. 너
왜 자꾸 거짓말해? 선생님한테 혼날래?"

"진짜라고요!"

아니라고 펄쩍 뛰는 서석이를 노려보고 있는데 녀석이 손가락
으로 3학년 6반 쪽을 가리키면서 말했다.

"좋아요. 그럼 제가 희준이를 직접 데려오죠."

녀석의 속이 빤히 보이는 듯해서 비릿하게 웃었다. 내가 이래

봬도 질풍노도 고등학생들을 지켜봐 온 지 2년째다. 저 속을 모를 리 없다.

"데려오면서 협박하려고?"

"아, 진짜. 절 뭘로 보고! 저 그런 짓 안 하거든요?"

목소리를 높이는 서석이 녀석을 보며 혀를 끌끌 찼다.

"됐어. 널 믿은 이 선생님이 어리석었지."

"노쌤……!"

"가서 공부나 해."

차갑게 말하고 돌아섰는데 서석이가 내 팔을 확 잡아챘다. 깜짝 놀라서 그 손을 쳐 내니 나보다 더 놀란 듯한 녀석이 민망한지 헛기침을 했다. 다시 몸을 돌리려는데 서석이의 목소리가 들려왔다.

"저한테 화난 건 아는데, 그래도 이건 가져가요. 노쌤 때문에 산 거니까."

다음 순간 서석이가 아까부터 들고 있던 까만 바지를 던지듯이 내 어깨에 툭 얹어 주었다. 바로 손을 뻗어 그 바지를 집어 들었다. 그리고 눈앞으로 그것을 가져온 순간 내 눈이 조금 커졌다.

"야. 너 이거 설마……?"

내가 바로 의심스런 눈빛으로 말을 꺼내자 서석이는 쑥스럽다는 듯이 뒷머리를 긁적거렸다.

"에이, 별로 비싼 거 아니에요. 그냥……."

"스몰 사이즈냐?"

"네? 아, 네."

딱 봐도 바지통이 너무 좁다 했다. 긍정의 대답을 내뱉은 서석이 녀석이 이상한 통설을 덧붙였다.

"여자들은 보통 스몰 입잖아요."

이런.

녀석은 지금 심각한 일반화의 오류를 범했다. 이런 크나큰 오류를 범하고 있는 학생을 향해 나는 선생님으로서,

'이걸 콱⋯⋯!'

두 주먹을 불끈 쥐었다. 열 받는데 선생님이 어디 있고 학생이 어디 있나. 그냥 한 대 때려 주고 싶다. 주변에 목격자도 없는데.

"왜요? 아니에요?"

이 녀석, 여자들 몸무게는 다 오십이 안 넘는다고 믿는 눈치 없는 남자 부류로구만?

"네 누나들은 다 스몰 입나 보지? 근데 어쩌냐? 난 이거 입으면 내복 같을 텐데."

"에?"

순간 서석이의 눈이 휘둥그레졌다. 정말 믿지 못하는 눈치였다. 그래서 더 화가 났다.

"이거 가져가서 날씬한 네 큰누나나 줘."

서석이의 가슴 쪽으로 던지듯 바지를 건네주자 녀석이 어설프게 그걸 받아 들었다.

"진짜 안 입을 거예요?"

"안 입는 게 아니라 못 입는 거야. 그러니까 네 큰누나나 주라고."

"안 그래도 오다가 전화 받았어요, 큰누나한테."

"그럼 이번엔 네가 전화해. 누날 위해 바질 하나 샀다고."

다시 내 갈 길 가려는데 서석이가 또 내 팔을 덥석 잡아 왔다. 내가 노려보자 조심스레 손을 뗀 녀석이 진지한 얼굴로 말했다.

"큰누나 안 줄 거예요. 그리고 노쌤도 이 말 들으면 큰누나한테 바지 주란 소리가 쏙 들어갈걸요?"

갑작스런 서석이의 심각한 얼굴에 나는 조금 불안해졌다.

"뭔데……?"

조심스럽게 묻는 나를 빤히 보던 서석이가 손을 뻗어 그 바지를 다시 내 손에 쥐여 주었다. 그러면서 낮은 목소리로 말을 이었다.

"누나 이번 주말에 데이트한대요, 우리 담임쌤이랑."

그 순간 나는 내 귀를 믿을 수가 없었다. 제대로 들은 거 맞아, 나?

"이제 어쩌실 거예요?"

심장이 쿵쾅쿵쾅 뛰어 댔지만 내 목소리는 태연하기 그지없었다.

"뭘 어째?"

긴장하면 차분해지는 내 어투에도 아랑곳 않고 서석이는 진중한 얼굴로 되물었다.

"노쌤 우리 담임쌤 좋아하잖아요?"

2년 동안 아무도 모르게 혼자 짝사랑하고 있다고 믿었었는데, 내 짝사랑을 지켜보던 놈이 나타났다.

"뭐……?"

그건 굉장히 창피하고도 민망했고, 또 놀라웠다.

"대체 우리 담임쌤 어디가 그렇게 좋아요?"

순간 머릿속이 하얘지고 입이 저절로 벌어졌다.

"네가 그걸 어떻게……?"

"전 다 알아요. 알 수 있어요."

서석이가 눈을 초롱초롱하게 빛내며 나를 쳐다보는데 순간 녀석의 마음이 읽혀지는 듯했다. 그래서 차가운 목소리로 물었다.

"그래서? 그걸로 협박하려고?"

허— 하는 헛웃음 터지는 소리를 낸 서석이가 눈썹 끝을 치켜 올렸다.

"어떻게 그런 생각을 먼저 하실 수가 있어요? 노쌤은 아예 긍정적인 사고가 안 되는 사람이에요?"

"그럼 지금 이 상황에서 그 말을 꺼낸 저의가 뭔데? 너랑 나랑 친구니? '너 걔 좋아한다며?' 라면서 낄낄댈 수 있는 그런 사이냐고?"

"노쌤이랑 낄낄대고 싶어서 꺼낸 말도 아니구요, 협박하려는 건 더더욱 아니에요."

"정말 그런 거라면 입 밖으로 안 꺼내는 게 예의 아니니? 넌 어떻게 된 애가……!"

"난 그냥, 노쌤을 도와주고 싶어서 그래요!"

기세 좋게 쏘아 대다가 녀석의 마지막 말에 조금 움찔하고 말았다.

45

"뭐……? 도와주고 싶어?"

내가 안경을 중학교 1학년 때부터 꼈는데, 그때부터 단 한 번도 들어 본 적 없는 말이었다. 안경을 낀 후부터는 다들 내가 너무 완벽하고 빈틈이 없어 보인다며 나한테 무슨 일이 생겨도 안타까워하거나 안쓰럽게 생각하질 않았기 때문이다. 그들은 다 내가 알아서 잘 할 거라 여겼다. 그래서 주변 사람들에게 도움을 받아 본 적이 언젠지 기억도 나질 않는다.

"노쌤 성격에 고백도 못 하고 끙끙 앓고 있을 게 뻔한데, 우리 큰누나는 주변에 남자도 많으면서 우리 담임쌤이랑 연애해 보고 싶다고 하질 않나……. 마음이 별로 안 좋더라구요. 그래서 제가 노쌤한테 도움이 된다면 도움을 주고 싶었어요."

"네 도움 따위 필요 없어."

내 차가운 거절에 서석이는 상처받은 얼굴을 했다. 그 얼굴을 지그시 응시하면서 나는 더욱 냉랭한 목소리를 냈다.

"네가 도와줘서 잘된 거 있니? 학생 체육복 훔친 도둑 선생으로나 만들고, 너 때문에 다리도 다쳤어, 난."

난 항상 이런 식으로 내 자신을 방어해 왔다. 누군가 나에게 다가와 관심을 드러내면 이렇게 모질게 쳐 내며 막았다. 그 누군가가 상처를 줄지 사랑을 줄지 아무것도 모른 채 말이다.

"……미안해요."

예상치도 못한 서석이의 사과에 내심 많이 놀라고 말았다. 잠시 어색하게 말없이 서 있으니 서석이 녀석이 말을 이었다.

"그런데 도와주고 싶다는 건 진심이에요. 우리 담임쌤은 노쌤이랑 훨씬 잘 어울리니까, 두 분이 잘되셨음 했거든요."

'그으래?'

방금 녀석에게 그렇게 쏴 대 놓고는 속도 없이 빙그레 웃을 뻔
했다. 참으로 흐뭇한 발언을 한 서석이는 그대로 나를 스쳐 교실
로 들어갔다.

그 자리에 우뚝 선 채 나는 서석이의 상처받은 눈빛이 각인된
머릿속을 정리해 보았다. 깔끔하게, 깨끗하게 지워 버렸다.

그런 내 손에는 아직도 서석이가 준 바지가 들려 있었다.

❋　❋　❋

밤 11시에 집에 들어가자마자 내가 제일 먼저 한 일은 정 선생
님의 체육복 바지를 빠는 일이었다. 세탁기로 건조까지 마친 체육
복을 베란다 빨랫줄에 거는 내 행동은 조심스럽기 그지없었다. 정
선생님 바지에 주름이라도 생길까 각을 잡아 널고 있는 나에게
동생 주은이 다가왔다. 그녀는 잠시 나를 지켜보더니 미간을 확
좁혔다.

"말리면서 각 잡는 사람은 또 처음 봤네. 나중에 다림질을 해,
그냥."

이제 갓 스무 살이 된 주은이는 예쁘장한 얼굴과 비쩍 마른 몸
매로 현재 아이돌을 준비하고 있다. 나랑 달리 성격도 시원시원하
고 쾌활한 편이라 가끔 언니인 나를 답답해한다.

"다림질도 할 거야."

"얼씨구? 다 닳아 빠진 체육복 주제에 호강한다, 진짜."

동생 주은이의 장난기 섞인 목소리에 나는 그녀를 강하게 노려보았다.

"너 이거 건드리지 마."

서슬 퍼렇게 경고한 후 방으로 들어왔다. 그리고 침대 위로 펄쩍 뛰어올라 베개를 부둥켜안았다.

내일 저 체육복 바지를 주면서 뭐라고 말하지?

'감사했어요. 제가 그 감사의 뜻으로 교내 급식소에서 급식 한 판 사고 싶은데 시간 괜찮으세요?'

오오? 이거 괜찮은데?

아니면,

'고마웠어요. 제가 감사한 마음에 교내 자판기에서 밀크커피라도 한 잔 대접하고 싶은데, 과학실에서 오붓하게 차 한 잔 하실래요?'

이것도 제법 괜찮······긴 뭐가 괜찮아!

사실은 다 별로다. 정답을 모르겠어. 게다가 나한텐 과학실 열쇠도 없다.

AM 8:00

어젯밤 그 정답을 생각하고 또 생각해 보았지만 끝내 못 찾고 헤매다가 새벽이 돼서야 겨우 잠이 들었다. 그랬더니 명백하게 지각인 8시에 눈을 뜨고 말았다.

'지, 지각이다!'

옷을 대충 주워 입고 화장도 대충 하고 머리도 대충 빗으로 슥 슥 쓸어내리고 베란다로 달려갔다. 아무리 늦었어도 그건 챙겨야 했다.

'우리 정 선생님 체육복!'

그런데 베란다 어디에도 그 체육복 바지는 없었다. 순간 심장이 쿵 하고 떨어졌다.

'이게 어딜 갔지?'

당황한 나는 여기저기 뛰어다니며 그것을 찾아 헤매기 시작했다. 아무리 늦었어도 그건 꼭 찾아야 했다.

"엄마, 내 바지 아니, 베란다에 있던 체육복 바지 못 봤어?"

결국 우리 집 정신적 지주인 엄마에게 물었다. 정신 산만하게 뛰어다니며 묻는 날 본 엄마는 어리둥절해했다.

"아니, 못 봤어. 추리닝 필요한 거면 엄마 거 줄까?"

자신의 빨간 트레이닝복의 허리 고무줄을 당겼다 놓으며 말하는 엄마를 가볍게 무시한 나는 주은이의 방을 향해 달려갔다. 아무래도 어젯밤에 마지막으로 본 그녀가 마음에 걸렸던 것이다.

"야, 노주은!"

방문을 벌컥 열어젖혔지만 주은이는 그곳에 없었다. 갑자기 불길한 기운이 전신을 감쌌다.

"엄마, 주은이 어디 갔어?"

그러자 뒤에서 목소리가 들려왔다.

"주은이 조깅 갔어. 살 좀 더 빼겠다고 조깅 다니잖아, 요즘."

하아. 역시.

나는 내 뒤에 있을 엄마를 향해 홱 돌아서며 빠르게 물었다.

"걔 뭐 입고 나갔어?"

"그냥 추리닝 입고 나갔지, 뭐."

"어떤 추리닝? 색깔은? 크기는?"

"응? 으음. 빨강이었나 흰색이었나 노랑이었나."

"보통 그런 원색을 그렇게까지 헷갈리나? 검정, 남색, 회색 정도면 몰라도."

"아, 맞다. 회색이다. 쥐색이었으니까. 왜 그 다 닳아 빠진 아빠 거 있잖아. 그거 입고 나갔어."

"아빠 거 확실해?"

내가 강하게 묻자 엄마의 시선이 불안하게 흔들렸다. 그녀는 동요를 감추지 못했다.

"아…… 아빠 거, 아닌가……?"

아오, 진짜!

주은이에게로 당장 달려갈까 했지만 벽시계를 확인하고는 포기했다. 지금 출발해도 지각일 게 분명해서 나는 울며 겨자 먹기로 집을 나와야 했다.

※ ※ ※

오전 내내 정 선생님과 눈이 마주칠 때마다 혹시 자기 바지를 달라고 하는 건 아닌가, 자기 바지의 안위를 묻는 건 아닌가 불안했다.

"노 선생님."

히익—

드디어 정 선생님이 내게 말을 걸었다. 분명 자기 체육복 바지 달라고 하는 걸 텐데, 어쩌지?

곧 그가 말을 이었다.

"점심 드시러 안 가세요?"

체육복 이야기를 먼저 꺼내기가 민망해서 그러는 건가? 그는 내 점심에 대해 물었다.

"지금 가려고요."

자리에서 일어서는 내게 정 선생님이 한 발자국 더 가까이 다가왔다.

"저, 그럼 점심……."

'……먹고 애들이랑 농구하게 체육복 좀 돌려주시겠어요?'

마치 이렇게 말을 이을 것만 같아서 내가 먼저 치고 들어갔다.

"아. 그 체육복이요, 내일 돌려 드릴게요. 죄송해요."

빠르게 이 말만 던지고 교내 급식소로 향했다. 정 선생님이 그러는 게 어딨냐고 왜 약속을 안 지키냐고 따지러 올까 봐 나는 거의 뛰듯이 걸었다.

급식소에 도착한 후 한숨을 돌리고 주머니 속에서 휴대폰을 꺼내 들었다. 주은이에게 문자라도 보내야겠다는 생각 때문이었다.

[내가 그 바지 건드리지 말랬지!?]

내 문자에 주은이가 바로 답해 왔다.

[건드리지 말랬지 입지 말라고는 안 했잖아?]

이런 망할 것!

바로 통화 버튼을 눌렀지만 역시나 예상대로 전화는 연결되지 않았다. 혼자 씩씩거리며 휴대폰을 들고 서 있는데 그런 내 앞으로 정 선생님이 나타났다.

"!"

동료 선생님들과 같이 나타난 그가 나를 발견하고는 성큼성큼 내게로 다가왔다.

또 체육복 때문에 그러나?

그렇게 안 봤는데 저 남자 왜 저렇게 집요하지?

은근히 집요한 구석이 있구나. 앞으로 사귀면 참고해야겠어. 그날이 올지는 의문이지만.

"노 선생님."

정 선생님이 나직하게 나를 불러 자신을 보게 했다. 그런 다음 그는 검지를 뻗어 자신의 하체를 가리키면서 말했다.

"보이죠, 이 트레이닝복? 저 이런 것도 있는 남자예요. 아니. 트레이닝복 많은 남자입니다. 그러니까 체육복 너무 신경 쓰지 마세요."

"아아, 네."

하긴, 그러고 보니 아까도 그가 먼저 체육복 얘기를 꺼낸 건 아니었다. 내가 그렇게 미리 생각한 거였지.

그 순간 정 선생님이 미소 띤 얼굴로 말을 이었다.

"전 노 선생님이 아무 이유 없이 제 체육복을 버리셨다고 해도 이해할 겁니다. 그러니까……."

"아니에요. 안 버렸어요!"

난 정말 억울했다.

"알아요. 전 그런 뜻으로 말한 게 아니라……."

"빨아서 말려 놨는데 아침에 동생이 입고 조깅을 나갔더라구요. 내일은 꼭 돌려 드리겠습니다."

나는 그에게 꾸벅 허리를 숙여 인사를 한 뒤 빠르게 식당으로 들어갔다.

※ ✳ ※

식사를 마치고 교무실로 돌아오는데 뒤에서부터 누군가 달려오는 소리가 들렸다. 복도에서 뛰는 거 아니라고 훈계하려는 찰나 내 앞에 멈춰 선 학생 녀석이 알은체를 해 왔다.

"국어쌤!"

얼굴을 확인해 보니 녀석은 이과 1등인 김희준이었다.

"아아, 응. 희준아."

희준이만 보면 체육복 도난 사건이 떠올라서 참 민망했다. 그런데 어색해하고 있는 내게 녀석이 고개를 꾸벅 숙였다.

"어젠 죄송했어요."

"응? 뭐가?"

영문을 몰라 눈을 크게 떴다. 그러자 희준이가 멋쩍은 미소를 지으며 대답했다.

"체육복이요, 전 자리에서 멀리 떨어져 있어서 못 들었는데 제 짝꿍이 들었다네요. 서석이가 막 달려와서는 잠깐 빌려 간다고 소리치고는 다시 뛰어갔다고."

"아…… 그래?"

그 순간 어제 그토록 억울해하던 서석이의 얼굴이 떠올랐다. 조금 미안한 마음이 들었다. 하지만 머쓱해하는 희준이에게 나는 최대한 선생님답게 말했다.

"어쨌든 본인한테 직접 이야기 안 한 서석이 잘못도 있지, 뭐. 암튼, 얘기해 줘서 고맙다."

희준이를 보내고 불편한 마음을 안은 채 다시 걸음을 옮겼다. 그런 내 반대편에서 서석이가 친구들과 함께 걸어오는 게 보였다. 항상 그렇듯 녀석은 친구들에게 둘러싸여 있었다. 녀석에게서 시선을 떼지 않은 채 천천히 걸었다. 입술이 달싹거려졌지만 결국 목소리를 내지는 못했다. 나에게 꾸벅 목례를 하고 지나가는 무리들 속에서 서석이만은 고개를 빳빳하게 세우고 있었다.

자기 삐졌다 이건가?

씁쓸한 미소를 지으며 교무실을 향해 걸었다. 오늘따라 유난히 교무실이 멀게 느껴진다.

얼마나 더 가야 닿을 수 있을까…….

그때 또다시 뒤에서부터 누군가 달려오는 소리가 들렸다. 표정을 굳힌 채 고개를 돌리자 그런 내 앞으로 서석이가 달려와서 멈 춰 섰다.

"심서석?"

숨을 거칠게 몰아쉰 녀석이 말했다.

"할 말이 있으신 것 같아서요."

"내가?"

"네. 방금 전에 입술 달싹거리셨잖아요."

그 짧은 순간에 그걸 본 건가? 대단한 관찰력이다. 그래서 나 는 두 팔을 교차시켜 팔짱을 끼면서 물었다.

"너 나한테 준 바지 어디서 샀어?"

생뚱맞은 내 질문에 서석이의 눈이 커졌다.

"네? 그건 왜요?"

"작아서 못 입겠잖아."

"아아."

그제야 서석이가 환한 웃음을 지었다.

"제가 바꿔 올게요. 라지로 바꾸면 되죠?"

"야. 넌 애가 뭐 그렇게 극단적이냐?"

"에이, 부끄러워하지 마세요. 괜찮아요, 저는."

"아, 진짜 아니라니까? 내가 은근히 속살이 없어."

"대신 겉살이 많잖아요."

"야, 너 저리 가. 네 바지 절대 안 입어."

"안 입는 게 아니라 못 입는 거잖아요?"

"우씨! 야!"

"학생한테 '우씨'가 뭐예요, '우씨'가?"

"선생님도 화나면 '우씨' 할 수도 있는 거지!"

이 녀석과 대화만 했다 하면 꼭 이런 식이다. 왜 자꾸 말려드는 걸까? 나답지 않게 항상 유지하던 페이스를 잃어버리고 발끈한다. 게다가 냉정하게 따지고 보면 굉장히 의미 없는 대화다. 그냥 웃고 떠드는 거다.

그렇지만,

나는 솔직히 녀석과의 그런 시간들이 그렇게 싫지만은 않았다.

3

"이제 어떻게 하실 거예요?"

갑작스런 서석이의 질문에 나는 순간 의아했다.

"뭘?"

나와 함께 교무실로 향하는 복도를 나란히 걷던 서석이가 목소리를 낮춰 말했다.

"주말에 우리 큰누나가 담임쌤이랑 데이트 한다니까요."

"아아……."

심란한 마음이 물밀듯이 밀려옴을 느꼈다. 그렇지만 그것뿐이다. 내가 할 수 있는 일은 없다.

"어쩔 수 없지, 뭐."

내 덤덤한 반응에 서석이는 펄쩍 뛰었다.

"그게 뭐예요? 그게 짝사랑하는 사람의 자세예요? 노쌤은 짝사랑의 기본이 안 되어 있어요."

"그럼 뭘 어쩌라고?"

멀뚱하게 묻는 내가 답답했던지 서석이가 자신의 가슴을 주먹으로 치면서 말했다.

"아우, 답답해. 뭘 어째요? 막아야죠."

나는 서석이의 말이 쉽게 이해되지 않았다.

대체 내가 무슨 자격으로 그걸 막는단 말인가.

그리고 도대체 어떻게?

"무조건 방해해야죠. 그게 바로 짝사랑의 특권인데. 혼자 질투하고 방해하고 그래도 상대방은 모르고. 그게 다 짝사랑하는 자만이 할 수 있는 거죠."

녀석이 주장하는 바를 곱씹다가 나직이 질문을 던졌다.

"그러다 상대방이 알면?"

"그날로 스토커 되는 거죠, 뭐."

"안 해."

단박에 서석이의 말을 잘라 냈다. 서석이가 생각하는 짝사랑과 내 짝사랑은 달라도 한참 달랐다.

"짝사랑이란 그저 조용히 지켜보는 거야."

"그럼 짝사랑하는 사람들은 평생 짝사랑만 하게요? 짝사랑하다 사랑 이룬 사람들이 얼마나 많은데요! 그들도 직접 움직였기 때문에 사랑도 이뤄진 거라구요."

"……."

곰곰이 생각해 보니 서석이의 말이 틀린 것도 아니다.

그래도 그렇지, 둘의 데이트를 방해하라니…….

내 자존심과 사상, 그리고 성격이 그걸 거부했다.

"암튼, 난 못 해."

교무실 앞에 다다른 나는 서석이를 밀어내고 문을 열었다. 그 순간 서석이가 내 팔을 잡아챘다.

"알았어요."

녀석에게 잡힌 팔에 날 선 시선을 보냈다. 그런데도 서석이는 그 손을 풀지 않았다. 오히려 손에 더욱 힘을 주며 녀석이 말했다.

"제가 배 아픈 척을 해서라도 큰누나를 데이트에 안 내보낼게요."

"!"

놀라서 바로 시선을 올렸다.

"네가 왜 나 때문에 그런 짓까지 하는데?"

"말했잖아요. 도와주고 싶다고."

서석이가 자신이 잡고 있는 내 팔을 흔들면서 이어 말했다.

"그러니까 노쌤은 우리 담임쌤한테 캔 커피라도 하나 건네면서 말을 걸어 보기도 하고, 쓸데없는 날씨 얘기라도 해서 말 한 마디 더 하란 말이에요. 알겠어요?"

탁―

서석이에게 잡혀 있는 팔에 힘을 줘서 녀석의 손을 쳐 낸 다음 서늘한 표정을 지었다.

"내가 알아서 해."

"알아서 해서 여태 멀리서 바라보기만 했어요? 단 한 번 만난 우리 큰누나는 벌써 데이트 약속까지 잡았는데?"

심장이 콕— 하고 쑤시며 아파 왔다.

사실 서석이의 말은 구구절절 다 옳았다. 하지만 그걸 인정하고 입 밖으로 내기란 쉽지 않았다.

"자존심을 왜 내세워요? 짝사랑을 시작하는 순간 자존심은 없어져야 되는 거 아닌가? 난 그러던데."

서석이 녀석의 말에 순간 솔깃했다.

"너도…… 짝사랑 중이야?"

내 조심스런 물음에 서석이는 관자놀이를 긁적거렸다. 그는 잠시 망설이는 듯하다가 대답했다.

"네."

어머.

"누군데?"

"알아서 뭐하게요?"

"궁금하잖아. 그리고 넌 내 짝사랑 상대 알고 있는데 난 모르는 건 불공평해. 누군데?"

"……그, 2반에 얼짱 송지희 있죠? 걔요."

송지희라면 공부도 잘하고 얼굴도 예쁘장하게 생긴 데다 착실하기까지 해서 선생님들 사이에서 평판이 좋은 여학생이었다. 그런 퀸카를 짝사랑하다니.

"서석아……!"

나는 갑자기 밀려오는 동질감에 서석이 녀석의 팔을 덥석 잡았다. 갑작스런 내 스킨십에 서석이는 놀란 듯 눈을 크게 떴다. 녀석의 커다란 눈동자가 방황했다.

"왜, 왜요?"

너같이 잘난 놈도 짝사랑을 하는구나.

스윽—

손을 올려 서석이의 머리를 쓰다듬어 주고 싶었지만 키 차이 때문에 이도 쉽지 않았다. 그래서 발꿈치를 살짝 들어 서석이의 머리를 슥슥 쓰다듬었다.

"힘내."

내가 씨익 웃어 보이자 서석이는 여전히 크게 떠진 눈으로 한참 헛기침을 했다.

"넌 잘생긴 데다 키도 크고 공부도 잘하니까 분명히 지희랑 잘될 거야. 파이팅!"

"……노쌤도요. 담임쌤이랑 잘되실 거예요."

그 순간 서석이가 손을 들어 내 머리 위로 올리려는 느낌이 들었다. 그래서 황급히 머리를 뒤로 젖혔다. 순간 갈 곳을 잃은 서석이의 손이 허공을 갈랐다.

"난 누가 내 머리 만지는 거 싫어해."

"만지려는 거 아니고 뭐 묻어서 그래요. 분필가루 같은 거."

서석이는 황당하다는 표정을 지었고 나도 내심 당황했다.

나는 왜 얘가 내 머릴 쓰다듬을 거라 생각했지?

"분필가루는 선생님들의 투혼의 상징이지. 그냥 내버려 둬."

서늘하게 카리스마를 보여 주고는 돌아섰다.

그런데 교무실로 들어서려던 순간 아까 서석이 녀석이 한 말이 생각나는 거다. 확인차 다시 어깨를 틀어 서석이에게 물었다.

"캔 커피, 그리고 날씨 얘기 맞지?"

내 질문에 잠시 의아해하던 서석이가 아까 자신이 한 말을 떠올렸는지 고개를 끄덕했다.

캔 커피, 날씨 얘기, 그리고 체육복.

이걸 잘 섞으면 말 한 마디 더 할 수 있겠지?

❊ ✱ ❊

이른 아침, 향수까지 뿌린 정 선생님의 체육복을 그의 책상에 올려 두고 그 옆에는 캔 커피를 하나 세워 놓았다. 그리고 그 캔 커피 아래에는 작은 메모지도 놔두었다.

오늘 날씨 참 좋네요.

캔 커피, 그리고 날씨 얘기.

어제 서석이가 알려 준 대로 준비해 보았다. 나름 응용한다고 메모까지 준비했으니 완벽하다 할 수 있겠다.

가벼운 발걸음으로 자리로 돌아온 나는 수업 준비에 돌입했다. 프린트물을 만들고 인쇄까지 마치는 동안 선생님들이 한두 명씩 출근을 했다. 그들과 형식적인 인사를 나누다가 무심코 그들 손에 들린 우산을 발견했다.

"밖에 비 와요?"

깜짝 놀라서 물으니 과학 선생님인 오진환 선생님이 고개를 끄덕였다.

"네. 갑자기 엄청 쏟아지네요."

아. 이런.

잽싸게 몸을 빙글 돌렸다. 정 선생님 책상 위에 써 둔 메모가 맘에 걸렸던 것이다.

서둘러 걸음을 옮겼는데, 정 선생님의 책상 앞에 있는 커다란 등을 발견하고 발이 멈췄다. 저 널따란 운동장을 연상시키는 등짝과 어깨에 심장이 콩— 하고 반응했다.

월드컵경기장에서 6만 명이 넘는 관중들이 다 똑같은 빨간색 티셔츠를 입고 등만 보이고 있다 해도, 난 이 등을 찾아낼 수 있을 것이다.

"저기, 정 선생님?"

조심히 그를 불러 보았다. 그러자 한 손엔 내 캔 커피를, 다른 한 손에는 메모지를 든 정 선생님이 나를 향해 어깨를 틀었다.

"아, 노 선생님. 마침 잘 오셨어요. 이게 대체 무슨 의미인지 저는 잘……."

그가 한 손에 든 메모지를 내게 들이밀었다. 그래서 나는 정 선생님을 바라보면서 차분하게 가라앉은 목소리로 말했다.

"아침에 그 메모를 쓸 땐 날씨가 좋았습니다."

"아니, 그런 게 아니라, 의미를 알고 싶어서요."

의미?

그의 말이 쉽게 이해가 되지 않아 눈썹이 꿈틀했다. 다행히도 정 선생님은 바로 말을 이었다.

"정말 메모를 쓰실 때 날씨가 좋았던 걸 전하고 싶으셨던 건지 아니면 날씨가 좋으니까…… 덧붙이고 싶은 말이 있으셨던 건지 궁금해서요."

그 답은 아주 간단했다.

"당연히 전자지요. 아침엔 날씨가 꽤 좋았거든요."

"아아, 예."

정 선생님과 나 사이에 어색한 침묵이 흘렀다.

"……캔 커피 감사합니다."

잠시 후 들려온 그의 감사 인사에 목례를 하고 자리로 돌아가기 위해 몸을 돌렸다.

그때 뒤에서 정 선생님의 혼잣말이 작게 들려왔다.

"비 때문에 오늘 농구는 못 하겠네."

파앗—

급히 다시 몸을 돌리고 손을 뻗어 정 선생님의 어깨를 살짝 건드렸다.

"우리에겐 강당이 있잖아요?"

내 행동에 깜짝 놀란 듯 정 선생님의 쌍꺼풀 없이 긴 눈이 동그래져서는 나를 보았다.

"풋."

이내 정 선생님이 입가를 일그러뜨리며 웃음을 터뜨렸다. 순간 내 행동에 민망함이 밀려와 그의 어깨에서 손을 뗐다.

'나 지금 청춘드라마 찍니? 뭐? 우리에겐 강당이 있어?'

하지만 나는 정 선생님이 학생들과 농구하는 모습을 지켜보는 게 좋았다. 그뿐이었다.

잠시 후 웃음을 멈춘 정 선생님이 나를 향해 상체를 숙이며 물었다.

"농구 좋아하시나 봐요?"

좀 더 가까워진 그에게서 쿨워터 향이 풍겨 왔다. 나는 두근대는 심장을 느끼며 고개를 끄덕였다.

"아, 예."

어릴 적 꽤 재미있게 읽었던 만화책 제목이 떠올라 얼른 이어 말했다.

"'슬램덩크'를 정말 좋아했거든요. 그러고 보니 정 선생님, '채치수'를 좀 닮은 것 같네요."

슬램덩크에 나오는 인물들 중에 내가 제일 좋아했던 캐릭터는 채치수였다. 키도 크고, 어깨도 넓고, 무엇보다 주장으로서 정말 남자다웠다.

그런데 내 발언에 정 선생님의 낯빛이 급격히 어두워졌다. 그가 굳어진 입매를 움직여 내게 물었다.

"채치수요? 그 센터이자 캡틴이었던……?"

"네, 맞아요. 고릴라를 닮은 얼굴에 덩크를 잘하는 그 캐릭터요."

'채치수'를 좀 더 상세하게 설명해 보았다. 그랬더니 정 선생님의 얼굴이 더 어두워졌다.

왜지?

그냥 강백호라고 할 걸 그랬나?

그래도 주인공이 기분은 좋을 테니.

"강백호도 좀 닮은 것 같네요."

내가 덧붙이자 정 선생님이 당황한 얼굴로 다급하게 물어 왔다.

"서태웅은요? 저 서태웅 닮았단 소린 좀 들었는데."

서태웅은 싸가지가 없는데…….

"말도 안 되죠. 정 선생님은 채치수예요, 고릴라 덩크 잘 하는. 저번에 보니까 덩크도 잘 하시던데."

"아, 예."

정 선생님이 관자놀이를 긁적이다가 헛웃음을 터뜨리는 것을 보면서 문득 내가 오늘 정 선생님과 꽤 긴 대화를 나눴다는 생각이 들어 뿌듯했다.

이게 다 캔 커피, 날씨 얘기, 그리고 슬램덩크 덕분이다. 아. 그리고 서석이도.

* * *

"진짜 채치수 닮았다고 했어요?"

그런데 내 아주 좋은 기분에 서석이 녀석이 찬물을 끼얹었다.

"그거 고릴라 닮은 캐릭터잖아요? 우리 담임쌤은 샤프하게 생겼으니까 서태웅 아니면 정대만이죠."

"난 생긴 걸 말한 게 아니었어. 채치수는 남자답고 멋진 캐릭터잖아. 그래서……!"

복도에서 우연히 만나 내 얘기를 듣던 서석이가 진지한 눈빛으로 나를 응시했다. 그 눈빛에 나는 순간 입을 멈췄다.

"노쌤은 지금 좋아하는 사람한테 고릴라 같다고 한 거나 다름없어요."

"그런 의미로 말한 게 아니라, 내가 개인적으로 채치수를 정말 좋아한단 말이야!"

억울해서 목소리가 절로 높아졌다. 서석이는 내 얘기에 답답하다는 듯이 말했다.

"그걸 우리 담임쌤이 아냐고요? 말 안 하면 모르죠."

"누가 봐도 우리 정 선생님은 서태웅보다 잘생겼지."

"그렇게 생각하면서 웬 채치수?"

"그러니까 얼굴로 얘기한 게 아니라니까."

"아마 담임쌤은 얼굴로 이해했을걸요?"

……이런.

그래서 그렇게 낯빛이 어두웠던 걸까.

그런 게 절대 아니라고 말해 주고 싶어서 얼른 교무실로 돌아왔는데, 불행히도 정 선생님은 자리에 없었다.

축 처진 어깨로 터덜터덜 내 자리로 돌아왔다. 그런데 내 책상 위에 모르는 캔 커피 하나가 놓여 있는 게 보였다. 캔을 들어 올리자 그 아래에 놓인 메모지가 눈에 들어왔다. 그것을 집어서 천천히 읽어 보았다.

두근두근.

기분 좋은 심장 고동 소리가 그 움직임을 점점 빨리 해서 귓가를 쿵쿵 울렸다.

스윽—

정 선생님의 메모지를 고이 접어 주머니에 넣은 나는 강당을 향해 달리기 시작했다.

그의 메모가 계속 머릿속을 둥둥 떠다녔다.

시간 있으면 농구 보러 오세요. 물론, 채치수도 뜁니다.

4

"미안해요!"

월요일 아침, 등교하자마자 교무실로 와서 나를 불러낸 서석이 녀석이 복도 구석에서 내게 허리를 숙였다. 갑작스런 녀석의 사과에 어리둥절해하며 물었다.

"뭐가?"

눈앞에 보이는 녀석의 정수리에서 고뇌와 망설임이 느껴지는 듯했다. 곧 서석이가 고개를 들고 내게 말했다.

"토요일에 큰누나 데이트 가는 거 못 막았어요."

데이트라면 정 선생님과의 데이트를 말하는 건가…….

"제가 막 배 아픈 척해 가지고 제시간에 나가는 것까진 막았는데요, 갑자기 작은누나가 치킨을 사 오는 바람에 그걸 열나게 먹었더니 큰누나가 안심하고 다시 나갔어요."

덤덤하게 고개를 끄덕였다.

그럴 줄 알았다. 그렇게 될 줄 알았다. 어차피 기대는 안 했다.

"괜찮아. 예상했던 일이야. 그러니까 넌 그만 교실로 돌아가."

미련 없이 몸을 돌렸는데 서석이가 억울하다는 목소리를 보내
왔다.

"아, 왜 그래요? 실수 한 번 했다고 그렇게 진짜 선생님처럼
딱딱하게 굴 거예요? 다음엔 정말 잘할게요, 예?"

서석이가 성큼성큼 걸어와 내 앞을 막아섰다. 그런 녀석을 올
려다보며 서늘하게 말했다.

"넌 솔직히 도움이 안 돼. 그냥 가만히 있어."

내 냉정한 평가에 서석이는 웃음을 터뜨렸다. 그의 웃음을 이
해할 수 없어서 미간이 구겨졌다.

"왜 웃어?"

"노쌤 지금 삐진 거죠? 맞죠?"

"삐지다니? 난 그런 감정을 모르는 사람이야."

삐졌다니, 워낙 낯선 단어였고 한 번도 생각해 본 적 없는 단어
였다. 무엇보다 나에게 어울리지 않는 단어였다.

"삐지지 마요, 노쌤. 노쌤 삐지니까 진짜 여자 같다."

그러나 서석이는 막무가내였다. 그래서 나는 더 억울했다.

"안 삐졌다고, 이 평생 도움도 안 되는 놈아."

내 말에 서석이의 웃음소리가 더 커졌다. 이 녀석은 나를 놀리
는 게 굉장히 즐거운 듯 보였다. 내 기분이 더 상하려던 순간 서
석이가 웃음을 멈췄다.

"알았어요. 그렇다고 치고, 좋은 소식 하나 알려 줄게요."

서석이에게 더 이상 말려들기 싫었지만 좋은 소식은 거부하기 힘들었다. 그래서 최대한 도도하고 차갑게 말했다.

"들어나 보자."

잠시 두 눈동자를 굴려 주변을 살핀 서석이가 목소리를 낮춰 말했다.

"그날 우리 큰누나…… 2시간 만에 돌아왔어요."

"?"

그게 뭐?

"그렇다는 건 영화도 한 편 안 봤다는 얘기 아니겠어요? 그게 무슨 데이트예요?"

"그래도 만난 건 만난 거잖아."

"그래도 남녀가 2시간도 안 만났다는 건 서로 감정이 크지 않다고 봐야죠."

그런 거야?

갑자기 소란스럽던 머릿속과 가슴속이 조금 진정되는 느낌이 들었다. 기분이 좋아져서 서석이에게 조심스럽게 물었다.

"그럼…… 안심해도 되는 거야?"

순순히 고개를 끄덕이던 서석이가 잠시 내 뒤쪽으로 시선을 던졌다. 곧 내 뒤쪽에 머물러 있던 시선을 거둔 서석이가 내게 상체를 숙이며 작은 목소리로 말했다.

"근데 너무 안심하진 말아요. 남자는 싫은 여자랑은 죽어도 안 만나니까."

"!"

'대체 이 녀석은 아군이야, 적군이야?'

순간 발끈해서 서석이의 어깨를 때려 버렸다.

"아, 왜요!"

"넌 역시 도움이 안 돼."

"또 삐졌어요? 뭐 맨날 삐져."

"안 삐졌다고, 이놈아!"

휘익—

또다시 휘둘러지는 내 팔뚝을 가볍게 잡아챈 서석이가 내 뒤쪽에 대고 꾸벅 인사를 했다.

"안녕하세요, 담임쌤."

'담임쌤'이란 단어에 놀라 급하게 어깨를 틀었다. 그런 내 시야로 정 선생님의 햇볕에 그을린 까무잡잡한 얼굴이 들어왔다. 저 선생님은 워낙 점심시간마다 애들이랑 농구나 축구를 즐겨 하는 통에 얼굴이 하얘질 날이 없다.

"안녕? 안녕하세요, 노 선생님."

정 선생님이 우리를 향해 부드러운 미소를 보냈다. 심서현 생각이 나서 나는 어쩐지 밝게 인사할 수가 없었다.

"네. 안녕하세요."

딱딱하게 인사를 건네고 고개를 돌렸다. 그때 나는 여전히 내 팔을 잡고 있는 서석이의 손을 발견했고 깜짝 놀라서 재빨리 그 손을 떼어 냈다. 그런데 멀어졌던 서석이의 손이 다시 내 손을 덥석 잡았다.

"!"

"제가 앞으로 더 잘할 테니까 삐지지 마요, 네?"

헤헤— 거리며 웃는 서석이를 의아해하면서 고개를 돌리니 정 선생님이 우리 둘을 놀란 눈으로 쳐다보고 있는 게 보였다.

"뭐라는 거야, 얘."

서둘러 서석이를 밀어내는 사이 정 선생님은 어색한 표정으로 우리를 스쳐 지나갔다. 그를 따라가려는 나를 막아서며 서석이가 목소리를 낮췄다.

"이건 작전이에요."

"작전?"

낯선 단어에 눈이 저절로 커졌다. 다음 순간 서석이가 고개를 더욱 깊이 숙여 내 귓가에 속삭였다.

"네. 제가 방금 쓴 작전은 질투 작전이에요."

"질투?"

"방금 담임쌤 얼굴 굳어진 거 봤죠?"

확실히 방금 전 정 선생님의 표정은 이상했다. 하지만 그렇다고 질투는, 정말이지 말이 안 된다.

"정 선생님이 질투를? 말도 안 돼. 정쌤이 왜 너 같은 학생한테 질투를 하냐?"

어이없다는 헛웃음을 터뜨리는 내게 서석이가 뻔뻔하게 턱을 쳐들며 대답했다.

"잘생겼으니까?"

허— 하는 헛웃음이 또 터졌다.

"잘생겼어도 꼬맹인데?"

"잘생겼고 꼬맹인데도 멋있으니까?"

"잘생겼지만 꼬맹이고 나름 멋있지만 자기보다 어깨도 좁은데?"

서석이의 마른 어깨를 향해 나는 서늘한 비웃음을 흘려주었다. 그런 나를 본 서석이가 두 손으로 자신의 어깨를 감싸 안았다.

"쯧, 누가 어깨성애자 아니랄까 봐."

작게 중얼거리는 서석이를 노려보고 있는데 녀석도 나를 노려보더니 다시 목소리를 높였다.

"어쨌든! 잘생겼고 멋있고 어깨도 좁은 아이돌 같은 남학생이 노쌤이랑만 친하게 지내면 좀 신경 쓰이지 않겠어요? 하다못해 궁금해하긴 하겠죠. 게다가 노쌤은 워낙 학생들이랑도 데면데면하게 지내니까."

"정쌤은 그런 거 신경 안 쓴다니까."

"내기할래요?"

갑작스런 녀석의 제안에 잠시 망설였지만 이 내기에 내가 질 이유는 없었다.

"좋아."

"오케이. 그러면 담임쌤이 조금이라도 티를 내면 노쌤이 내 소원 들어주기, 어때요?"

"오케이. 대신 정쌤이 아무 신경도 안 쓰면…… 너 다신 나 도와준단 소리 하지 마."

내 온순하고 평온하기만 했던 짝사랑이 풍랑을 만난 듯 거칠게 흔들리기 시작한 건 서석이 녀석이 나를 도와주고 싶다고 했던 그때부터였다. 나는 그저 그 이전으로 돌아가 더는 마음에 상처를 내고 싶지 않았다. 상처받고 싶지 않았다.

"……."

서석이는 잠시 아무 말 않고 나를 빤히 쳐다보았다. 우리는 그렇게 말없이 서로를 바라보다가 고개를 끄덕였다.

❈ ❈ ❈

짝사랑이란 자고로 그 상대에게 어떤 영향도, 피해도 주지 않고 혼자 즐기는 거라 생각했다. 그러니까 혹시라도 질투를 하게 되더라도 상대에게 티를 내거나 피해를 줘서는 안 된다고 믿고 있었다.

그런데 오늘의 나는 질투에 활활 불타올라 정 선생님의 얼굴을 보는 것만으로도 화가 치밀어 올랐다. 그래서 오늘은 하루 종일 그를 피해 다녔다. 물론 점심시간에도 그를 보러 가지 않았다.

하루 종일 잘 피해 다녔는데, 수업을 마치고 교무실로 돌아오는 길에 복도 반대편에서 걸어오는 정 선생님을 발견했다. 그런데 그는 휴대폰을 보면서 걷느라 나를 보지 못한 듯했다.

"후후—"

나를 스쳐 지나간 정 선생님의 웃음소리에 살짝 기분이 상했다. 평소 같았으면 무시했겠지만 요즘의 나는 내가 아닌 것만 같다.

나는 몸을 빙글 돌려 정 선생님의 드넓은 등에 대고 점잖게 물었다.

"여자 친구 있으십니까?"

순간 움찔 놀란 그의 등이 천천히 돌려졌다. 나를 발견한 정 선생님이 의아한 얼굴을 했다.

"네? 아뇨. 그건 왜……."

"그래서 학부모를 따로 만나시는 겁니까?"

"네?"

정 선생님의 굵은 눈썹이 치켜 올라갔다. 나는 그 얼굴을 바라보며 냉랭하게 말을 이었다.

"선생님이란 사람이 학부모랑 학교 밖에서 개인적으로 만나는 건 오해의 소지가 있을 수 있습니다. 모르진 않으실 텐데요?"

말을 하면 할수록 나는 점점 더 화가 났고 흥분 상태가 되어 갔다.

"정 만나고 싶었으면 아무도 모르게 만나셨어야죠. 학생도 알 정도로 요란하게, 그것도 2시간씩이나 밖에서 만나고……!"

"잠깐만요, 노 선생님!"

당황한 듯한 표정의 정 선생님이 내 얼굴 앞으로 다급하게 손을 뻗었다. 눈앞에 보이는 그의 손바닥에 멍하니 시선을 뺏겨 버렸다. 남자답게 커다란 손바닥 안에 선이 굵은 손금들이 보였다. 나는 그 안에서 생명선을 찾아보았다.

다행히 그것은 꽤 길었다.

그때 정 선생님의 목소리가 빠르게 들려왔다.

"혹시 아까 서석이한테 들으신 겁니까?"

내가 아무 대답도 않고 그의 손바닥만 보고 있자 작게 한숨을 터뜨린 정 선생님이 다시 입을 열었다.

"뭔가 큰 오해가 있으신 것 같습니다."

그제야 나는 시선을 올려 그의 얼굴을 보았다. 그리고 지그시 그를 바라보며 곱지 않은 목소리를 냈다.

"뭐가 오해죠? 지난 토요일에 심서현 씨 안 만나셨습니까?"

"만났어요. 만났지만……!"

"실망입니다, 정 선생님."

바로 몸을 휙 돌렸다. 더는 그의 얼굴을 보고 싶지 않았다. 빠른 걸음으로 몇 발자국 옮기는데 뒤에서부터 거칠게 팔이 잡혀 버렸다.

"!"

다음 순간 내 몸이 거칠게 돌려졌다. 순간 심장이 쿵 하고 떨어지는 기분이 들었다. 놀란 내 눈앞으로 굳은 정 선생님의 얼굴이 보였다.

"서석이에 대해서 따로 할 말이 있다고 하셔서 만난 겁니다. 다른 의도는 전혀 없었어요."

심장은 두근거리기 바빴고 잡힌 팔목은 아팠다.

"그리고 정확히 말하면 1시간 30분 만났습니다. 그 시간 동안 심서현 씨와 저의 대화 내용은 주로 서석이에 대한 상담이었고요."

"……알았어요. 아픕니다. 그만 놔주세요."

내 팔목을 너무 꽉 쥐고 있는 정 선생님을 향해 차분하게 말했다. 그런데도 그는 손에 힘을 풀지 않았다.

"……저기, 정 선생님?"

다시 한 번 그를 부르자 정 선생님이 굳게 다물었던 입술을 열었다.

"오해를 푸셨다면…… 제 오해도 풀어 주셨으면 좋겠습니다."

"무슨 오해요?"

그것이 오해든 아니든 풀어 달라면 뭐든 풀어 줄 생각이었다. 하다못해 머리끈이라도 풀어 달라면 풀어 줄 생각으로 다부지게 그를 바라보았다.

"노 선생님이 특정 학생과 지나치게 친분 관계를 유지하고 계신 것 같은데, 제가 오해한 거 맞습니까?"

나는 순간 내 귀를 의심했다.

'너 제대로 들은 거 맞니? 정말 정 선생님이 저렇게 말한 거야? 맞아?'

"선생님이란 사람이 특정 한 학생이랑만 과도한 친분관계를 유지하는 건 오해의 소지가 있을 수 있습니다. 모르진 않으실 텐데요?"

정 선생님의 눈은 매서웠지만 나는 전혀 무섭지 않았다. 오히려 기뻐서 웃음이 날 뻔했다.

어머.

서석아.

풍악을 울려라.

나 네 소원 들어주게 생겼다?

"흠흠."

나는 일단 헛기침을 한 번 하고 정 선생님을 향해 입을 열었다.

"오해입니다. 확실히 서석이는 국어 성적도 좋고 저를 잘 따르는 편이지만, 그뿐입니다. 특별히 아끼거나 하지는 않습니다."

정 선생님이 나와 서석이가 친하게 지내는 것을 신경 쓸 줄은 정말 몰랐다. 아예 안중에도 없을 줄 알았다. 그런 자그마한 관심이라도 받고 있단 사실에 나는 정말 기뻤다.

내 대답을 들은 정 선생님이 아쉽게도 내 팔을 놓았다.

"역시 그렇군요."

그는 머쓱하게 웃었고 우리는 말없이 어색한 침묵을 유지했다.

"그럼 전 이만."

나 가던 길 다시 가겠다는 의사표시를 하고 먼저 걸음을 뗐는데 정 선생님이 급하게 날 불러 세웠다.

"노 선생님!"

천천히 고개를 돌리니 그가 미소 띤 얼굴로 내게 말했다.

"내일 점심 같이 하실래요?"

어머?

생각지도 못한 뜻밖의 제안이었다. 심장이 쿵쾅쿵쾅 뛰기 시작했지만 입 밖으로 나오는 목소리는 평온하기 그지없었다.

"그러죠, 뭐."

미친 듯이 뛰어 대는 심장과 달리 내 어투는 그까짓 거 한번 먹어 주마 같은 거만한 뉘앙스를 풍겼다.

다시 한 번 어색하게 웃은 그가 목례와 함께 가 버린 후 나는 신이 나서 휴대폰을 꺼내 들었다.

누구한테든 자랑하고 싶었던 것이다. 마침 내 휴대폰에는 문자가 두 개 도착해 있었고 나는 얼른 그것을 확인해 보았다.

첫 번째 문자는 동생 주은이에게서 온 것이었다.

[언니 소개팅 안 할래? 우리 기획사 실장님인데, 사람이 참 괜찮아. 그냥 같이 밥 한 번만 먹어라, 응?]

피식 한 번 웃은 다음 나는 그녀에게 도도한 내용의 답장을 보냈다.

[언니 바쁘다. 밥 먹어 줄 사람 줄 섰어.]

신이 난 마음에 그만 문자 끝에 음표(♪)를 붙일 뻔했다. 가까스로 이성을 되찾고 다음 문자를 확인해 보았다. 두 번째 문자는 서석이에게서 온 문자였다.

[노쌤 어디예요? 벌써 퇴근했어요? 혹시 제가 전에 준 바지 아직 안 바꿨으면, 저랑 같이 바꾸러 갈래요? 야자는 갔다 와서 할게요. 지금 어디에 있어요? 학교예요?]

녀석의 장문의 문자에 나는 짧고 간단명료하게 답장했다.

[됐고. 소원이나 말해.]

그러자 바로 서석이에게 전화가 걸려 왔다. 입가가 실룩거려지며 미소가 터져 나오려고 했다. 그래서 참지 않고 방실방실 웃으며 전화를 받았다.

"소원을 말해 봐."

― 와, 대박. 난 요술램프 지니가 전화 받은 줄 알았네. 그렇게 신나요? 담임쌤이 뭐라고 했는데요? 아니, 아니다. 얼굴 보면서 이야기해요. 지금 어디예요?

"나 이제 퇴근하려고 교무실 가는 중."

터덜터덜 교무실 쪽으로 걸음을 옮기는 내 귀로 서석이의 다급한 목소리가 들려왔다.

― 아, 그럼 가지 말고 교문 앞에서 좀만 기다려 줘요. 10분 안으로 갈게요.

"너 야자 해야지. 수능이 반년도 안 남은 놈이."

― 누가 집에 간대요? 그냥 소원만 말하고 다시 들어올 거예요.

피식 웃으며 전화를 끊고 교무실로 들어가서 가방을 챙겼다. 그 와중에 과학 선생님이 회식을 가자는 제안을 했지만 정중하게 거절하고 교무실을 나왔다.

주차장으로 내려와 언제나 같은 곳에 정차되어 있는 나의 애마에게로 갔다. 아담하고 귀여운 내 블랙 애마에 올라타고는 바로 시동을 켰다.

교정이고 해서 교문을 향해 천천히 차를 몰고 있는데 갑자기 차 뒷문이 벌컥 열렸다.

"꺄악!"

너무 놀라서 비명이 나와 버렸다. 급하게 브레이크를 밟은 차는 그 자리에서 멈춰 섰다.

"놀랬어요? 미안해요."

차 문을 열고 그 안으로 쏙 들어온 이는 다름 아닌 서석이었다. 나는 약간 허망한 기분으로 녀석을 쳐다보았다.

"그래도 그렇지, '꺄'이 뭡니까, '꺄'이? 안 어울리게."

뒷좌석에 털썩 앉으며 서석이가 하는 말에 순간 발끈했다.

"비명에 어울리고 말고가 어디 있어? 내 의지로 나오는 것도 아닌데."

"노쌤이라면 왠지 비명도 의지로 낼 것 같아서요. '아악', '헉', '헐', '뭬야?' 뭐 이런 비명이 더 잘 어울리기도 하고."

"마지막 '뭬야?'는 뭐야, '뭬야'는. 비명이 아니잖아."

퉁명스럽게 말한 후 잠깐 세웠던 차를 다시 출발시켰다. 그러자 운전석 옆으로 상체를 숙여 얼굴을 들이민 서석이가 목소리를 보내왔다.

"담임쌤이 뭐라고 했는데요?"

눈을 힐끔 돌려 녀석의 호기심 어린 얼굴을 보면서 대답했다.

"정 선생님이 말하길, 특정 학생과 너무 친하게 지내면 오해의 소지가 있을 수 있대."

후후후, 순간 터지는 웃음을 참기 힘들었다. 그사이 교문을 빠져나온 차를 눈앞에 보이는 가로등 앞에 세웠다. 그리고 웃음 터진 입가를 손으로 가리며 서석이 녀석을 돌아보았다.

"소원이나 빨리 말하고 교실로 돌아가."

웃음이 가득한 내 얼굴을 빤히 보던 서석이가 갑자기 주머니에서 휴대폰을 꺼냈다. 인터넷을 이용해서 검색을 하는 듯 휴대폰을 만지던 서석이가 신이 난 목소리로 중얼거렸다.

"뭘 사 달라고 하지?"

소원이 뭐 사 달라는 건가?

어린애 같은 발상이 귀여워서 그런 그의 행동을 가만히 지켜보고 있는데, 서석이가 갑자기 휴대폰을 다시 주머니 속으로 집어넣었다.

"아아, 진짜 뭐 달래지?"

여전히 고민하는 듯 서석이는 생각에 잠긴 얼굴로 나를 보았다.

운동화나 가방, 지갑 하다못해 패딩이라고 하면 될 것을 참 오래도 고민한다.

"노쌤한테 뭐 달라고 하지? 전 재산?"

서석이의 혼잣말에 뜨끔했다. 게다가 저 녀석은 날 똑바로 쳐다보면서 저런 말을 했다.

지, 진심이야?

"노쌤 전 재산이 얼마예요?"

……진심이구나!

"얼마나 있는지 우선 말해 봐요."

무서운 놈.

이 소원 하나로 인생까지 바꿀 야망에 가득 찬 놈 같으니라구.

"말해 보라니까요?"

진지한 서석이의 눈빛에 나도 덩달아 진지해졌다.

"선생님의 전 재산은 곧 결혼자금이야. 그러니까 다시 한 번만 생각해 줘."

순간 서석이의 눈썹이 꿈틀꿈틀하고 입술이 실룩실룩거렸다. 마치 웃음을 참는 것과도 같은 표정 변화에 '나 혹시 당하는 중인가' 의심을 시작하려는데 서석이가 다시 진지한 음성으로 말했다.

"그럼 그냥 전 재산 저 다 주고 결혼도 저랑 하면 되잖아요. 그렇게 되면 노쌤 손해 볼 일은 없는 거죠."

"그래, 그러면 되겠……긴 뭐가 돼? 너 미쳤어? 너 설마 소원이 나랑 결혼하는 거야?"

순간 정적이 흘렀다. 잠시 조용해졌던 차 안에 이내 서석이의 푸풋 하는 방구 소리 아니, 웃음 터지는 소리가 울려 퍼졌다.

"노쌤 진짜 순진한 거 알아요?"

안다. 알아도 이 고생이다.

"장난치지 마. 넌 선생님이 우습니?"

"우습긴요, 무섭죠. 삐지지 마요, 삐지는 게 제일 무서워."

"너 이제 내려."

몸을 홱 돌려 정면을 본 채 냉랭하게 말했더니 서석이가 다시 운전석 쪽으로 상체를 숙이며 내 어깨를 덥석 잡았다.

"지금 막 소원 생각났어요."

녀석의 손을 쳐 내며 미간을 좁혔다. 무시하고 싶지만 약속은 약속이니까.

"……빨리 말해."

"저 노쌤 휴대폰 세 번만 쓰게 해 주세요. 제가 필요할 때 딱 세 번만."

생각지도 못한 이상한 소원이었다. 그래서 서석이의 소원을 듣자마자 고개를 갸웃했다.

"휴대폰? 너 휴대폰 있잖아? 왜 하필 내 휴대폰이야?"

"맹세코 나쁜 짓은 안 할게요. 그리고 절대 한 번에 1분 이상은 안 쓸게요."

께름칙했다. 그래서 망설이고 있는데 서석이 녀석이 갑자기 몸을 뒤로 뺐다. 그러고는 바로 차 문을 열고 나갈 태세를 취한 뒤 내게 말했다.

"그럼 그냥 전 재산 주실래요? 계좌번호는 문자로 찍을……."

"알았어."

나쁜 짓은 안 하겠다고 했으니 일단 믿어 보기로 했다. 내 대답에 내리려던 서석이가 다시 안으로 몸을 집어넣고는 내게 손을 내밀었다.

"그럼 지금 줘 봐요."

"지금이 그 '필요할 때'야?"

"네."

마지못해 서석이에게 내 휴대폰을 건네주었다.

슥슥—

내 휴대폰을 잡은 녀석의 손이 어찌나 빠르던지 대체 무얼 하는지 가늠조차 되지 않았다.

"자요."

딱 1분 후 서석이가 내 휴대폰을 돌려주고는 차에서 내렸다.

"집에 조심히 잘 가고 내일 봐요, 노쌤."

녀석의 인사도 듣는 둥 마는 둥 나는 열심히 내 휴대폰의 변화를 찾아보았지만, 문자 메시지나 통화내역 어디에도 변화의 흔적은 없었다.

'대체 뭐지? 뭐 한 거지, 저놈?'

고개가 갸웃거려졌지만 나는 그냥 포기하고 다시 차를 출발시켰다.

❀ ✱ ❀

점심시간을 5분 남겨 두고 내 심장은 두근두근 크게 뛰기 시작했다. 그도 그럴 것이, 오늘이 바로 정 선생님과 같이 점심식사를 하기로 한 날이 아닌가.

나 오늘 밥은 제대로 입안에 넣을 수 있을까?

내 심장 뛰는 소리가 너무 커서 정 선생님의 목소리가 잘 안 들리면 어쩌지?

나 밥 먹는 거 되게 못생겼으면 어떡하지?

별의별 걱정을 다 하면서 교무실 복도를 서성이고 있는데 그런 내게로 정 선생님이 성큼성큼 다가왔다.

"가시죠."

정 선생님과 나란히 복도를 걸으니 온몸이 빳빳하게 굳으며 잔뜩 긴장이 되었다. 그런데 정 선생님은 사람 좋은 미소를 지으며 긴장한 내게 계속 말을 걸었다.

"혹시 축구도 좋아하세요?"

"그냥 뭐…… 보통이요."

사실 나는 축구는 잘 모른다. 나한테 축구는 그냥 농구와 달리 점수가 잘 안 나는 스포츠일 뿐이다.

"전 스페인 축구 좋아하거든요, 라리가. 어제도 레알 경기가 있었는데, 호날두가 멀티골을 기록했어요. 근데 솔직히 해트트릭도 할 수 있었거든요."

안 그래도 긴장돼 죽겠는데, 이 남자 대체 무슨 소릴 하는 건지 도저히 모르겠다. 외계어 구사하는 건가, 지금?

그래도 나 지금 네 얘기를 굉장히 잘 듣고 있고 잘 이해하고 있다는 의미로 고개까지 끄덕이며 경청하고 있었다.

"그게 오프사이드 판정을 받은 거예요. 근데 제가 봤을 땐 그거는…… 아, 미안해요. 너무 재미없는 얘기만 했죠, 제가?"

아무리 노력해도 내 표정만은 솔직했던지 정 선생님이 난감한 얼굴을 했다. 그래서 나는 얼른 굳은 표정을 풀고 그에게 말했다.

"아니에요. 재미있어요. 그…… 도날드가 해드트릭을 했으면 정말 좋았을 텐데 말이죠."

다음 순간 정 선생님이 갑자기 자신의 입을 가렸다.

"큭……."

그의 웃음 터지는 소리에 미간이 구겨졌다. 정 선생님이 그 넓은 어깨를 틀고 고개를 저쪽으로 돌렸지만 난 그가 웃고 있단 걸 확실히 느낄 수 있었다.

"왜 웃어요? 저 지금 무슨 말실수했습니까? 그래요?"

"아닙니다."

"했잖아요? 한 것 같은데?"

정 선생님의 어깨를 손가락으로 쿡쿡 찌르며 묻고 있는데, 갑자기 뒤에서부터 익숙한 목소리가 들려왔다.

"도날드 아니고 호날두요. 도날드덕이랑은 차원이 다른 애예요. 그리고 해드트릭 아니고 해트트릭이요. 한 선수가 골을 세 번 넣는 걸 말해요. 축구에 대해선 정말 아무것도 모르는구나, 노쌤?"

갑자기 나타난 서석이의 친절한 설명에 정 선생님과 나는 동시에 고개를 뒤로 돌렸다. 싱글거리며 웃고 있던 서석이가 우리를 향해 고개를 꾸벅 숙였다.

"안녕하세요. 점심 드시러 가세요?"

"어? 어."

"그럼 맛있게 드세요."

서석이는 환하게 웃는 얼굴로 우리를 스쳐 지나갔다. 서석이 덕분에 내 말실수를 정확하게 알게 된 나는 벌게진 얼굴로 빨리 걷기 시작했다.

"배, 배고프네요. 빨리 가요."

5

탁—

식탁 위에 식판을 내려놓으면서도 내 반대편에 있는 정 선생님에게 눈길 한 번 주지 못했다. 괜히 휴대폰으로 '호날두'만 검색하고 있는 나에게 정 선생님이 부드러운 목소리를 보냈다.

"신경 쓰지 마세요. 여자분들은 축구 잘 모르잖아요."

그래도 다른 여자분들은 그런 말실수는 안 하겠지요.

나는 그냥 말없이 웃으며 휴대폰을 식탁 위에 내려놓았다.

"노 선생님이랑 친해서 그런가 서석이가 짓궂네요."

방금 전 호날두로 날 놀리던 서석이가 떠올랐는지 정 선생님이 웃음기 서린 목소리로 말했다. 그래서 나는 바로 정색했다.

"안 친합니다."

"아…… 예."

그때 내가 식탁 위에 올려 둔 휴대폰이 길게 진동했다. 정 선생님과 내 눈이 동시에 전화가 오고 있는 내 휴대폰으로 향했다.

"!"

발신자를 확인한 내 표정은 급격하게 굳어졌다.

'바, 발신자 이름이 왜 저래?'

내 얼굴만큼이나 정 선생님의 얼굴도 딱딱하게 굳어졌다.

어제 소원이라며 휴대폰을 만지게 해 달라고 해서 줬더니만…… 저런 짓을 해 놓은 거야, 심서석?

[서석이♡]

방금 정색을 하고 안 친하다고 했는데, 휴대폰에 저장된 이름은 서석이 하트…….

정 선생님이 나를 얼마나 이상하게 생각할까 낙담하면서 전화를 받았다.

"무슨 일이야?"

— 어? 노쌤? 아, 나, 노씨 친구한테 전화하려고 한 건데, 잘못했네. 아이고. 암튼, 밥 맛있게 먹어요, 노쌤.

전화가 끊어지고 정 선생님과 나 사이엔 불편한 침묵만이 흘렀다. 손에 들린 휴대폰을 내려놓으며 나는 아주 낮게 한숨을 내쉬었다.

"드시죠."

얼마 지나지 않아 정 선생님이 나직이 말해 왔고 나는 다시 숨가락을 들었다.

여기서 내가 당한 거라고, 서석이 녀석이 내 휴대폰을 가지고 자기 맘대로 '심서석'을 '서석이♡'로 바꾼 거라고 변명하는 건 더 큰 오해만 낳을 것 같았다. 그래서 나는 최대한 뇌를 움직여 머리를 굴려 보았다.

잠시 후 나는 안 떨어지려는 입술을 겨우 열고 그에게 말했다.

"정 선생님, 지금 저한테 전화 한번 해 보시겠습니까?"

"지금요?"

정 선생님의 눈이 휘둥그레지는 것을 보며 나는 차분하게 고개를 끄덕였다. 어리둥절해하던 정 선생님이 자신의 휴대폰을 꺼내더니 곧 전화를 걸었다.

바로 내 휴대폰에 발신자 이름이 떴다. 또다시 정 선생님과 나는 동시에 그것을 확인했다.

[정쌤♥]

"쿨럭……!"

너무 놀랐는지 정 선생님은 헛기침까지 했다.

'아, 정말 평생 감추고 싶었던 건데…….'

내 마음을 들킨 것만 같아 엄청 부끄러웠지만, 마른침을 꿀꺽 삼키고 다시 입을 열었다.

"제 습관입니다. 번호 저장할 때 꼭 이름 끝에 하트를 넣어요."

아니다. 난 오직 정 선생님의 이름 뒤에만 하트를 넣어 둔 거다. 그랬던 것이 이런 요긴한 변명의 용도로 쓰일 줄은 몰랐지만.

"아…… 네. 아, 그렇군요."

혹시나 내가 만들어 낸 변명이 조잡스럽진 않았는지 걱정하고 있는데, 굳어 있던 정 선생님의 얼굴에 웃음이 살짝 비쳤다. 그래서 용기를 내서 계속 말을 이었다.

"하트는 랜덤이에요. 까만 것도 있고 빈 것도 있고. 하트 싫으시면 바꿔 드릴게요. 물결이나 눈웃음 표시로……."

"지금 그대로도 괜찮은데요."

심금을 울리는 중저음의 보이스와 그 내용에 절로 행복한 기분이 되었다.

정 선생님을 향한 내 마음이 점점 더 커지니까 하트를 두 개로 늘려야겠다 결심하면서 식사를 마쳤다. 같이 교무실로 돌아가는 길에 운동장을 바라본 정 선생님이 잠시 고민하는 표정을 짓더니 나를 돌아보았다.

"노 선생님도 같이 하실래요, 농구?"

"네? 저는 그런 거 잘 못해요. 보는 것만 좋아해요."

"그러지 마시고 공 한번 잡아 보세요."

다음 순간 정 선생님이 내 팔을 덥석 잡더니 운동장으로 나를 데리고 갔다.

체육과는 담을 쌓고 산 나에게 농구라니, 특히나 구기종목과는 기름과 물처럼 안 어울리는 나인데……!

그리고 무엇보다 팀플레이 경기는 개인주의를 삶의 모토로 삼은 나에게는 금기와도 같은 것이었다.

"어? 국어쌤?"

농구 골대 근처로 온 나에게 남학생들의 의아해하는 시선이 쏟아졌다.

배 아픈 척을 할까?

괜히 돌에 걸린 척 자빠져서 보건실에나 가 버릴까?

여기서 빠져나갈 궁리만 열심히 하고 있는 내 귀로 정 선생님의 밝은 목소리가 들려왔다.

"우리 국어 선생님도 농구 좋아하신대. 같이 하자."

'우리 국어 선생님? 우리?'

그, 우리나라밖에 안 쓴다는, 강한 소속감을 느끼게 해 준다는 그 단어, 우리?

나는 정 선생님이 뱉어 낸 '우리' 라는 단어에 기분이 좋아져서 얼떨결에 3:3 농구의 한 멤버가 되고 말았다. 그리고 정신을 차려 보니 어느새 내 손에는 농구공이 들려 있었다.

"드리블해 봐요."

정 선생님이 내 옆에서 던진 말에 정신이 아득해졌다.

'드리블이라니, 트러블밖에 모르는 내게 드리블이라니……'

"이렇게."

내가 하도 안 움직이니까 정 선생님은 손바닥을 펴서 드리블하는 시늉을 해 보였다.

안다. '채치수'를 좋아하는데 드리블을 모르겠는가.

다만 해 본 적이 없어서 그런다, 해 본 적이.

학생들 네 명과 정 선생님이 나만 쳐다보고 있는 상황이었기에 나는 용기를 쥐어짜 보았다.

천천히 공을 아래로 향하게 한 뒤 바닥으로 튕겼다. 한 번, 두 번 자연스럽게 튕겨지니 점점 기쁜 마음이 들었다.

나 의외로 운동신경이 꽤 좋은…….

휙―

"!"

공을 세 번도 못 튕겼는데 근처에 있던 남학생에게 뺏겨 버렸다. 당황스러웠다.

저 녀석 이름이 뭐더라?

통통하니 귀여운 얼굴의 남학생은 어딘가 낯이 익었다.

"너 이름이 뭐지?"

가까이 다가서며 이름을 묻는 내게 그 남학생은 눈웃음을 치며 웃는 얼굴로 말했다.

"이 공 뺏으면 알려 드릴게요."

뭐 저런 심서석 같은 놈이 다 있담?

내 앞에서 현란하게 공을 드리블하는 녀석을 따라다니며 손을 뻗어 보았지만, 역부족이었다. 급기야 녀석은 나를 희롱하며 슛까지 성공시켰다.

"죄송해요. 미안하다."

녀석을 막지 못했다는 괴로움에 나는 정 선생님과 우리 팀 남학생 진혁이에게 사과를 했다.

이래서 내가 팀플레이를 싫어한다. 내가 잘못한 게 있으면 나만 피해 입으면 되는데 팀플레이인 경우 나 때문에 팀 전체가 피해를 보니 말이다. 그런 상황은 심히 부담스럽다.

"쌤 혼자 무슨 올림픽 나왔어요? 그냥 편하게 해요."

그래도 되는 건가?

우리 팀 진혁이가 한 말에 나는 묘하게 안심이 되었다. 그사이 상대 팀에서 공을 뺏어 온 정 선생님이 내게 그 공을 패스했다.

"슛해 봐요, 슛."

이번엔 정 선생님이 두 손을 머리 위로 올리며 슛하는 시늉을 했다.

슛이라니, 슛밖에 모르는 나에게 슛이라니. 해 본 적도 없는……

툭—

"!"

고민하는 사이 아까 그 녀석에게 또 공을 뺏겨 버렸다.

뭐 저런 일관성 있는 놈이 다 있지?

순간 발끈해서 녀석에게 소리쳤다.

"넌 왜 내 공만 뺏어? 내가 제일 만만해?"

"당연하죠!"

"너 일루 와. 너 몇 학년 몇 반이야?"

실실 웃으며 여유롭게 공을 튕기던 녀석이 내 말에 더 큰 웃음을 터뜨렸다.

"쌤 치사하게 이러기예요? 알아서 뭐하시려고요? 제 점수라도 깎으시게요?"

"얜 깎을 점수도 없어요, 쌤."

옆에서 녀석의 친구가 거들었지만, 난 단호하게 대처했다.

"없으면 마이너스로라도 만들어 버릴 거야. 학년이랑 반, 이름 대."

내 발언에 아이들은 일제히 웃음을 터뜨렸다.

"국어쌤 이렇게 재미있는 분인 줄 몰랐어요."

"진짜 대박 웃기다, 쌤."

난 진심인데, 아이들, 그리고 정 선생님까지 웃고 있으니 더는 뭐라 말도 못 하고 그냥 정말 위트였다는 듯 인자한 미소를 지어 보였다.

그런데 그사이 상대 팀에게서 또 공을 빼앗은 정 선생님이 내게 그것을 패스했다.

"이번엔 뺏기지 마요."

이렇게 말하면서 정 선생님은 내게 윙크를 했다.

어머?

정 선생님의 윙크에 정신이 혼미해지려는데, 그 순간 다른 손이 뻗어 와 내 공을 가로채려는 게 보였다.

'안 돼! 이번엔 뺏길 수 없어!'

다부지게 두 손으로 공을 꽉 잡고 다시 정 선생님에게로 급하게 패스했다.

퍽—

"!"

그런데 내 패스가 너무 형편없었던지 내게서 날아간 그 공은 정 선생님의 얼굴을 강하게 맞혀 버렸다.

"정 선생님!!"

너무 놀라 한걸음에 그에게 달려갔다.

"괜찮으세요, 정 선생님?"

"네. 괜찮습니다. 뭐 이 정도 가지고."

정 선생님은 호탕하게 대답하며 허리를 펴고 고개를 들었다. 그런데 그 순간 그의 잘생긴 코에서 피가 주륵 흘러나왔다.

"어머, 어떡하지? 코피 나요, 정 선생님!"

머릿속이 순간 패닉 상태가 되었다. 나 때문에 정 선생님이 피를 보다니.

"괜찮아요, 정말."

정 선생님은 손으로 코를 가리며 나를 안심시켰지만, 나는 울 것 같은 기분을 떨쳐 낼 수가 없었다.

"어서 보건실로 가요."

"전 정말 괜찮아요. 그냥 휴지로 닦으면 돼요."

"제가 안 괜찮아요. 제발 같이 가요."

나는 정 선생님의 팔을 잡으며 억지로 그를 끌고 보건실로 향했다. 차마 정 선생님의 얼굴을 쳐다보기 힘들어 고개를 바닥으로 숙이고 걸었다.

이래서 팀플레이 경기 따위 하기 싫었던 거다.

난 꼭 누군가에게 피해를 주니까. 상처를 주니까.

차라리 혼자가 편하다.

❋　❋　❋

내가 내게 윙크를 한 정 선생님의 얼굴을 공으로 때려 버린 사건 이후 정 선생님과 나의 관계는 지극히 사무적이 되어 버렸다. 동료로서 인사 정도만 나누는 그런 관계.

나는 원래의 나처럼 어느 누구와도 개인적인 대화를 나누지 않고 기계적으로 내 할 일만 했다.

"과제 걷어 왔어요."

내가 전처럼 그런 딱딱한 생활을 반복하는 와중에도 서석이만은 변함없이 날 대했다. 늘 먼저 말을 걸어왔고 쓸데없는 이야기를 해 왔다.

교무실 내 책상 위에 3학년 1반 국어 과제물을 올린 서석이가 나를 내려다보며 씨익 웃었다.

"어? 노쌤 안경테 바꿨어요?"

"안 바꿨어."

"머리를 조금 자른 것 같기도 하고?"

"안 잘랐어."

"살 좀 빠졌죠?"

"안 빠졌어."

내가 딱딱한 대답만 반복해서 재미가 없어졌는지 서석이는 결국 입을 다물어 버렸다.

"그만 가 봐."

고개를 돌리며 녀석에게서 시선을 떼자 서석이가 갑자기 책상 위에 있던 내 휴대폰을 집어 들었다.

"무슨 짓이야?"

눈썹을 치켜 올리며 묻자 서석이가 한마디 했다.

"소원이요."

전에 서석이가 자기가 필요할 때 딱 세 번만 내 휴대폰을 쓰게 해 달라고 했던 소원이 떠올랐지만, 나는 단호하게 고개를 저었다.

"안 돼. 그 소원 이제 무효야."

"왜요? 누구 맘대로?"

앉은 상태에서 손만 서석이에게로 올려 휴대폰을 돌려 달라고 말했는데도 녀석은 못 들은 척했다.

"저 기말에도 국어 1등 한 거 아시죠? 이과 애가 국어 1등 하는 게 어디 쉬운 건 줄 아세요?"

"시끄럽고, 휴대폰이나 내놔."

"무슨 선생님이 그래요? 약속도 안 지키고."

말을 하면서도 서석이는 내 휴대폰을 계속 만졌다.

"자, 딱 1분 썼어요."

볼일 끝났다는 듯 내 손에 휴대폰을 쥐여 준 서석이는 잰걸음으로 교무실을 빠져나갔다. 일단 국어 과제물을 먼저 확인하려고 손에서 휴대폰을 내려놓으려는 순간 진동이 느껴졌다. 문자가 왔음을 알리는 진동이었다. 그래서 도착한 문자를 바로 확인해 보았다.

"!"

문자는 정 선생님에게서 온 것이었다. 순간 심장이 두근거렸다.

그런데 그 문자 내용은 날 더 두근거리게 만들었다.

[좋아합니다.]

뭐, 뭐가? 뭐가 좋아? 나? 설마 나요?

두근대는 심장을 부여잡으며 멍하니 있다가 순간 스친 생각에 재빨리 '보낸 문자함'을 확인해 보았다.

"……야, 심서석!!"

나는 들고 있던 휴대폰을 내팽개치며 심서석을 잡으러 달려 나갔다.

[농구공 사건에 대한 사죄의 의미로 이번 주 토요일에 저녁을 대접하고 싶습니다. 고기 좋아하게 생기셨는데, 삼겹살 좋아하십니까?]

6

덥석—

복도 끝에 서석이의 어깨를 잡아 녀석을 멈춰 세웠다.

"야, 심서석. 너 뭐야? 왜 매번 날 이렇게 곤란하게 만들어? 나랑 웬수졌냐?"

버럭 소리를 질렀더니 서석이가 도리어 인상을 찌푸렸다.

"노쌤 도와준 거잖아요!"

"이게 뭐가 도와준 거야? 넌 그냥 아무것도 안 해도 돼. 내가 다 알아서 한다니까……!"

"노쌤이 알아서 한 게 뭐가 있는데요?"

내 앞에서 허리에 손을 척 올리며 위협적인 자세를 취한 녀석이 눈썹을 구기며 내게 따졌다.

"좋아한다면서 표현하려고 노력이나 해 봤어요? 따로 전화하거나 문자 보낸 적은 있고요?"

"……."

난 아무런 대꾸도 할 수 없었다. 서석이는 성난 얼굴로 계속 나를 다그쳤다.

"노쌤이 분명히 안 하니까, 농구공으로 얼굴이나 때리고 그러니까……!"

"그건 일부러 그런 게 아니잖……!"

내 말은 듣지도 않고 서석이는 자신의 말을 이었다.

"지금 우리 큰누나가 담임쌤한테 적극적으로 대시하고 그러잖아요!"

내가 아무 노력도 안 하고 있었기에 모든 게 멈춘 줄만 알았다. 그런데 그게 아니었다. 그대로 멈춘 게 아니라 멈춰 있는 나를 제외한 모든 것들은 변하고 있었던 것이다.

서석이도, 서현이도, 그리고 분명 정 선생님도.

"큰누나가 담임쌤한테 진심이면 저…… 더 이상 노쌤 도와줄 수 없는 거 아시잖아요."

서석이의 진지하게 이어지는 음성에 생각이 많아졌다. 마음이 복잡해졌다. 말없이 가만히 서 있는 내게 서석이가 다시 목소리를 보냈다.

"그래서 마지막으로 대신 데이트 신청해 준 거예요. 잘해 봐요."

"……해 본 적 없어."

내 중얼거림에 서석이가 허리를 숙여 자신의 귀를 내 입 앞으로 바짝 가져왔다.

"뭐라구요?"

무겁게만 느껴지는 입술을 겨우 다시 움직였다.

"해 본 적 없다구."

"뭘요? 데이트 신청이요?"

"아니. ……데이트."

서석이의 아몬드 형태를 유지하던 두 눈이 동그래졌다. 곧 그
가 입술 끝을 올리며 피식 웃음을 터뜨렸다.

"노쌤 모쏠이었어요? 아, 촌스러."

순간 발끈해서 큰 목소리를 내 버렸다.

"이 자식이……! 모쏠이 뭔데?"

"모쏠이 뭔지도 모르면서 화내는 거예요, 지금?"

"쌍시옷이 들어갔으니 좋은 단어는 아닐 거 아니야?"

"뭐 쌍시옷 들어가면 다 욕인가? 쑥떡 삐지겠네. 모쏠은 모태
솔로. 모태 신앙과 같은 맥락이죠."

그런 거였어?

"이 녀석! 갑자기 기분 나쁘네?"

"기분은 아까부터 나빴어야죠. 아까부터 놀리고 있었는데."

힘을 빡 준 두 눈으로 녀석을 노려보고 있으니 서석이가 실실
웃는 얼굴로 내게 손을 흔들었다.

"그럼 전 다시 공부하러 갈게요. 안녕!"

도망가려는 서석이의 교복 끝자락을 잡아당기며 살벌한 목소리
를 냈다.

"그리고 너 인마, 정 선생님의 어디가 고기를 좋아하게 생겼다는 거야?"

자기 교복을 붙잡고 있는 내 손을 부드럽게 떼어 내며 서석이가 또 빙그레 웃는다.

"몸이요, 몸."

참나. 어이가 없어서 헛웃음을 짓고 있는 사이 서석이는 두 주먹을 올려 내게 화이팅을 보내 주었다.

"생애 첫 데이트 파이팅!"

뭐 저런 안 기쁜 파이팅이 다 있담?

※ ✳ ※

내일이 바로 대망의 첫 데이트가 있는 날이다. 수업을 하거나 내 일을 할 때에는 잠시 잊고 있다가 뭔가 틈만 생기면 바로 떠오른다.

내일. 토요일. 삼겹살. 정 선생님. 데, 데이트.

나 내일 고기를 불판에 잘 올릴 수나 있을까?

상추쌈 먹는 내 얼굴이 못생겼으면 어쩌지?

고기가 타서 정쌤이 '어디서 타는 냄새 안 나요?' 라고 물어보면 '제 마음이 타고 있잖아요.' 라고 옛날 드립 치고 싶어지면 어떡하지? 내 입을 어떻게 막지?

데이트도 처음인데, 처음부터 난이도 높은 삼겹살 데이트라니…….

고민이 많았다.

퇴근길에 내일 고기나 잘 구울 수 있을까 계속 고민하면서 걷다가 큰 고깃집을 하나 발견했다. 우두커니 멈춰 선 채 잠시 생각에 잠겼다.

……그래, 예행연습을 해 보자.

바로 주머니에 손을 넣어 휴대폰을 꺼낸 후 제일 만만한 사람에게 전화를 걸었다. 곧 상대의 목소리가 들려왔다.

— 왜?

"야, 노주은. 너 어디야? 집이지?"

— 확신하면서 뭘 물어?

"고기 사 줄게. 나와."

— 이 야밤에 무슨 고기야? 안 먹어.

내 제안을 주은이는 단박에 거절했지만, 나는 포기하지 않았다.

"맛있는 삼겹살 사 줄게."

— 뭐야, 꽃등심도 아니고 겨우 삼겹살 때문에 내가 이 야밤에 옷을 입고 나가야 돼? 어딘데?

저 말끝에 반전 있는 거 보소. 역시 한국말은 끝까지 들어 봐야 한다.

"언니 학교 근처 사거리에 있는 큰 고깃집 알지? 거기로 와. 바로 올 거지?"

— 응. 금방 갈게. 고기 먼저 굽고 있어. 나 가면 바로 먹을 수

있게.

"그래, 알았다."

전화를 끊고 고깃집으로 들어갔다. 규모가 큰 식당답게 가게 안에는 손님들로 꽤 북적거렸다.

"몇 분이세요?"

종업원의 질문에 나는 검지와 중지만 펴서 '두 명'임을 알렸고 그는 곧 나를 창가의 구석 자리로 안내했다.

"삼겹살 2인분 아니, 3인분이요."

주은이는 어렸을 때부터 먹은 게 다 키로 가는지 먹어도 먹어도 키만 컸지 살은 잘 안 쪘다. 하늘이 내려 주신 체질로 지금도 깡말랐는데 먹는 걸 엄청 좋아한다. 그래서 그녀의 양을 생각해서 3인분으로 주문한 것이다.

얼마 지나지 않아 식탁 위로 삼겹살 3인분이 놓였고 나는 바로 삼겹살 한 줄을 집어 불판 위에 놓았다. 그리고 또 한 줄을 더 놓은 후 구워지는 상태를 지켜보았다.

어느 미식가가 그랬다.

고기는 한 번만 뒤집었을 때가 제일 맛있다고.

그렇지만 그 고난이도 스킬을 시행하려다 고기를 한쪽만 태워 먹을 수도 있기 때문에 나는 그냥 빨리 뒤집어 버렸다.

잠시 후, 고기 두 줄이 다 익은 듯해서 가위를 집어 들었다. 정 선생님을 떠올리면서 그의 도톰한 입술 안으로 들어갈 만한 크기로 고기를 자르고 있는데 문득 사람들의 시선이 느껴졌다. 힐끔 눈을 돌리다가 나를 보고 있던 몇몇 아저씨들과 눈이 마주쳤다.

그들의 눈은 마치 '고기 많이 좋아하니? 그래서 그렇게 혼자 많이 먹고 있는 거니?' 라고 묻는 듯했다.

난 억울했다. 그래서 나는 '혼자가 아니다, 동생이 곧 올 거다, 그리고 아직 고기는 먹지도 않았다.' 라고 눈빛으로 말하면서 휴대폰을 꺼내 들었다.

바로 주은이에게 전화를 걸었지만 연결이 되지 않았다. 그래서 문자를 남기기로 했다.

[어디니, 주은아? 빨리 와~]

답이 없어서 또 문자를 보냈다.

[어디서 타는 냄새 안 나? 네 고기가 타고 있잖아. 어디야? 왜 안 와?]

계속 보냈다.

[어디서 타는 냄새 안 나냐? 내 속이 타고 있잖아! 어디냐? 너 설마 자냐?]

문자를 세 개나 보내는 동안 고기는 계속 구워졌고 계속 쌓여갔다.

혼자서라도 먹고 가야 하나……?

집에 싸 갈까……?

심각하게 고민하고 있는데 창가 쪽에서 창을 똑똑 두드리는 소리가 들렸다. 반사적으로 고개를 들었더니 창밖에 휴대폰 뒷면이 보였다.

찰칵—

그리고 난 분명히 들었다. 사진 찍히는 소리를.

내 모습을 찍은 게 분명한 휴대폰이 아래로 내려지고 교복을 입은 채 개구쟁이처럼 웃고 있는 서석이의 얼굴이 보였다.

'쟤가 저기 왜 있지? 벌써 야자가 끝날 시간인가?'

나를 향해 손을 흔들며 빙긋 웃은 서석이가 고깃집 안으로 들어왔다. 성큼성큼 걸어와 내 반대편에 앉은 서석이 녀석이 웃음 가득한 얼굴로 물었다.

"왜 혼자 이러고 있어요?"

"혼자 아니야. 일행 있어."

"일행 누구요? 상추? 마늘?"

식탁 위에 있는 상추와 마늘을 손가락으로 가리키면서 내 속을 긁던 서석이가 나를 향해 상체를 숙였다. 그리고 작은 목소리로 말했다.

"아, 혹시 쌈장이랑 내일 있을 데이트 연습 중이셨나?"

딱—

결국 못 참고 얄미운 녀석의 이마에 꿀밤을 때려 버렸다.

나는 웬만하면 학생을 잘 안 때리는데 얘는 꼭 매를 번다.

"저를 부르지 그랬어요?"

나한테 맞은 이마를 문지르며 녀석이 하는 말에 냉랭하게 대꾸했다.

"동생이 온다고 했어. 곧 올 거야."

"고기가 이렇게나 쌓일 동안에도 안 온 거면, 그냥 자는 거 아니에요? 시간도 열한 시가 넘어가고 있고."

말을 멈춘 서석이가 접시에 쌓인 고기를 보면서 침을 꿀꺽 삼켰다. 이내 녀석의 눈이 반짝거리며 날 보았다.

"제가 먹어도 되죠?"

그 순간 나는 아무 연락 없는 휴대폰을 힐끔 쳐다보았다. 아무래도 주은이는 오지 않을 것 같다. 그래서 반쯤 포기하고 고개를 끄덕였다.

"그래, 너 다 먹어라."

내 말이 떨어지기가 무섭게 서석이는 고기를 집어 먹기 시작했다. 내가 구운 고기를 입안으로 넣으면서도 서석이는 계속 나를 놀려 댔다.

"멀리서 봤는데 고깃집에서 혼자 고기 먹는 여자가 있는 거예요. 하도 신기해서 내 SNS에 올리려고 사진까지 찍었는데, 그게 노쌤일 줄이야!"

"말은 분명히 하자. 먹진 않았다, 나."

"그게 뭐 사진에 드러나나요? 사진에는 완벽하게 고기 혼자 먹는 여자예요."

"당장 지워, 그 사진."

이제 나도 고기 한 점 먹어 보려고 젓가락을 들었는데 서석이가 남아 있던 고기를 다 집어 먹더니 말했다.

"고기 더 구워 주시면 사진 지울게요."

뭐 이런 협상의 달인 같은 놈이 다 있지?

하지만 사진을 지우게 하고 싶었기에 나는 서석이를 흘겨보면서 다시 고기를 구웠다.

망할 놈. 좋은 머리를 꼭 저런 데 써.

"아, 맞다. 이거 데이트 예행연습이죠? 자, 그럼 절 이제 담임 쌤이라고 생각하세요."

갑자기 서석이는 어깨에 힘을 줘서 넓게 펴더니 쌍꺼풀이 안 보이게 두 눈을 가늘게 떴다.

"너 설마 지금 정 선생님 흉내 내는 거야?"

"고기나 얼른 구워 봐요, 노 선생."

"우리 정 선생님은 그렇게 말 안 해!"

"저 이 어깨 유지하려면 고기 많이 먹어야 합니다. 빨리 구우세요."

"아, 글쎄 정쌤은 안 그런다니까?"

"요즘 제 별명이 어깨깡패라죠? 음하하—"

"우리 정쌤은 절대 안 그래!"

❊　❊　❊

역시 안 그랬다. 정 선생님은 정말 서석이가 흉내 낸 그 모습과 하나도 닮지 않았다. 서석이에게 정중한 사과를 받아 내고 싶을

110

정도로 정 선생님은 젠틀하기 그지없었다.

"제가 구울게요."

집게를 드는 내 손으로 자신의 손을 뻗으면서 정 선생님이 한 말이었다.

"네?"

쿵쿵쿵 심장이 뛰어 대는 통에 그를 제대로 볼 자신이 없어서 고기라도 구워야지란 생각에 집게를 집어 든 건데, 정 선생님이 자기가 하겠다고 나선 것이다. 어제 서석이도 그렇고 우리 아빠도 그렇고 남자가 고기 굽는 걸 본 적이 없는 나였기에 그런 정 선생님의 행동을 멍하니 쳐다보았다.

집게를 잡은 그 큰 손으로 고기를 옮기던 정 선생님이 나를 보며 말했다.

"고기 먹자고 제안하실 줄은 정말 몰랐어요."

"네, 저도 몰랐어요."

"네?"

"네? 아, 그러니까, 저도 충동적으로 한 거라서요. 고기 보니까 정 선생님이 생각나서……."

여기서 굳이 그 제안을 서석이가 한 거란 얘길 할 필욘 없겠지.

그런데 그때부터 이상하게 고기를 굽던 정 선생님의 손은 느려지고 얼굴은 급격히 어두워졌다.

아. 난 저 얼굴을 기억한다.

내가 슬램덩크 '채치수'를 닮았다고 말했을 때도 바로 저 얼굴이었다. 채치수 아니, 정 선생님이 다시 입을 열었다.

"사실……."

그가 조금 쑥스러운 듯 웃었다.

"채치수 닮았다는 것도 그렇고 고기 좋아하게 생겼다는 말도 그렇고…… 노 선생님에게 전 그런 이미지인가 싶어서요."

역시 마음에 담아 두고 있었던 건가. 나는 미안해져서 얼른 입을 열었다.

"아, 아니에요. 그건, 고릴라나 돼지같이 생겼다는 의미가 아니라, 남자답다는 의미였어요."

"아, 그렇군요. 계속 신경이 쓰였어요. 제가 생긴 거랑 다르게 좀 소심할 때가 있거든요. 질투도 많고……."

저 얼굴에 저 어깨에 질투까지 많다니…….

완벽한 내 이상형이었다.

"이 덩치에 안 어울리죠?"

"아뇨, 감사합니다."

"감사합니다?"

제 이상형이라 감사하다고 생각하던 차에 튀어나온 말이었다. 이럴 때 필요한 건, 그동안 국어 선생님으로서 쌓아 온 임기응변이다.

"솔직하게 말씀해 주셔서 감사하다구요. 서로 오해가 있으면 풀어야지요. 그래도 전 정 선생님 굉장히 남자답다고 생각해요. 뭐 남자도 소심할 때도, 질투할 때도 있어야죠, 사람인데."

내 놀라운 순발력에 속으로 박수를 치며 정 선생님을 온화한 눈빛으로 바라보았다. 그도 나를 가만히 응시했다.

잠시 후 그가 몇 번을 주저하다가 겨우 말을 꺼냈다.

"저 이제 노 선생님을 좀 편하게 부르고 싶습니다. 그래도 괜찮을까요?"

"네, 물론이죠."

그냥 편하게 '주의 씨'라고 불러 주세요.

정 선생님이 드디어 날 편하게 부르는구나.

나는 그저 조용히 그의 부름을 기다렸다. 곧 그가 나를 편하게 불렀다.

"노쌤."

……그거야?

그거였어?

당황했지만 하지 않았다는 듯 나도 그를 불렀다.

"네, 정쌤."

그래도 언젠간 부를 날이 오겠지.

석 씨, 석 씨, 우리 석 씨.

7

언제나와 같은 아침이었지만 오늘은 이상하게 뒤가 간지러웠다. 마치 누군가 내 뒷담화를 노골적으로 하고 있는 듯한 익숙한 느낌이 들었다.

'뭐지?'

일부러 고개도 돌리지 않고 오로지 귀에만 온 신경을 집중시켰다.

'들려라, 들려라. 들려라, 내 뒷담화.'

그러자 신기하게도 정말 나의 뒷담화인 듯한 목소리가 들려오기 시작했다.

"……봤냐, 그 SNS에 뜬 '왕따쌤' 사진? 못 봤어? 진짜 웃겼는데. 난 봤는데, 요 앞 고깃집에서 혼자 고기를 이만큼 쌓아 놓고선……."

휙—

고개를 돌려 내 얘기를 하고 있는 듯 보이는 무리들을 강하게 노려보았다. 내 날 선 시선에 모여서 이야기를 나누고 있던 여학생들이 빠른 걸음으로 뿔뿔이 흩어졌다.

'저번 주에 나 혼자 고기 먹었던 아니, 고기 구웠던 사진이 떴단 말인가?'

그렇다면 범인은 단 한 명.

"……심서석, 이 자식!"

지우겠다고 하더니 결국 SNS에 올려서 날 공개적으로 '왕따쌤'을 만들었단 말인가!

너무 화가 났다. 조금 배신당한 것 같은 기분도 들었다.

씩씩거리며 교무실을 향해 걷고 있는데 앞에서 학생들에게 훈계를 하고 있는 듯한 정 선생님의 모습이 보였다. 그를 보는 순간 온몸의 화가 눈 녹듯 사라지고 수줍은 미소가 지어졌다. 팔짱을 낀 채 넓은 어깨를 뽐내며 학생들을 혼내던 정 선생님이 나를 발견하고 목례를 했다.

"무슨 일 있어요, 정쌤?"

나도 따라 목례를 하며 이제는 제법 친숙해진 어투로 그에게 말을 걸었다. 내가 다가가자 서둘러 아이들을 교실로 돌려보낸 정 선생님이 미소를 잊은 사람처럼 어설프게 웃었다.

"복도에서 뛰는 애들 훈계 좀 했습니다."

하지만 혼나던 아이들의 손에는 모두 휴대폰이 들려 있었던 것을 나는 분명히 보았다.

"혹시 그 화제의 '왕따쌤' 사진이라도 보고 있었습니까, 아이들이?"

일부러 아무렇지도 않다는 듯 쿨하게 말했더니 정 선생님의 눈이 커졌다. 머쓱한 듯 어색하게 웃는 그를 올려다보며 말했다.

"괜찮아요. 이 또한 지나가겠죠. 아이돌 스캔들 한 방이면 제 사진 같은 건 금방 묻힐 텐데요, 뭐."

"사진은 금방 삭제됐다는데, 캡처한 애들도 몇몇 있고 또 애들 입에서 입으로 퍼지는 중인가 봐요. 제가 엄하게 주의를 주긴 했습니다만……."

나는 지금 나름 심각한 상황임에도 불구하고 정 선생님의 도톰한 입술 사이로 나온 내 이름에 정신을 뺏겨 버렸다.

"방금 뭐라고 하셨어요?"

굳은 얼굴로 진중하게 물으니 정 선생님 역시 심각한 얼굴로 대답했다.

"이상한 소문을 내지 않도록 제가 학생들에게 주의를 줬습니다."

……어떡해. 날 줬대.

주지 마, 주지 마요, 제발.

"뭘 주셨다고요?"

주지 말고 가져.

"주……."

또다시 그의 입에서 내 이름을 들어 보려는 내 계획을 방해라도 하는 듯 주머니에서 휴대폰이 울렸다. 휴대폰을 꺼내서 확인해 보니 발신자가 [SSS]였다.

"……."

내가 전화를 받지 않고 말없이 휴대폰 화면만 뚫어지게 보는 것이 이상했던지 정 선생님이 고개를 쭉 빼서 갸우뚱거렸다.

"왜 안 받으세요?"

"이번 사건의 주범 전화거든요."

"주범?"

"심서석이요."

이니셜 트리플 S. 이름 쓰기도 아까운 놈.

아까 바꿔 둔 발신자 이름에서 시선을 떼며 그대로 휴대폰을 다시 주머니에 넣었다. 그런 나를 가만히 보던 정 선생님이 말했다.

"근데 서석이는 주범 아니에요. 오히려 그날 2학년들이 노쌤 사진 찍어서 SNS에 올린 걸 보고 바로 걔네들한테 찾아가서 한바탕 난리 쳤다던데요? 사진 삭제하라고. 그래서 그날 야자도 빼먹었어요, 그 녀석."

내가 잠이 들어서 오지 않던 동생을 기다리면서 홀로 고기를 굽던 그날 저녁 서석이는 우연인 듯 내 앞에 나타났었다. 그런데 사진을 보고 찾아온 거였다니.

그 순간 갑자기 예전에 서석이가 했던 말들이 떠올랐다. 그때 는 그저 가볍게만 느껴졌던 말들이었다.

"제가 국어 공부 얼마나 열심히 하는지 아시면서, 왜 저 무시하시냐구요!"

"혹시 고등학교 때 우리 큰누나가 노쌤 괴롭혔어요? 그런 거라면 제가 갚을게요. 제가 앞으로 더 잘할게요."

"노쌤을 좋아하니까요."

"할 말이 있으신 것 같아서요. 방금 전에 입술 달싹거리셨잖아요."

"그럼 그냥 전 재산 저 다 주고 결혼도 저랑 하면 되잖아요."

흘려들었던 그 말들에 무게가 실리며 동시에 마음도 너무 무거워졌다. 가슴에 돌이 들어앉은 듯 답답했다.

"서석이 녀석이 노쌤을 많이 좋아하나 봐요."

옆에서 들려온 정 선생님의 목소리에 나는 나도 모르게 한숨을 내쉬고 말았다. 물론 몰랐던 사실은 아니다. 다만 그 무게감이 달랐다. 진심은 늘 무거우니까.

"저번 기말에 서석이 몇 등 했어요?"

갑작스런 내 질문에 정 선생님은 잠시 기억을 더듬다가 대답했다.

"반에서 한 10등 정도요."

"원래 더 잘하던 애 아니었어요?"

"이번에 좀 떨어지긴 했죠. 근데 신기하게 국어는 또 1등을 했더라구요. 하긴, 쉬는 시간에도 국어 공부를 하는 애니까요."

마음이 갑갑하고 불편했다. 그사이 내 휴대폰은 계속 울리고 있었다.

"그렇군요."

작게 중얼거리며 주머니 속에서 휴대폰을 다시 꺼내 전화를 받았다. 이 녀석이 진심이라면 나도 진심으로 대할 수밖에 없다.

— 아, 왜 이렇게 전화를 늦게 받아요? 괜찮아요?

서석이의 목소리를 듣자마자 나는 빠르게 내 말들을 쏟아 냈다.

"선생님은 괜찮아. 신경 쓰지 말고 넌 공부나 열심히 해. 선생님의 기쁨은 오직 너희들이 공부 잘하고 잘 크는 것뿐이야. 너희들은 다 내 새끼들이니까. 물론, 너도."

— 갑자기 왜 그래요?

전화기 너머로 서석이 녀석의 황당해하는 목소리가 들려왔다. 그래서 나는 더 강하게 말했다.

"그러니까 이젠 개인적으로 전화하지 마, 서석아."

— 대체 누구한테 무슨 얘기 듣고 이래요?

"공부 열심히 해."

— 노쌤, 전 도저히 납득이……!

내 말만 마치고 바로 전화를 끊었다. 그리고 옆에서 내 모든 행동을 가만히 지켜보고 있는 정 선생님에게로 고개를 돌렸다. 그랬더니 그가 기다렸다는 듯이 말했다.

"오늘 저녁 같이 드실래요?"

나? 나요? 나랑 같이?

고개를 돌려 뒤를 보고 옆을 봐도 이곳 복도에 있는 사람은 나 하나였다. 그가 그 자신에게 한 말이 아니라면 그건 분명 내게 한 말이었다.

두리번거리는 내 행동에 정 선생님이 웃음을 터뜨렸다.

"어딜 보세요? 노쌤한테 말한 건데."

그가 처음으로 한 식사 제의였다. 거절할 이유도 없었고 있더라도 없애야 했다.

"네, 먹을래요."

얼굴에 저절로 미소가 피어올랐다. 그가 또 예쁘게 웃는다.

"그럼 이따 봐요."

정 선생님이 먼저 자리를 뜨고 나도 막 걸음을 떼려 했는데 그 순간 서석이에게서 또 전화가 걸려 왔다. 그래서 짧은 한숨과 함께 전화를 받았다.

"서석아."

— 노쌤, 대체 무슨……!

"네 마음 부담스러워."

내가 이렇게 말해 버리자 휴대폰 너머로 서석이의 목소리는 더 이상 들려오지 않았다. 그래서 나는 마지막으로 덧붙였다.

"진심인 것 같아서."

✳ ✳ ✳

내가 뭐 그렇게 큰 걸 바랐나?

그저 단둘만의 오붓한 저녁 식사를 바란 것뿐인데.

그래서 고깃집으로 오라는 말에도 '두 번째 데이트도 고깃집인가요? 혹시 저도 고기 좋아하게 생겼나요?' 라고 따져 묻지도 않고 그냥 조용히 얌전히 온 것인데……

고깃집에서 나를 맞이한 건 익숙한 얼굴의 선생님 세 분이었다. 그 세 분 중 한 분인 나의 정 선생님이 고깃집 문턱에 서서 오도 가도 안 하는 나를 향해 종종걸음으로 다가왔다.

"안 들어오고 뭐하세요?"

"저분들도 같이 식사하는 건가요?"

두 선생님 중 한 분은 과학 선생님인 오진환 선생님이었고 다른 한 분은 음악 선생님인 김은지 선생님이었다. 그들에게 목례를 하고 있는 사이 정 선생님이 내게 말했다.

"네. 회식 같은 거죠."

"……"

미리 말해 줬으면 좋았을걸. 그럼 기대는 안 했을 텐데.

아니. 그 전에 아예 오질 않았으려나……

"혹시 마음 상하셨어요?"

정 선생님이 걱정스런 얼굴을 했다. 솔직히 안 상했다고 하면 거짓말이 된다.

"전 그냥 노쌤이 다른 선생님들하고도 친하게 지내셨으면 하는 마음에서요."

"네, 알아요."

"제가 조금이라도 도움이 되어 드리려고……"

도움이라……

멋쩍은 듯 정 선생님은 어색하게 웃어 보였다. 그런 그의 얼굴을 바라보며 작은 목소리로 물었다.

"저 혹시 불쌍해 보여요?"

"네?"

고깃집 안이 워낙 시끄러워서 정 선생님은 내 말을 듣지 못한 것 같았다. 그렇지만 나는 또 작게 중얼거렸다.

"요즘따라 절 도와주고 싶단 사람이 많은 것 같아서요."

날 도와주고 싶단 또 다른 사람한테선 두어 시간마다 한 번씩 문자가 들어오고 있었다.

[하ㅡ! 누가 노쌤 좋대요? 오버 쩔어, 암튼!]

[전화는 대체 왜 안 받는데요? 저 노쌤 안 좋아한다니까요?]

[나 노쌤 싫어해요. 진짜예요!]

[갑자기 왜 그러는데요? 제 마음이 뭐가 부담스러워요, 대체?]

[이제 문자 안 해요. 공부할 거니까.]

[근데 생각할수록 열 받아요! 노쌤 도와주고 싶단 제 진심이 부담스러워요? 도대체 왜요?]

방금 전까지 확인한 문자의 내용들을 머릿속에서 떨쳐 버린 후 나는 싱긋 웃으며 정 선생님의 팔을 살짝 잡았다.

"가요, 선생님들 기다리시는데."

나는 일단 테이블로 가서 한 자리를 차지하고 앉았다.

그러나 선생님들이 두런두런 이야기를 나누며 식사를 하는 와

중에도 나는 그 이야기에 참여하지도 못하고 고기만 집어 먹었다.

사실 이야기에 끼어들 타이밍을 못 찾은 거다. 지금인가? 싶으면 이야기는 금세 다른 곳으로 흘러갔으니 말이다.

"술 한 잔 하시죠, 노 선생님."

내가 긴장해서 말이 없는 거라 생각했는지 오진환 선생님이 내게 술을 권했다. 그것도 소주를.

"죄송한데, 제가 술이 약해서……."

"에이, 그래도 오랜만에 회식에 참석하신 건데 술은 한 잔 하셔야죠."

오 선생님이 술잔을 든 채 내 얼굴을 빤히 쳐다보았기에 나는 어쩔 수 없이 손을 들어 잔을 받았다. 그렇지만 끝까지 거부는 해 보았다.

"전 정말 술 마시면 안 돼요. 성격이 변해요, 진짜."

"술 마시고 성격 안 변하는 사람이 어디 있어요? 괜찮으니까 마셔요."

"전 좀 많이 변하는데……."

큰일이다. 내 주사 진짜 별로 안 좋은데.

그러나 오 선생님은 계속 나를 부추겼다.

"괜찮아요, 괜찮아요. 원샷! 원샷!"

결국 그렇게 분위기에 휩쓸려 한 잔 두 잔 주고받다 보니 어느새 얼큰하게 취기가 올라왔다. 술기운 때문에 괜한 용기도 생겼다. 그래서 내 오른편에 앉아 있는 정 선생님의 드넓은 어깨를 톡톡 건드렸다.

"정쌤? 어깨 짱 큰 정쌤?"

그 순간 나는 보았다. 정 선생님의 흔들리는 눈동자를.

양팔을 X자로 만들어 자신의 어깨를 감싼 정 선생님이 조금 불만 어린 목소리로 말했다.

"하지 마세요. 안 그래도 노쌤 때문에 제 콤플렉스가 됐습니다, 이 어깨."

"어? 왜? 난 좋은데?"

취하니까 사리분별 못 하고 반말만 튀어나왔다. 드디어 내 주사가 발동을 시작한 것이다.

"채치수 닮아서 좋던데, 난."

흐흐— 웃으며 또다시 술잔을 들어 올리려는 내 손을 잡아챈 정 선생님이 자리에서 일어섰다.

"노쌤 취하신 것 같은데, 성격 변하시기 전에 제가 집까지 바래다 드리고 갈게요."

그대로 정 선생님은 나를 끌고 고깃집을 나왔다. 밖으로 나오쟈 밤공기가 코끝을 선선하게 스쳤다. 그제야 나는 정신이 좀 드는 것 같았다. 그래서 조금 앞장서서 걷는 정 선생님을 불러 보았다.

"정 어깨 아니, 정치수 아니, 정쌤?"

순간 정 선생님이 몸을 빙글 돌려 나를 쳐다보았다.

"제 어깨 가지고 계속 그러실 거예요?"

그의 얼굴에 어이없다는 웃음이 퍼졌다. 이마를 짚으며 웃음을 터뜨리고 있는 정 선생님의 모습은 흡사 어깨가 넓고 키가 큰 외국 모델 같았다. 그래서 나는 수줍게 인사를 보냈다.

"하이. 헬로우?"

"왜 그래요, 또?"

술만 취하면 변화무쌍해지는 내 성격을 알 리 없는 정 선생님은 난감한 표정을 지었다. 나는 또다시 수줍은 표정으로 그에게 물었다.

"웨얼 디쥬 슬립 라슷 나잇?"

와, 취중이라 발음 좋은 거 보소.

"제가 어젯밤에 어디서 잤는지는 왜 물어요, 대체?"

정 선생님의 반듯한 얼굴에 또다시 웃음꽃이 피었다. 네온사인으로 가득한 거리보다 그가 더 반짝거리는 것 같았다.

"우쥬 라익 섬띵 투 드링?"

알고 있는 영어 문장들을 총동원해서 외국 모델 같은 정 선생님에게 물었지만 그는 계속 웃기만 했다. 그래서 혹시 그쪽 계열이 아닌가 싶어서 다른 나라 말도 써 보았다.

"사와디캅? 구텐탁? 봉쥬르? ……에잇, 더는 아는 외국어가 없어."

내 무식함을 한탄하며 바닥에 쪼그리고 앉아 버렸다. 그랬더니 그 외국 모델 아니, 정 선생님이 성큼성큼 다가와서 내 앞에 우뚝 멈춰 섰다. 잠시 후 그가 나와 똑같이 쪼그리고 앉으며 말했다.

"안녕하세요, 이 한 마디면 돼요."

그가 내 머리 위로 손을 올려 머리를 슥슥 쓰다듬었다. 그래서 갑자기 수줍어졌다. 그때 그가 다시 목소리를 보내왔다.

"이게 변한 성격이에요? 제 눈엔 똑같은데."

순간 술이 확 깨는 느낌이 들어 얼른 말했다.

"나, 나 취해서 이래요. 취해서 자꾸 이상한 소리 하고 이상한 성격 나오고……."

"안 이상한데. 귀여운데."

취한 건 내가 아니라 정 선생님 쪽인가 보다. 그의 발언에 나는 볼이 발그레 붉어지는 것만 같았다.

"이제 집에 가요, 우리."

먼저 자리에서 일어선 그가 내게 손을 내밀었다. 나는 그 손을 잡고 일어선 후 다시는 놓지 않을 기세로 꽉 잡았다.

"정쌤."

진지하게 그를 부른 다음 2년 동안 줄곧 생각했던 고백의 말을 떠올렸다.

'정쌤은 국어 같아요.'

'왜요?'

'제가 제일 좋아하거든요.'

이거다.

이 얼마나 귀여운 고백이란 말인가.

손에 땀이 차는 느낌이 들어서 일단 정 선생님의 손을 놓았다. 그리고 나를 빤히 쳐다보고 있는 그를 향해 힘겹게 입을 열었다.

"정쌤은요……."

"네."

"정쌤은…… 국어 같아요!"

말했다. 드디어 말했다.

"네? 왜요?"

놀란 정 선생님의 눈이 동그래졌다. 그래서 나는 그 이유를 말하기 위해 마지막 용기까지 쥐어짰다.

"제가 제일……!"

"정쌤, 노쌤! 아직 안 갔네?"

그때 고깃집에서 막 나온 오 선생님과 김 선생님이 우리를 발견하고 다가왔다.

내 생애 첫 고백 타임을 망치다니…….

그 두 선생님들을 쳐다보며 두 눈에 힘을 빡 줬다. 그때 내 옆에서 정 선생님이 그들에게 물었다.

"두 분이야말로 왜 벌써 나오세요?"

"이제 집에 가야죠. 두 사람은 안 가요?"

나는 자리에서 미동도 않고 선 채 선생님들을 향해 말했다.

"전 지금 정국어 선생님에게 할 말이 있으니까 두 분 먼저 가세요."

"네? 정국어 선생님이 누구예요?"

"전 처음 들어 보는데요?"

당황한 그들 곁에서 정 선생님이 관자놀이를 긁적이고 있는 게 보였다. 곧 그가 선생님들의 눈치를 보며 대답했다.

"아마도…… 저인 것 같습니다."

정 선생님의 말에 선생님들은 헛웃음을 터뜨렸다.

"그래요, 그럼 우린 먼저 갈게요."

두 선생님들의 가는 뒷모습을 멍하니 보고 있는데 그들에게 손을 흔드는 정 선생님의 뒷모습이 그렇게 외국 모델 같을 수가 없었다. 나를 향해 다시 몸을 돌리는 그에게 수줍게 말했다.

"하이. 헬로우?"

그러자 정 선생님이 눈썹을 일그러뜨리며 웃었다.

"거기서부터 다시 시작이에요?"

결국 그날 정 선생님은 자신이 왜 국어 같은지 알 수 없었고 나는 내가 왜 사는지 알 수 없었다.

"웨얼 디쥬 슬립 라슷 나잇?"

"집에서 잤죠. 잠은 집에서 자야 돼요."

"우쥬 라익 섬띵 투 드링?"

"시원한 사이다? 마실래요, 사이다?"

"사이다? 사이, 사와디캅? 구텐탁? 봉쥬르? ……에잇, 더는 아는 외국어가 없어."

"'안녕하세요' 면 된다니깐요."

8

유난히도 더운 여름날, 나는 주차를 마친 차 안에서 쨍쨍 내리
쬐고 있는 햇볕을 올려다보았다.

"오늘도 무지 덥겠구나."

아침부터 푹푹 찌는 날씨에 내 몸은 차에서 내리기를 거부했
고, 언제나처럼 머리를 질끈 묶기 위한 행위도 귀찮게 느껴지고
있었다. 에어컨 바람을 쐬며 입에 머리끈을 문 채 머리카락들을
한데 모으고 있는데, 창밖으로 지나가는 웬 어깨에 시선을 뺏겨
버렸다.

난 저 어깨를 안다.

저 외국 모델의 것과도 같은 어깨를.

'하이. 헬로우?'를 외쳐야 할 것만 같은 저 튼실한 어깨를.

입에 있던 머리끈을 손목에 끼우고 바로 차 문을 열었다.

"안녕하세요?"

인사를 건네면서 정 선생님에게 달려갔다. 고개를 돌려 날 발견한 정 선생님의 얼굴에 미소가 피어올랐다.

"안녕하세요, 노쌤."

'그날' 나는 고백에 실패했고 정 선생님에게 이상한 주사만 선보이고 말았다. 겉으로 보기에 뚜렷한 진전이라 할 것도 전혀 없었다. 하지만 나는 전보다 그가 편했다. 자연스럽게 인사를 하고 말을 걸 수 있을 정도로 말이다.

정 선생님과 나란히 교정을 걸으면서 도란도란 이야기를 나누는데, 아까 미처 묶지 못한 머리카락이 어깨와 목을 덮어 덥게 느껴졌다. 그래서 손목에 끼워 둔 머리끈을 다시 입에 물고 두 손으로 머리카락을 슥슥 한데 모았다. 그때 정 선생님이 혼잣말처럼 말했다.

"오늘 진짜 덥네요."

"에, 에."

"이상 기온이라죠? 앞으로 더 더워질 거라는데."

"에."

"근데 대답이 왜 그래요……?"

머리끈을 입에 문 내 어눌한 대답이 신경 쓰였는지 앞만 보며 걷던 정 선생님이 나를 돌아보았다. 한데 모은 머리카락을 잡고 있는 나와 눈이 마주친 정 선생님의 시선이 살짝 아래로 떨어졌다.

그리고 그 순간 나는 보았다.

그의 시선이 약 2초간 내 목선에 머무른 것을.

꺅! 저, 저 어깨 변태!

오늘 아침 쇄골이 살짝 드러나는 라운드티를 집은 내 손의 선택이 신의 한 수였음을 깨달으며 그에게 대답했다.

"머리끈 때문에요."

대답을 하느라 입을 벌리는 바람에 바닥으로 머리끈이 떨어졌다. 몸소 허리를 굽혀 내 머리끈을 주우려는 정 선생님의 반대편으로 하복을 입은 남학생이 다가와 선생님보다 먼저 그것을 주웠다.

"어쩜 이렇게 머리끈도 노쌤스럽지?"

머리끈 중에서도 제일 무난한 검정색 머리끈을 손에 든 채 서석이가 나를 향해 싱긋 웃었다. 그러고 보니 이렇게 서석이의 얼굴을 제대로 보는 게 참 오랜만인 것 같은 느낌이 들었다.

"이리 돌려줘."

"네."

내게 한 발자국 다가온 서석이가 손으로 머리끈을 조심스럽게 털어 모래와 먼지를 제거했다. 녀석의 그런 행동에 살짝 감동을 받으려던 순간,

"자요."

녀석이 내 입안으로 머리끈의 일부를 집어넣고는 턱을 부드럽게 쳐서 입을 다물게 만들었다. 졸지에 처음 모습 그대로 머리끈을 입에 물게 된 내 얼굴에 씁쓸한 미소가 걸렸다.

"왜요? 원래 자리로 돌려준 건데."

못된 놈.

나는 서석이를 노려보면서 한쪽 손을 올려 입에서 머리끈을 빼냈다. 곧바로 빠르게 머리를 질끈 묶어 버리는 나를 향해 서석이가 말했다.

"그럼 학생인 저는 본업이 바쁜 관계로 이만 교실로 들어가 보겠습니다. ……가자, 지희야."

서석이가 물러서면서 뒤쪽에 서 있던 여학생을 불렀다. 그 여학생은 내게는 좀 유명한 여학생이었다.

송지희. 전에 서석이가 짝사랑한다고 했던 그 예쁘장한 여학생이었다. 지희는 수줍게 웃는 얼굴로 다가와 서석이의 팔짱을 꼈다.

오호? 이것들 봐라?

내가 놀란 얼굴을 하자 서석이는 나를 향해 엄지를 들어 올렸다. 그 순간 갑자기 안도의 한숨과 함께 웃음이 터져 나왔다.

그래. 얜 나를 좋아한 게 아니었어. 송지희를 좋아한 거였지. 맞아. 그게 맞지.

얼굴 가득 미소가 지어졌다.

"짜식!"

이 녀석, 넌 짝사랑에 성공했구나.

나는 서석이의 어깨를 주먹으로 툭 치며 녀석의 성공을 축하했다.

"그러니까 노쌤도 좀 분발해 봐요."

내게 이렇게 말한 후 서석이는 지희와 함께 걸어갔다.

정 선생님과 나는 그 선남선녀 커플이 지나가는 것을 멍하니 지켜보다가 다시 나란히 걷기 시작했다. 그런데 우리 앞에서 걷던 서석이가 갑자기 몸을 빙글 돌리며 엄지를 척 세워 보였다.

"근데 두 분 진짜 잘 어울리세요. 대박!"

녀석의 칭찬에 정 선생님과 나는 동시에 어색한 미소를 지었다.

"저 녀석도 참……."

고마운 놈.

이따 매점에서 어묵 국물이라도 사 줄까? 그동안 전화랑 문자 무시한 것도 꽤 미안한데.

"둘이 사귀나 보네요."

내 옆에서 정 선생님이 놀랐다는 뉘앙스로 말했다. 그래서 나는 그를 슥 쳐다보았다.

"저는 서석이가 노쌤 좋아하는 줄 알았는데……."

나도 그랬다. 하지만 오늘 알았다. 그게 다가 아니라는 걸. 그래서 나는 평온한 미소를 지으며 말했다.

"학창 시절에 누구나 한 번쯤은 선생님 좋아하잖아요. 그런 거였던 거죠, 뭐."

"그런 걸까요?"

"당연하죠. 저도 고등학생 때 영어 선생님을 좋아해서 영어 공부만 열심히 했던 기억이 나네요."

"그런 것치곤 영언 잘 못하시던데……."

휙—

빠르게 고개를 돌려 정 선생님을 노려보았다. 솔직히 난 영어에 자신이 좀 있는 편이다.

"'웨얼 디쥬 슬립 라슷 나잇? 웬 디쥬 슬립 라슷 나잇? 디쥬 슬립 라슷 나잇?', '너 어젯밤에 어디서 잤니? 언제 잤니? 잠을 자긴 했니?' 이렇게 순식간에 영작이 세 개나 되는데 무슨 소리세요?"

내가 영어를 구사하자 정 선생님은 질색했다.

"어우, 그 영어 좀 하지 마요. 제가 그날 시달렸던 걸 생각하면⋯⋯."

"왜요? 우쥬 라익 섬띵 투 드링? 이런 것도 아는데, 나."

"네, 네. 영어 진짜 잘하시네요."

"영어만 잘하는 줄 아세요? 사와디캅? 구텐탁? 봉쥬르?"

"어우, 계속 이러실 거면 저 먼저 들어갈게요."

"같이 가요, 정쌤!"

'그날' 이후로 우리 사이에 뚜렷한 진전은 없었던 것처럼 보였지만, 이 세상에 변화가 없는 순간이란 없다.

그렇게 나는 조금씩 그와 가까워지는 것을 느꼈다. 사랑 앞에 선 한없이 작아만 지던 내가 조금씩 변화하고 있었던 것이다.

❋ ❋ ❋

이과에서 국어 1등급이 나왔다. 이건 분명 흔한 결과는 아니다.

"이번 모의고사 국어 1등급에 중간고사 국어 1등, 심서석 군?"

내가 아무리 서석이를 안 예뻐하려고 해도 얘가 이렇게 나오면 도저히 안 예뻐할 수가 없다.

중간고사에서 국어를 만점 받은 서석이의 머리를 슥슥 쓰다듬어 주며 반 아이들을 향해 말했다.

"너희들에게 서석이만큼만 하라고 강요하지도, 바라지도 않을게. 하지만 그 반만이라도 노력을 좀 해 봐. 노력해서 남 주니?"

말을 하면서 교탁으로 돌아왔는데 그때 서석이가 손을 번쩍 들어 올렸다.

"저 국어 질문이 있는데, 지금 여기서 하면 친구들이 재수 없어 할 것 같으니 이따 교무실로 직접 가서 질문해도 되겠습니까?"

저 공부를 향한 열성적인 자세 보소.

나는 녀석에게 감동하며 고개를 끄덕였다.

"물론이지."

수업이 끝나고 교무실의 내 자리로 온 서석이는 국어 질문은커녕 자기 휴대폰만 만지작거리며 놀았다. 그러다 문득 뭔가 생각난 듯 나에게 작은 목소리로 말했다.

"영화 티켓 두 장 생겼는데, 가지실래요?"

"왜? 네 여자 친구랑 보러 가."

"우린 학생이라 시간이 안 맞아서요."

다음 순간 서석이는 앉아 있는 내게로 허리를 숙이며 목소리를 더욱 낮췄다.

"담임쌤이랑 보러 가면 되잖아요? 요즘 둘이 분위기도 좋던데."

"미쳤니? 어떻게 여자가 먼저 영화를 보러 가자고 해?"

"요즘 세상에 남자 여자가 어디 있어요? 남녀 구분 없는 옷도 있는 판에. 하여튼, 노쌤은 나 없으면 연애도 못 할 거라니깐."

허리를 펴고 주변을 둘러본 서석이가 내 뒤쪽에 등을 보이고 앉은 정 선생님을 발견했다. 그리고 그의 넓은 등을 물끄러미 보면서 손으로는 휴대폰의 문자를 쳤다. 곧 녀석이 자신이 친 문자를 내게 보여 주었다.

[우린 지금부터 짧은 연극을 할 거예요.]

연극?

휴대폰을 다시 자신의 가슴께로 올린 서석이가 쓴 문자를 지우고 새 문자를 쳐서 내게 보여 주었다.

[제 대사는 많지만, 노쌤 대사는 딱 한 줄이에요. 이거 -〉 됐어. 나 같이 보러 갈 사람도 없어.]

내가 눈으로 빠르게 문자를 읽는 사이 서석이의 연극이 시작되었다.

"노쌤, 영화 좋아하세요?"

큰일이다. 나는 연기 같은 거 해 본 적도 없는데……. 학예회

때 연극도 나무 역할만 맡아서 병풍처럼 서 있기만 했던 나인데……!

"저 생일 선물로 받은 영화 티켓 기한이 다음 주까지거든요. 저는 시간이 안 맞아서 못 보니까, 노쌤 드릴까요?"

서석이가 일부러 큰 목소리로 말하고는 내 어깨를 손가락으로 톡톡 쳤다.

연기는 해 본 적이 없어서 순간 긴장이 되었다. 호흡이나 발성 이런 게 중요하다던데……. 나 발연기 하면 어떡하지?

"노쌤 가져요. 네?"

자꾸 서석이가 나를 건드리며 손에 쥔 휴대폰 화면을 흔들어 보였다. 그러자 단 한 줄의 내 대사가 눈에 들어왔다.

이걸 읽기만 하면 돼, 읽기만.

드디어 내 입이 열리고 나는 그것을 야무지게 읽었다.

"됐어. 나 같이 보러 갈 사람 없어."

그야말로 정확하게 읽었다. 그렇다. 읽기만 했다. 그래서 서석 이 녀석의 오타까지 읽어 버렸다.

순간 서석이가 치밀어 오르는 분노를 억제하려는 듯 주먹을 꽉 쥐는 것이 보였다. 그러나 화를 잘 참았는지 얼마 지나지 않아 자 연스럽게 자신의 대사를 이었다.

"에이, 그냥 동료 쌤 아무나 같이 가자고 하면 되죠. 아, 담임 쌤! 다음 주에 시간 괜찮으면 노쌤이랑 영화나 보러 가요. 담임쌤 여친도 없으니까 주말에 심심할 거 아니에요?"

이어 정 선생님의 대사 아니, 말이 들려왔다.

"아, 그럼 그럴까? 같이 보러 갈래요, 노쌤?"

어, 어, 어? 정말?

너무 기뻐서 순간 리액션도 잊고 정 선생님만 멍하니 쳐다보았다. 그런 내 어깨를 서석이가 툭 밀쳤다. 그래서 얼른 정신을 차리고 말했다.

"아, 네. 그래요. 같이 봐요."

성공이다.

드디어 정 선생님이랑 영화를 본다.

드디어 데이트다운 데이트다.

"그럼, 전 이만 퇴근할게요. 나중에 언제 갈지 문자 주세요."

정 선생님이 먼저 자리를 뜨고 난 후 나는 두 주먹 불끈 쥐며 좋아했고 서석이는 두 주먹 불끈 쥐며 큰 한숨을 내쉬었다.

"노쌤 바보예요? 왜 제 오타까지 그냥 읽어요?"

"연기는 처음이라서 그래. 긴장했단 말이야. 발연기 하기 싫어서."

"와. 어디 신인 여배우세요? 완전 청룡영화제에 반전드레스 입고 나갈 기세네."

신이 난 듯 나를 놀리는 서석이 녀석을 입을 삐죽거리며 흘겨보았다. 그러다가 나는 좀 의외였던 녀석의 연기력에 대해 말을 꺼냈다.

"근데 넌 연기 잘하더라? 아역 출신 연기잔 줄 알았어."

서석이를 향해 엄지를 치켜세우며 따봉이라고 덧붙였다. 그랬더니 녀석의 얼굴에 거만한 미소가 걸렸다.

"아, 진짜요? 저 이참에 오디션이나 봐 볼까요?"

"에이, 넌 배우 하기엔 좀 아쉬운 얼굴이지."

"제가 아쉬운 얼굴이면 노쌤은 안타까운 얼굴이거든요?"

순간 눈을 팩하니 뜨며 녀석에게 물었다.

"넌 집에 안 가냐?"

"그러는 노쌤은 집에 안 가세요?"

"난 당직이야."

"전 야자예요."

"공부나 해."

"일이나 하세요."

* * *

"안녕? 오랜만이다?"

심서현의 재등장은 다소 즐거워지려고 하던 내 일상에 커다란 파란을 일으켰다.

"서석이 때문에 온 거야?"

"뭐, 겸사겸사."

겸사겸사?

서현이는 구두 소리를 또각또각 내면서 복도 끝에서 나를 향해 걸어왔다. 각선미가 예쁜 그녀는 오늘도 짧은 스커트 차림이었다.

"서석이 담임선생님이랑 만나서 상담도 해야 하고, 정석 씨한테 할 말도 있고 해서."

"서석이 담임선생님이 정석 씨잖아."

내 말에 서현이는 붉은 입술을 늘어뜨리며 웃었다. 예뻤다. 불안하리만치 그녀는 예뻤다.

"알아. 다만 공적인 볼일과 사적인 볼일의 차이지."

"……그럼, 볼일 잘 보고 가라."

그녀에게서 돌아서서 몇 발자국 걸어가는데, 서현이가 다시 내게 목소리를 보냈다.

"학교에 서석이가 좋아하는 애가 있는 것 같던데, 넌 아니?"

들려오는 그녀의 목소리에 천천히 걸음을 늦췄다. 그리고 몸을 틀어 덤덤하게 대답했다.

"알아. 걔 여자 친구 있잖아. 몰랐어?"

"흐음. 그래서 요즘 걔 성적이 떨어졌구나. 근데 우리 서석이 국어는 늘 1등이라더라?"

"맞아. 이과에서 제일 잘해."

또각또각. 서현이 나를 향해 걸어왔다. 그걸 가만히 지켜보고 있는데 그녀가 날 보며 고개를 갸웃했다.

"근데 난 그게 이상해."

"이상하다니?"

"서석이 과학고 가려다 멀어서 귀찮다고 이 학교로 온 애야. 그래도 세상에서 과학이 제일 재미있다고 이과 선택한 애가 갑자기 국어 공부만 하고 있어. 다른 이과 성적들은 쭉쭉 내려가고 있는데 말이야."

내 앞에 멈춰 선 그녀가 팔짱을 끼며 나를 응시했다. 그녀의 시선을 덤덤하게 마주하고 있던 그때 서현이가 입술을 열었다.

"넌 뭐 아는 거 없어?"

뭔가 의미심장하게까지 들리는 그녀의 질문에 나는 어깨를 으쓱했다.

"내가 뭘 알아?"

"그냥 물어보는 거야. 네가 국어 선생이니까. 주희 넌 뭐 아는 거 없나 해서."

"주의야, 내 이름."

이제는 이렇게 지적하는 것도 귀찮다. 이쯤 되면 일부러 그러는 거란 생각이 들기도 하고.

"수능이 백 일도 안 남은 애니까 이런저런 걱정이 돼서 말이야. 친구니까 그 정돈 알려 줄 수 있잖아?"

"내 이름도 모르면서 무슨 친구야?"

내 날 선 대꾸에 서현이의 표정이 딱딱하게 굳었다. 이내 그녀의 붉은 입술에 비릿한 웃음이 걸렸다.

"넌 예나 지금이나 참 건조하다."

"안 그래도 피부도 건성이라 관리가 힘들어."

나름 조크라고 던진 건데 서현이의 표정은 미동도 없었다. 그래서 나는 나를 곱지 않은 시선으로 바라보고 있는 서현이에게 덧붙였다.

"그리고 서석이라면 걱정하지 마. 워낙 머리가 좋은 애라 다른 성적들도 다시 다 올릴 수 있을 거야."

"그래. 지켜볼게."

눈은 웃지 않은 채 입술로만 미소를 지어 보인 서현이 교무실로 들어가 버리자 나는 그녀가 정 선생님과 함께 있는 모습을 보고 싶지 않아서 복도 창가에 등을 기대고 섰다.

잠시 멍하니 생각에 잠겨 있는데 복도 끝에서부터 누군가 달려오는 소리가 났다. 복도에서 뛰지 말라고 경고하기 위해 고개를 든 순간 내 시야로 달려오고 있는 서석이가 보였다. 잠시 후 그녀석은 내 앞에서 멈춰 서며 거칠게 숨을 몰아쉬었다.

"허억…… 우리 큰누나 왔죠?"

내가 녀석을 향해 고개를 끄덕이자 서석이는 숨이 차서 헐떡이면서도 내게 빠르게 물었다.

"큰누나가 뭐라고 했어요?"

서석이의 얼굴에는 걱정이 깃들어 있었다.

얜 대체 뭘 무서워하는 걸까. 뭘 걱정하는 거지?

"네가 국어만 1등하는 게 너무 이상하대."

"허— 별 게 다 이상하네."

허탈하다는 듯 서석이는 어깨를 늘어뜨리며 내 옆에 나란히 등을 기대고 섰다. 나는 고개를 돌려 선이 예쁜 녀석의 옆얼굴을 올려다보았다. 그리고 툭 던지듯 물었다.

"너 말이야, 나 좋아하냐?"

"컥—!"

숨을 고르고 있던 서석이가 기침을 하며 눈을 동그랗게 떴다.

"진짜 우리 큰누나가 뭐라고 했구나?"

"아니야. 걘 네 성적 걱정만 했어."

"진짜요?"

"응. 그러니까 솔직하게 말해 봐. 나 좋아해, 너?"

인자한 미소를 띤 채 서석이에게 다정하게 말했더니 입가에 미소를 머금은 녀석이 생뚱맞은 말을 꺼냈다.

"노쌤이 자발적으로 저한테 제일 처음 한 말이 뭔지 알아요?"

"그걸 어떻게 기억해? 근데 아마도 '안녕?' 아닐까?"

"풋."

서석이가 웃음을 터뜨렸다. 뭐가 웃기지? 나 웃긴 말 전혀 안 했는데?

"그건 노쌤 캐릭터답지 않죠."

"내 캐릭터가 뭔데?"

이 대화는 마치 '그건 너답지 않아', '나다운 게 뭔데?' 라는 그 흔한 드라마의 대사인 것만 같아서 실소가 터졌다. 그런 내 옆에서 서석이가 잠깐의 텀을 두고 정답을 알려 주었다.

"나한테 '네가 국어 1등 한 애니?' 이랬잖아요."

그랬나?

왜 그랬지?

"나…… 그렇게 성적으로 애들 대하는 그런 선생이었니?"

"그랬죠. 국어 1등 하니까 처음으로 눈 마주쳐 주고 제 이름을 불러 주더라구요. 두 번 1등 하니까 이름까지 기억해 주고……."

애잔하게 들리는 서석이의 목소리에 마음이 무거워졌다.

"너 나 진짜 좋아하는구나?"

녀석을 안쓰럽다는 눈빛으로 바라보며 나직하게 물었다.

이제 알겠다. 이 녀석, 날 정말 좋아하는 거였어. 진심이야, 이 녀석.

그랬더니 서석이는 너무도 허무하게 고개를 끄덕였다.

"좋아하죠. 처음부터 좋아한다고 말했잖아요."

내가 살면서 이 대사를 쳐 볼 일이 생길 줄은 꿈에도 몰랐다.

"넌 선생이고 난 학생이야."

"바뀌었어요."

서석이의 친절한 지적에 나는 얼른 정정했다.

"넌 학생이고 난 선생이야."

나는 아무래도 평생 연기는 못 할 것 같다. 뭔 대사만 치려 하면 항상 실수가 있으니 말이다.

자괴감에 빠져 있는 내 옆에서 서석이가 잔잔한 목소리를 보내왔다.

"노쌤 말대로 우리는 선생과 제자 사이고 나이 차가 자그마치 일곱 살이죠. 게다가 우리 큰누나는 노쌤이랑 사이가 안 좋았던 동창인 데다 노쌤은 담임쌤을 2년이나 짝사랑해 왔어요. 이 상황에서 제가 노쌤을 진심으로 좋아한다면 미친놈 아니에요?"

"응. 미친놈이지."

바로 수긍했다.

생각해 보니까 서석이가 날 좋아하기엔 너무도 많은 장애물들이 있었다. 그걸 생각하니까 서석이가 날 좋아하는 건 녀석 말대로 미쳤거나 혹은 굉장히 불쌍한 거라 여겨졌다.

피식— 하고 허무한 웃음을 터뜨리는 내게로 서석이가 손바닥을 내밀었다.

"그러니까 괜한 고민 마시고 휴대폰이나 줘 보세요."

"휴대폰은 또 왜?"

눈썹을 찡그리며 물었더니 서석이가 내 얼굴 앞으로 그 손바닥을 더 들이밀었다.

"저 소원 하나 남았잖아요. 노쌤 휴대폰 만지는 거."

"아, 그놈의 소원. 자, 자."

결국 나는 주머니에서 휴대폰을 꺼내 녀석의 손 위에 올려놓았다.

"귀찮아 죽겠네. 그냥 네 휴대폰이랑 내 휴대폰이랑 바꿀까? 바꿀래?"

"괜찮으시겠어요? 여자애들한테 전화 엄청 오는데, 저."

윽. 그건 귀찮겠다.

내가 대답을 망설이는 사이 녀석은 내 휴대폰을 빠른 손놀림으로 만지면서 중얼거렸다.

"어? 나 왜 'SSS'로 저장되어 있어요? 하다못해 이름이라도 좀 써 주지."

"넌 이름 치는 시간도 아까워. 이니셜로도 충분해."

"저는 노쌤 이름 그대로 '노주의'로 저장되어 있는데."

"그래? 그럼 좀 미안하네. 나도 다시 '심서석'으로 바꿀……뭐? 내가 네 친구냐? 당장 바꿔!"

"알았어요. 자, 이거요."

1분도 채 지나지 않은 것 같은데 서석이는 내게 휴대폰을 돌려주었다. 내 손에 휴대폰을 쥐여 준 녀석이 빙그레 웃었다.

"자, 지금 전 이 휴대폰에 마법을 걸어 놨어요. 이제 제 전화는 울리지 않을 거예요. 제가 걸지 않을 거거든요. 걸 수 없게 마법을 써 놨어요."

"너 뭐하냐? 이번엔 해리포터 연기하냐? 웬 마법 타령?"

"이제 제가 노쌤을 귀찮게 하지 않을 거란 말이에요. 참 다행이죠? 그러니까 어서 담임쌤한테나 가 보세요."

내가 아무 행동도 않고 녀석을 물끄러미 보고 있자 서석이는 한쪽 손을 올려 교무실을 가리켰다.

"우리 큰누나가 오늘 제대로 꼬실 기세더라구요, 담임쌤을."

그때, 교무실 문이 열리고 서현이가 나왔다. 문을 열고 나오자마자 서석이를 발견한 그녀가 눈썹을 치켜 올렸다.

"심서석, 너 또……!"

그런 서현이에게로 서석이가 냉큼 달려갔다.

"아이고, 올 엄마 같은 큰누나! 올 예쁜 큰누나! 오느라 다리 아프진 않았어? 내가 업어 줄까?"

"호들갑 떨지 마."

"누나, 내 친구들이 누나 좀 소개시켜 달래. 대박 예쁘다고. 내 친구들 보고 갈래?"

서현이의 팔에 팔짱을 낀 서석이가 그녀를 데리고 복도 끝을 향해 걸어가는 것을 보며 나는 조용히 교무실 안으로 들어섰다. 교무실 안에는 정 선생님 혼자 남아 있었다. 그런데 나를 본 그가

146

교무실 문을 향해 천천히 다가왔다.

"퇴근하세요?"

눈이 마주친 정 선생님에게 묻자 그가 짧게 고개를 끄덕였다.

"네."

이대로 그를 보내고 싶지 않아서 어렵게 말을 걸어 보았다.

"서현이가 선생님께 볼일이 있다고 하던데, 다 끝났나 봐요."

"아뇨, 아직이요. 지금부터 시작이에요."

정 선생님의 말을 쉽게 이해할 수 없어서 눈을 크게 떴다. 그러자 그가 나머지 말을 이었다.

"데이트 신청을 받았거든요."

"아, 네. 아, 그렇구나. 축하드려요. 서현이 참 예쁜데."

당황했지만 말은 술술 잘 나왔다. 잔인한 그의 말이 계속 들려왔다.

"네, 맞아요. 확실히 매력 있는 여자죠."

"그렇죠……."

억지로 웃었다. 웃어야 했다. 그게 사실이니까.

"그럼 전 먼저 가 볼게요."

성큼성큼 걸어온 그가 내 앞에 멈춰 선 채 내 얼굴을 내려다보며 나직하게 말했다.

"좀 비켜 주실래요?"

"아, 네."

교무실 문을 딱 막고 서 있던 내 몸을 옆으로 비켜 주었다. 그러자 그는 아무 말 없이 나를 스쳐 지나갔다. 그마저 나가자 교무실은 밝았지만 어두웠고, 조용했지만 무서웠다. 나는 천천히 앞으로 걸어가 별로 안 친한 선생님의 의자에 털썩 앉았다.

서현이도 가고 서석이도 가고 정 선생님도 갔다.

지금 난 꼭 혼자가 된 것만 같았다.

혼자는 익숙했지만, 익숙하다고 해서 그 아픔까지 익숙한 것은 아니다.

"집에나 가자……."

그러나 말과 달리 나는 책상 위에 상체를 엎드리고 두 팔을 올려 그 안에 얼굴을 묻었다.

그때였다.

똑똑—

교무실 문을 두드리는 노크 소리에 고개를 들고 그곳을 보았다. 문 앞에 서 있는 남자의 얼굴을 확인한 내 눈이 순간 커졌다.

"안 가셨어요?"

교무실 문턱에 외국 모델처럼 선 그가 나를 향해 천천히 입술을 열었다.

"사실은 신경 쓰이는 여자가 있어서 망설이고 있어요."

말을 하면서 정 선생님은 나를 향해 뚜벅뚜벅 걸어왔다. 그 구두 소리와 함께 심장이 두근거렸다.

"그 여자가 잡으면 안 가려고요."

내 앞에 멈춰 선 그가 나를 지그시 내려다보았다. 그런 다음,

슥—

그가 내 얼굴 근처로 자신의 팔을 내밀었다.

"한번 잡아 보실래요?"

조심스럽게 손을 올려 정 선생님의 팔을 살짝 잡았다. 그러자 그의 얼굴에 미소가 피어올랐다.

"됐어요. 안 갈게요."

9

"그럼 들어가세요."

우리 집 문 앞에서 뒤로 물러서는 정 선생님을 물끄러미 바라보다가 입을 열었다.

"데려다주셔서 감사해요."

"저야말로 데려다주는 걸 허락해 줘서 고마워요."

이런 말과 상황은 너무 낯선 것이라 심장이 콩콩콩 뛰었다.

"지금부터 집으로 돌아가려면 피곤하시겠어요."

내 걱정스런 목소리에 정 선생님은 작게 미소를 지으며 말했다.

"괜찮습니다. 그리고 부담 갖지 마세요. 호감 있는 여자에게 남자가 하는 행동 중 일부일 뿐이니까요."

우와…… 나 오늘 왜 이러지?

이제까지 많이 느껴 보지 못했던 행복이 한꺼번에 휘몰아쳐 도착한 느낌이었다. 낯설지만 기뻤다.

"그럼 내일 봐요."

정 선생님을 돌려보내고 나서도 자꾸 웃음이 터져 나오려고 해서 입가를 손으로 가렸다. 그러면서 가까스로 웃음을 진정시키고 문을 열었다. 그런데 현관문을 열어젖히는 내 행동이 그렇게 발랄할 수가 없었다.

"다녀왔습니당."

우렁찬 내 인사에 거실 소파에 나란히 앉아 텔레비전을 보던 엄마, 아빠, 그리고 주은이가 동시에 놀란 얼굴을 했다.

"우리 큰딸, 학교에서 뭐 안 좋은 일 있었니?"

아빠의 걱정 어린 질문에 나는 어깨를 으쓱했다.

"아닌데요?"

"뭔 일 있어? 술도 마신 것 같은데? 얼굴이 벌겋잖아."

"아니라니까?"

엄마도 의심쩍은 시선을 보내왔지만, 난 지금 아주 멀쩡했다. 고개를 돌려 나를 이상하게 쳐다보고 있는 주은이에게 말을 걸었다.

"주은아, 나 네 치마 좀 빌려줘. 그리고 향수도 좀 빌려……."

"그렇게 힘들면 때려치워, 학교!"

주은이가 벌떡 일어나서 소리치는 말에 나는 멈칫해서 가족들의 얼굴을 천천히 살폈다. 그들의 얼굴은 심각하기 그지없었다.

"왜들 이래? 나 정말 힘든 거 없다니까?"

"그럼 왜 갑자기 안 하던 짓을 해? '다녀왔습니당'? 언니 입에서 나온 말이라 난 뭐 새로 창설된 당 이름인 줄 알았다. 그리고 뭐? 치마? 향수? 정말 왜 그래, 언니?"

주은이의 놀란 얼굴을 보는데도 자꾸 실실 웃음이 났다. 그래서 고개를 숙이며 미소 짓고 있는데, 그런 나를 가족들이 더 무서워하고 걱정하는 게 느껴졌다. 다시 한 번 그런 거 아니라고 말해 주려는데 주은이가 다가와서 내 손을 덥석 잡았다.

"언니, 따라 들어와 봐."

자신의 방으로 나를 끌고 들어온 주은이가 내 어깨를 눌러 침대 위에 앉히고는 말했다.

"항상 마이페이스를 유지하던 언니가 갑자기 노골적으로 기분 좋은 티를 내고, 치마는 자기 다리의 적이라고 울부짖으며 향수는 냄새의 장난이라고 비웃던 언니가 갑자기 이러는 이유가 대체 뭘까?"

대답 대신 후후 웃었더니 주은이가 내 어깨를 세게 내려쳤다.

"남자 맞지? 그 추리닝 주인?"

예리한 것.

수줍게 웃으며 침대에서 일어섰다. 나를 신기하다는 듯 쳐다보는 그녀에게 나는 새치름하게 말했다.

"옷이나 골라 줘 봐. 언니 내일 그 남자한테 고백할 거다."

"와! 진짜? 대박!"

오늘 정 선생님의 마음은 보였다. 그러니 이젠 내가 내 마음을 보일 차례다.

나보다 더 신이 난 주은이가 잽싸게 자신의 옷장 문을 열면서 물었다.

"생애 첫 고백 아니야? 그 남자는 언니한테 어때? 맘 있어 보여?"

"응. 신경 쓰이는 여자래. 호감도 있댔어."

"꺄오! 26년간 외로이 살다가 드디어 임자를 만났구만, 우리 언니가! 근데……."

갑자기 의미심장한 표정으로 말을 멈춘 주은이 씨익 웃더니 물었다.

"그 남자가 혹시 학생은 아니지?"

"어머, 얘가 미쳤나 봐!"

철없는 소리를 하는 주은이의 엉덩이를 손으로 철썩 때려 버렸다. 자신의 아픈 엉덩이를 문지르며 그녀가 옷장에서 원피스, 투피스들을 꺼내기 시작했다.

"언닌 얼굴은 작은데 누러니까 노란색 원피스는 좀 그렇지? 쇄골은 예쁘게 뻗었는데 가슴이 작으니까 너무 파인 옷도 좀 그렇고, 힙업 돼 있긴 해도 다리가 짧으니 이것도 좀……. 다리는 가는데 발목이 두꺼우니까 이것도……."

"칭찬과 동시에 디스하는 그 당근채찍 스킬은 어디서 배웠니?"

내가 가르친 적은 없는 것 같은데.

최종적으로 주은이가 내게 골라 준 옷은 블랙 앤 화이트의 체크무늬 원피스였다. 자기가 오디션 볼 때만 쓴다는 페로몬향 향수까지 건네준 주은이 내게 두 팔을 쫙 벌리며 말했다.

"차여서 울 땐 이 품에서 울기."

피식 웃음을 터뜨리는데 주은이가 내 얼굴을 가리키면서 고개를 갸웃했다.

"근데 그 안경은 계속 낄 거야?"

"응. 난 안경이 잘 어울리니까."

"누가 그래? 그럼 머리는? 머리도 계속 그렇게 묶을 거야?"

"난 머리 묶는 게 제일 예뻐."

"아까부터 대체 그거 누구 생각이야? 설마 자신의 생각을 그렇게 당당하게 밝히는 거야?"

"나뿐만 아니라 우리 엄마, 아빠도 그렇게 생각……."

"됐고."

내 말을 가차 없이 자르며 주은이가 눈을 빛냈다.

"잔말 말고 내일 아침에 출근할 때 나 깨워. 고백해도 절대로 차이지 않을 비주얼로 만들어 줄 테니까."

＊ ＊ ＊

고데기로 찰랑찰랑하게 생머리처럼 만든 머리카락을 휘날리며 교문으로 들어섰는데, 시선들이 쏟아지는 게 느껴졌다.

익숙지 않은 굽 8cm짜리 구두로 인해 걸음걸이는 조심스럽기 그지없었고 난생처음 입은 블랙 앤 화이트 체크무늬 원피스는 내 몸을 다소곳하게 만들었다.

"오올! 국어쌤?"

익숙한 얼굴들이 내 곱게 화장한 얼굴을 확인하고는 놀란 표정을 지었다.

"쌤인지 몰라봤어요."

"진심. 대박 놀랐어요."

어색하게 웃으며 버릇처럼 손을 올려 안경을 쓸어 올리려다 안경이 없음을 깨닫고 말았다. 졸지에 손이 무안해졌다. 허공에서 무안해진 손을 괜히 학생들에게 인사하는 용도로 써 버렸다.

"안녕? 좋은 아침이지?"

"좋은 아침이었죠, 노쌤을 보기 전까진."

몰려든 학생들 틈으로 삐죽이 고개를 내민 서석이가 눈을 크게 뜨고 불쑥 던진 말에 아이들이 일제히 웃음을 터뜨렸다.

하여튼, 심서석, 저놈은 평생 도움이 안 돼.

잠시 서석이를 노려보다가 나는 내 갈 길을 가기 위해 몸을 돌렸다. 어차피 내 목적은 저 아이들이 아니다. 나는 오늘 기필코…….

교무실 복도를 또각또각 소리 내며 걷고 있는데, 뒤에서부터 부름이 들려왔다.

"노쌤!"

익숙한 목소리에 어깨를 틀어 뒤를 돌아보았다. 그곳엔 내 목적이 서 있었다.

"오늘 아름다우시네요."

역시나 놀란 눈을 한 정 선생님이 나를 향해 뚜벅뚜벅 걸어왔다. 그가 다가오자 심장이 떨렸다.

"어떻게 전 줄 알아보셨네요? 애들은 다 몰라봤다던데."

수줍게 머리카락을 귀 뒤로 넘기며 물었다. 그러자 곧 내 앞에 멈춰 선 정 선생님의 목소리가 들려왔다.

"모를 리가 있겠습니까? 요즘 제 일상을 좌지우지하시는 분인데."

그가 부드럽게 미소 짓는 것을 보면서 나는 용기를 쥐어짜 보았다.

"제가 드릴 말씀이 있는데, 잠시 시간 괜찮으세요?"

"네. 물론이죠."

"그럼, 우리…… 옥상으로 갈까요?"

조용한 곳이 옥상밖에는 생각이 안 났다.

다음 순간 정 선생님은 말없이 고개를 끄덕였고 나는 계단을 향해 앞장섰다. 구두 때문에 걸음은 더뎠고 내 뒤를 바짝 쫓아 올라오는 정 선생님 때문에 긴장이 되어서 스텝이 자꾸 엉키는 느낌도 들었다. 결국 나는 뒤를 돌아보며 말했다.

"앞으로 먼저 가세요."

계단 중간에 서서 내가 하는 말에 정 선생님은 고개를 가로저었다.

"아뇨. 그냥 뒤에서 갈게요. 그래야 노쌤 넘어지면 잡아 주죠."

와. 뭐지.

뭐지, 이 남자? 날 두근거리게 만들어서 고백도 하기 전에 심장 터뜨려 죽일 속셈인가?

"혹시 제가 노쌤 다리 볼까 봐 그러시는 거면, 걱정 마세요. 보라고 하실 때까지 절대 안 보겠습니다."

"어머, 선생님도 참."

그의 농담에 호호 웃으며 한 계단 더 올라가려다가 계단에 구두굽이 걸려서 앞으로 넘어지고 말았다.

"억!"

계단에 철퍼덕 넘어진 내 모습이 창피해서 고개를 아래로 떨구었다.

난 왜 매번 이러지? 이러다 옥상까진 가 보지도 못하고 계단에서 수업 종이 치는 거 아닐까?

"아, 미안해요. 넘어지면 잡아 준다고 해 놓고 못 잡았네요."

그렇게 말하는 정 선생님의 목소리에선 웃음기가 느껴졌다.

"괜찮아요?"

정 선생님이 내게 손을 내밀었다. 고개를 들고 그 큰 손을 가만히 바라보는데 갑자기 슬퍼졌다.

"저 바보 같죠?"

나직하게 묻자 정 선생님의 얼굴에서 웃음이 사라졌다.

"왜요? 겨우 넘어진 것 때문에요?"

그것뿐만이 아니다.

"전 항상 이래요. 나만 아는 이기적인 인간이라 남한테 잘 보이는 방법도 몰라요. 그러니까 좋아하는 사람 앞에선 늘 실수를 하죠. 혼자가 익숙한 인간이라 사람을 좋아할 땐 좋아하는 마음이 혼자 너무 커서 그 사람보단 내 마음이 더 크고 소중해요. 그래서 결국엔 그 사람을 위하는 게 아니라 내 마음을 더 위하게 돼요.

그렇다 보니까 고백도 못 해요. 내 마음이 더 소중하니까 상처를 주기 싫거든요."

나는 지금 계단에 엎어져서 대체 무슨 말들을 쏟아 내고 있는 것인가.

"그런데 지금은 내 마음보다 그 사람이 더 커요. 그건 비단 그 사람이 어깨가 커서만은 아닌 것 같아요."

뭐 이딴 근본 없는 고백이 다 있지.

그냥 계단에서 엉덩이로 미끄러져서 1층까지 가 버려, 이 노주의야.

감히 얼굴도 못 들고 나 자신을 원망하고 있는데, 밑에서 학생들이 두어 명 올라오고 있는 것이 보였다. 후다닥 자리에서 일어서는 나를 빤히 보던 정 선생님이 내게 손을 내밀었다. 그래서 놀란 눈으로 물었다.

"저 지금 일어났는데요?"

"저 지금 일어나라고 내민 거 아닌데요? 잡으라고 내민 거지."

그때 위에서부터 내려오는 학생들도 서너 명 보였다. 그렇지만 나는 개의치 않고 내 앞에서 나만 바라보며 손을 내밀고 있는 정 선생님을 보았다. 그리고 그의 손을 조심스럽게 잡았다. 금세 학생들이 숙덕거리는 소리가 우리를 에워쌌다.

꿀꺽, 마른침을 삼켰다.

"가요."

정 선생님과 내가 손을 잡고 아래로 내려오는 사이 내 가방에서 휴대폰이 울렸다.

"잠시만요."

나는 바로 정 선생님의 손을 놓고 가방에서 휴대폰을 꺼내 발신자를 확인했다.

[미친놈]

음? 미친놈?

깜짝 놀랐다. 나는 내 휴대폰에 이런 상스러운 단어로 저장을 해 놓은 사람이 없다. 놀란 마음에 얼른 휴대폰을 열어 귀로 가져갔다.

"여보세요? 누구세요?"

그러자 휴대폰 너머로 여학생의 목소리가 들려왔다.

— 응? 국어쌤? 국어쌤 맞아요? 목소리가 국어쌤 같은데.

"어. 근데, 넌 누구니?"

전화기를 타고 귀여운 여학생의 목소리가 계속 들려왔다.

— 아, 안녕하세요. 저 2반에 송지희예요. 다름이 아니라 서석이 폰에 '걸지 마' 라고 저장되어 있는 게 누군가 신경이 쓰여서요. 혹시 여자가 싶어서 전화해 봤어요. 헤헤. 그런데 국어쌤이셨네요. 다행이다.

"어…… 그래."

— 이 전화는 서석이한테 비밀로 해 주세요. 너무 창피해서요.

전화는 곧 끊겼지만, 난 바뀐 화면을 멍하니 들여다보고 있었다. 머릿속에서는 며칠 전 서석이의 목소리가 빙빙 맴돌았다.

"노쌤 말대로 우리는 선생과 제자 사이고 나이 차가 자그마치 일곱 살이죠. 게다가 우리 큰누나는 노쌤이랑 사이가 안 좋았던 동창인 데다 노쌤은 담임쌤을 2년이나 짝사랑해 왔어요. 이 상황에서 제가 노쌤을 진심으로 좋아하는 건 미친놈 아니에요?"

아. 서석이가 걸어 놓은 마법이란 이거였나.

"자, 지금 전 이 휴대폰에 마법을 걸어 놓았어요. 이제 제 전화는 울리지 않을 거예요. 제가 걸지 않을 거거든요. 걸 수 없게 마법을 써 놓았어요."

휴대폰 화면에는 아직도 서석이가 저장했을 발신자 '미친놈'이란 글자가 반짝거리고 있었다.

10

눈치를 채려면 얼마든지 챌 수도 있었을 텐데 나는 늘 내 진심
이 먼저라 녀석의 진심 따위 모른 척했다. 알고 싶지 않았고 알아
서 신경 쓰고 싶지 않았다. 그런 내 이기적인 행동이 그 녀석을
'미친놈'으로 만든 건지도 모른다는 생각이 들자 기분이 착잡해
졌다.

몰랐다고, 틈을 주지 않았다고, 희망고문 따위 한 적도 없다고
해서 나에겐 잘못이 없는 거라고 그 아이만 탓하기엔 내가 들고
있는 휴대폰이 너무도 무겁게 느껴졌다.

"노쌤?"

나를 부르는 중저음의 목소리에 정신이 퍼뜩 들었다. 휴대폰을
다시 가방 안에 넣으며 정 선생님에게 말했다.

"오늘 교무회의 있는 날 아닌가요? 어서 가요."

나는 급히 걸음을 옮겼고 그 뒤를 정 선생님이 따라왔다. 우리 둘을 향한 학생들의 시선이 계속 느껴졌기에 나는 예상할 수 있었다. 정 선생님과 내가 손을 잡은 사건 아닌 사건이 반나절도 지나지 않아 교내 모든 학생들에게 쫙 퍼지리라는 것을.

하필 첫 교시부터 1반 수업이었다. 나에게 진심이라는 것을 알아 버린 이 시점에 심서석과의 재회는 좀 불편했다. 부담스러웠고 무거웠으며, 안쓰럽고 불쌍하기도 했다.

"오오!! 국어쌤!!"

내가 교실로 들어서자마자 내 화장한 얼굴과 화려한 의상으로 인해 교실 안이 소란스러워졌다. 그러나 그 안에서 심서석만은 고요했다.

수업 시간 내내 나는 그 녀석이 불쌍했다. 그 마른 손으로 필기를 하다가 샤프심이 부러져 친구한테 샤프심을 빌리는 것도 불쌍했고, 샤프심에 이어 지우개도 없는지 짝꿍한테 지우개 반만 잘라 달라고 하는 것도 불쌍했으며, 국어책 표지에 낙서를 너무 열심히 해서 '북어' 책이 된 것도 불쌍······ 쟨 남의 소중한 국어책에 대체 무슨 짓을 한 거야?

두 눈이 팩하니 날카롭게 떠졌다.

책 표지의 '국어'를 '북어'로 바꾼 심서석의 고얀 행동에 발끈했지만, 그래도 난 여전히 녀석이 불쌍했다.

넌 대체 내가 왜 좋은 거니?

수업을 마치고 그 굽 높은 구두로 조심스럽게 걸어서 교실을 나왔다. 현저하게 느려진 내 걸음이 답답했지만 빨리 걷다가는 넘어질 우려가 있으니 조심해야 했다.

"그러다가 교무실에 내일 도착하는 거 아니에요?"

익숙한 목소리가 들려온다 싶더니 뒤에서부터 가볍게 뛰어온 서석이가 내 앞을 막아섰다. 나는 그런 녀석을 말없이 빤히 쳐다보았다.

불쌍한 놈.

넌 왜 날 좋아해서…….

"?"

서석이의 얼굴에 물음표가 떴다.

"아까부터 왜 그래요? 왜 날 그런 눈으로 봐요? 하고 싶은 말 있어요? 있죠? 있구나? 있으면 빨리 해요."

"……아무것도 아니야."

"아니긴 뭐가 아니에요? 수업 시간 내내 호소력 짙은 눈빛으로 뭔가 말하고 싶어 했잖아요."

서석이는 답답하다며 날 채근했지만 나는 끝내 입을 다물었다.

마법이 깨졌다고, 내가 네 마음을 다 안다고 말하면, 녀석이 지금보다 더 불쌍하게 느껴질 것만 같았기 때문이다.

"가서 공부나 해."

모질게 돌아섰다. 그리고 빠르게 걸었다. 그러다 몇 걸음 못 가 삐끗하고 발목이 꺾였고 그와 동시에 구두 한 짝이 벗겨졌다.

"아……!"

시큰거리는 발목을 만지는 사이, 뒤에 널브러진 구두 한 짝을 집어 든 서석이가 다가왔다.

"그러게 왜 안 어울리게 힐을 신고 그래요?"

다음 순간 서석이가 내 앞에서 허리를 숙이려고 했기에 나는 얼른 녀석의 손에서 내 구두를 빼앗았다.

"신겨 주지 마."

"그럴 생각 없었는데, 드라말 너무 본 거 아니에요?"

머쓱했다. 그래서 거짓말을 했다.

"……농담이었어."

"농담 치곤 구두 뺏는 패기가 상당했는데?"

한쪽 발에 구두를 다시 신고 날 무안하게 만든 서석이를 노려보며 돌아섰는데, 녀석이 또 두어 발자국 뛰어와 내 앞을 막아섰다.

"이거라도 신을래요?"

서석이 녀석이 자신의 발을 들면서 하는 말에 순간 발끈하고 말았다.

"어디서 그런 누추한 쓰레빠를……!"

발을 들고 자신의 삼선 슬리퍼를 살랑살랑 흔들던 서석이가 어이없다는 표정을 지었다.

"국어 선생님씩이나 되시는 분이 쓰레빠가 뭡니까, 쓰레빠가."

인정한다. 순간 너무 흥분해서 교사로서 어울리지 않는 언행이 튀어나왔다. 반성한다.

"……이건 너와 나만의 비밀로 숨겨 두자."

비장하게 말하고 가려는데, 내 말은 듣지도 않고 복도 창밖으로 시선을 돌린 서석이가 갑자기 손을 흔들었다. 고개를 돌려보니 운동장에서 체육복을 입은 지희가 서석이를 향해 손을 흔들고 있는 게 보였다.

아, 맞다.

서석인 지금 지희와 사귀고 있지…….

만약 나를 잊기 위해 그러는 거라면 둘 다 너무 불쌍한데…….

"넌 지희가 첫사랑이니?"

창밖을 바라보며 내가 던진 질문에 서석이가 날 돌아보는 게 느껴졌다.

"아닌데요?"

그럴 줄 알았다. 네 첫사랑은 나일 테니까.

"역시 아니구나."

"그럼요. 그런 건 초딩 때 이미 끝냈죠. 요즘 애들이 얼마나 빠른데요."

"뭐?"

고개를 돌려서 녀석의 얼굴을 빤히 쳐다보았다.

"왜요?"

"……."

"뭘 봐요?"

이제는 보인다. 내가 첫사랑이란 걸 숨기려는 저 능청스런 표정 연기, 초조함을 감추려 다리를 달달 떠는 저 행위, 갑자기 제목을 긁는 부산스러움, 손가락으로 구레나룻을 다듬는 저 산만함.

짜식. 어지간히 긴장했구만. 얼마나 긴장했으면 저렇게 늘어지게 하품까지 할까…….

음? 뭔가 이상하지 않아?

"으어엄…… 아오, 노쌤 땜에 쉬는 시간을 잠도 못 자고 날렸네. 저 가요, 그럼."

서석이는 깔끔하게 돌아섰고 나는 복도에 덩그러니 혼자 남겨졌다.

좋아하는 사람 앞에서 잰 다리를 떨고 목을 긁으며 구레나룻을 정리하고 하품을 했다.

나로서는 도저히 상상도 할 수 없는 일을 했다, 저 녀석은.

'설마…….'

순간 의혹이 일었다.

쟤 나 안 좋아하는 거 아니야?

휴대폰 속 '미친놈'은 그냥 지가 미친놈이라서 해 놓은 거 아니야?

내 안에선 심서석 그냥 미친놈 설이 제기되고 있었다.

❋ ❋ ❋

이젠 바람도 제법 선선해진 가을날, 여느 때처럼 나는 정 선생님과 함께 학교 식당으로 향했다. 우리는 저번 주 주말에 두 번째 정식 데이트를 했으며 학교에서는 자연스럽게 붙어 다니는 사이가 되었다.

개인적으로 나는 이제 학생들의 시선도 개의치 않게 되었다.

"국어쌤, 수학쌤, 두 분 결혼하실 거예요?"

식당에서 우리를 발견한 한 학생의 짓궂은 질문에 나는 얼굴을 붉혔고, 정 선생님은 여유로운 미소를 지었다.

"응. 할 수도 있지."

어머?

정 선생님도 참……. 뭔 프러포즈를 저렇게 불시에 간접적으로 하신담.

수줍게 고개를 숙이고 밥을 먹고 있는데 정 선생님이 내게 목소리를 보내왔다.

"농담도, 그냥 하는 말도 아니에요. 진심으로 결혼까지 생각하고 있습니다."

아이참, 자꾸 왜 이러시지? 부끄러워서 밥을 못 먹겠네.

"우린 서로에게 이상적인 부부가 될 것 같지 않아요?"

"네."

대답을 하고 올려다본 정 선생님의 미소는 따뜻했다.

그런데 그 순간 뭔가 살짝 이상한 점이 느껴졌다. 꼭 무언가 빠진 듯한 느낌이 들었지만 그게 무엇인지 정확하게 꼬집어 낼 순 없었다.

"오늘 회식 있다던데, 가실 거죠?"

정 선생님의 질문에 나는 생각하던 것을 멈추고 그에게 대답했다.

"지금 중간고사 문제를 내고 있는데, 난이도 때문에 시간이 좀 걸리네요. 그거 끝내고 좀 늦게라도 참석할게요."

❀ ✱ ❀

단시간 집중을 해서 중간고사를 위한 국어 문제를 다 만들어 냈다.

"끝났다."

굽혔던 허리를 펴고 뻣뻣하게 굳은 어깨를 통통 쳤다. 프린트까지 해서 보며 마지막 점검을 마친 나는 서둘러 회식에 참석하기 위해 몸을 일으켰다.

교무실 문을 열고 나오는데 익숙한 얼굴이 복도에 서 있어서 깜짝 놀랐다.

"어?"

나 안 좋아하는 애다.

얼마 전에 이 녀석 저장번호의 이름을 '미친놈'에서 '나 안 좋아하는 애'로 바꾼 것을 떠올리며 녀석을 응시했다.

"노쌤."

조용히 날 부른 서석이는 양손을 주머니에 찔러 넣은 건방진 상태로 내게 다가왔다. 그 순간 국어 문제를 프린트한 종이를 그냥 책상 위에 두고 나왔단 사실이 떠올랐다. 그래서 황급히 교무실 문 앞을 막아섰다.

"왜? 나 기다렸어?"

"네."

"뭐 할 말 있어? 할 말 있으면 전화를 하지, 왜?"

"전화 못 하는 거 아시잖아요. 마법 걸어 놔서."

"아, 그랬지, 참."

엉거주춤하게 교무실 문을 막고 선 나에게로 서석이가 한 발자국 더 가까이 다가왔다.

"다들 퇴근하셨죠? 잠깐 물어볼 게 있는데, 들어가서 얘기 좀 해요."

다음 순간 서석이가 교무실 문의 손잡이를 잡았다. 국어 문제가 유출될 수도 있겠단 생각에 내 목소리가 높아졌다.

"뭐? 안 돼, 인마!"

내가 식겁하며 고개를 세차게 젓자 서석이의 얼굴에 의아함이 서렸다.

"왜요?"

"안에 아무도 없어."

적당히 둘러대는 내 말에 서석이는 눈썹을 확 구겼다.

"내가 뭐 잡아먹는대요? 그냥 잠깐 얘기 좀 하자구요."

"여기서 하면 되겠네."

"여기선 못 해요. 하기 싫어요. 왜 안에 못 들어가게 하는데요?"

"넌 왜 꼭 안에 들어가려고 하는데?"

"중요한 얘기라서 그래요. 왜 안에 들어가면 안 되는데요? 안에 숨겨 둔 자식이라도 있어요?"

"암튼 안 돼. 여기서 얘기할 거 아니면 그냥 전화로 해."

우리의 실랑이가 길어지자 서석이는 급기야 화를 내기 시작했다.

"전화 못 한다고 몇 번이나 말해요? 노쌤 바보예요? 기억력 소멸하셨어요?"

이 자식 말이 심한데?

"이제 네가 전화해도 '미친놈'으로 안 뜨니까 그냥 전화하라……!"

헙.

입안이 공기 반 소리 반이 된 굉장히 노래 잘하는 상태에서 조용히 입을 다물어 버렸다.

적잖은 동요가 인 듯 서석이의 눈동자가 흔들렸다. 내 시선을 피한 녀석이 작게 중얼거렸다.

"다 알고 있었네……. 쪽팔리게……."

손을 들어 이마를 짚은 서석이가 이내 자신의 눈가를 가려 버렸다. 혹시 우는 건 아닐까 나는 차마 녀석에게서 시선을 떼지 못했다.

"제가 전화 안 하면 노쌤은 저한테 전화든 문자든 하질 않으니까 계속 모르실 줄 알았어요. 그런데 어리석었네요. 저, 허세 떠는 거 보는 건 재밌으셨어요?"

그런 건 아닌데……. 상처 많이 받았으면 어쩌지…….

마음이 불편해서 나는 서둘러 입을 열었다.

"서석아, 그게 있잖아, 선생님이 설명을 좀 할게. 우리 일단 들어가서 얘기 좀 할까?"

바로 교무실 문을 드륵 여는 나를 서석이가 이상하단 눈빛으로 쳐다보았다.

"방금까지 그렇게 못 들어가게 하더니……?"

"아니, 그게, 중간고사 국어 문제를 프린트해 둔 게 책상 위에 있어서……."

"허—"

그 순간 서석이 녀석이 헛웃음을 짧게 터뜨리더니 미간을 구겼다.

"지금 수능 시험지도 아니고 고작 고3 2학기 중간고사 시험지 때문에 제가 이렇게 상처를 받은 거예요?"

미안한 마음이 들었지만, 여기서 분명히 해야 더 큰 상처를 주지 않을 거란 생각에 다부지게 말을 시작했다.

"이 정도 상처는 네가 앞으로 인생을 살아가는 데에 있어서 어떤 생채기도 남지 않을 가벼운 거야. 그러니까 창피해지도, 아파하지도 마. 선생님은 그냥 네 곁을 지나갈 사람이니까. 그리고 정 선생님과 함께 걸어갈 사람이니까. 나 정 선생님이랑…… 결혼할 수도 있거든."

그런데 내 마음의 바람과 달리 서석이는 더 상처받은 눈을 했다.

"소문이 진짜였네."

작게 중얼거린 녀석이 어두워진 표정으로 가만히 나를 보았다. 그리고 다음 순간 나를 조용히 불렀다.

"노쌤."

내가 자기를 보자 녀석은 한쪽 입술 끝을 올리며 자조적인 미소를 지었다. 그리고 말했다.

"결혼은 반칙이죠."

녀석의 처음 보는 살벌한 눈빛에 당황하며 입을 열었다.

"그런 말이 어디 있어? 내 인생 내 결혼인데, 반칙이 뭐야? 너
참 웃긴 애다?"

그 순간 서석이가 내 바로 앞으로 다가섰다.

"!"

깜짝 놀라 어깨를 움츠리며 녀석을 올려다보니 어느새 본래의
밝은 미소를 되찾은 서석이가 싱글거리며 내게 말했다.

"내가 봉인해 놓은 마법도 깨고, 결혼이란 반칙을 저지른 건
노쌤 쪽이죠. 그러니까…… 나 이제 착한 척 그만해도 되죠?"

순간 어안이 벙벙했다.

대반전이다.

심서석은 처음부터 지금까지 착했던 적이 단 한 번도 없었는데
지금까지가 다 착한 척이었단다. 요즘 애들 말대로 멘탈이 붕괴되
는 순간이었다.

"근데……!"

착한 모습 따위 본 적도 없는 내게 착한 척 그만하겠다고 선언
한 서석이가 뒤로 한 발자국 물러서면서 말했다.

"왜 벌써 결혼 얘기가 나와요?"

미간을 미세하게 구기며 서석이가 말을 이었다.

"둘이 선본 것도 아닌데, 데이트 몇 번에 결혼 얘기 나오는 건
좀 오버 아니에요?"

내 앞에 서서 주머니에 양손을 찔러 넣은 채 건방지게 묻는 녀석을 향해 나는 당당하게 말했다.

"어린 네가 어른들의 세계를 어떻게 이해하겠니? 서로 열렬히 사랑하고 신뢰가 있으면 얼마를 만났든 결혼도 생각할 수 있는 거거든?"

"쿡―"

노골적인 비웃음을 터뜨린 서석이 녀석이 주머니에서 손을 빼고 팔짱을 척 꼈다.

"사랑? 지금 사랑이라고 했어요? 아하. 두 분이 열렬히 사랑하시는구나. 내가 그건 또 몰랐네."

"그래. 그러니까 넌 네 공부 열심히 하고 난 내 인생 열심히 살게. 잘 가."

말을 마치고 앞으로 걸어가려 했는데 서석이가 팔짱을 낀 채로 내 앞을 가로막았다.

"그럼 두 분 벌써 키스도 하셨겠네요?"

키스?

"얘가 지금 못 하는 소리가 없어!"

순간 당황해서 손으로 서석이의 몸을 밀어 버렸다. 그런데 녀석은 오히려 나를 이상한 사람 취급했다.

"키스가 왜요? 불법이에요? 금기예요? 청소년 사용 불가 단어예요? 그냥 사랑하는 사람끼리 하는 사랑의 표현일 뿐이잖아요."

"우린 아직 정식으로 몇 번 만나지도 않았고……."

"사랑하는 남자는요, 사랑하는 여자에게 키스하고 싶어서 안달 나는 게 정상이에요. 나 같은 미친놈이나 안 하고 참는 거고."

키스라……. 정 선생님이랑 내가?

한 번도 생각해 본 적 없는 상황이었다. 그런데 막상 상상해 보니까 입술이 실룩실룩거리며 부끄러워졌다.

"설마 지금 내 앞에서 상상하는 거예요?"

내 상상을 홀라당 깨는 저음의 목소리에 미간을 구기며 고개를 들었다. 내 상기된 얼굴을 본 서석이가 어이없다는 듯 헛웃음을 터뜨렸다. 곧 서늘하게 표정을 굳힌 녀석이 나를 노려보며 말했다.

"자꾸 그렇게 배려 없이 행동하면 첫 키스를 담임쌤이랑 하실 수 없게 될 거예요."

"!"

순간적으로 손을 들어 입을 가려 버렸다. 내 행동에 서석이는 입술을 비틀며 웃음을 터뜨렸다.

"눈치 빠른데요? 내가 여태까지 본 노쌤의 행동 중에 가장 빨랐어요."

놀림받는 기분이다. 아니. 놀림받았다. 착잡한 마음에 나는 천천히 입에서 손을 떼고 허리를 꼿꼿이 폈다.

"근데 너, 송지희 짝사랑한다고 했잖아? 그것도 다 거짓말이었어?"

"아뇨. 좋아해요, 지희."

"뭐라고? 넌 어떻게 된 애가……!"

"근데 그보다 노쌤을 만 배쯤 더 좋아해요. 좋아하는 건 내 맘대로 되는 게 아니잖아요? 짝사랑해 보셨으니까 아실 거 아니에요?"

그러고 싶지 않은데, 내 모든 걸 알고 있는 듯한 심서석 앞에선 내 카리스마가 무너진다. 그런 내가 맘에 안 들어서 입을 꾹 다물고 있는데 서석이가 나를 향해 상체를 숙였다.

"그러니까 내가 큰맘 먹고 생애 첫 고백, 첫사랑, 첫 키스 다 양보한다잖아요. 다 하고 와요. 마지막만 나랑 하면 되니까."

어안이 벙벙해서 녀석을 멍하니 올려다보았더니 녀석이 나를 향해 씨익 웃는다.

"처음부터 결혼까지 양보할 생각은 없었거든요. 그런데 노쌤이 반칙을 하니까…… 그럼 뭐 별수 있나요? 악마가 돼서라도 막아야지."

마지막으로 나에게 손을 들어 '안녕'이라고 말한 서석이는 당황한 나를 두고 그대로 돌아섰다. 나는 잠시 녀석의 뒷모습을 보며 서 있다가 한숨을 폭 내쉬었다.

무서운 놈.

그리고 어리석은 놈.

왜 그렇게 힘든 길을 가려고 하니? 결국 넌 아프고 말 거고 지치고 말 거다.

서석이 녀석을 단념시키기 위해서라도 나는 정 선생님과 더 가까운 사이가 되어야만 한다고 생각했다.

그러려면 일단 키…… 키스부터……!

가방 안에서 굴러다니는 껌을 하나 꺼내 입안에 넣으며 시간을 확인했다. 아직은 선생님들이 2차 회식을 하고 있을 시간이었다.

"후우……."

키스를 향한 아니, 회식 장소를 향한 내 걸음이 빨라졌다.

회식을 하고 있다는 호프집으로 들어서자 사람들이 일제히 떠들고 잔을 부딪치는 시끄러운 소리에 눈살이 찌푸려졌다. 이런 분위기 익숙지도 않고 싫어하는 편이다.

선생님들 일행을 찾아 바삐 옮기던 내 걸음이 익숙한 큰 어깨를 발견하고는 멈췄다. 두런두런 이야기를 나누며 술을 마시고 있는 선생님들 뒤로 천천히 걸어가는데 그들의 대화가 들려왔다.

"노쌤이랑 결혼설도 들리던데, 정말 하시는 거예요?"

"네."

정 선생님의 시원스런 대답에 나는 얼굴이 달아오르는 것 같은 기분이 들었다. 설레었다.

'내가 없는 자리에서 저런 말을 한다는 건 진심이란 뜻이겠지?'

그렇지만 순간 조금 이상하기도 했다.

'그런데 제대로 된 연애도 하기 전에 벌써부터 결혼 이야기가 나와도 되는 걸까? ……뭐 어때? 날 좋아하니까 그런 말도 하는 거겠지?'

아아, 벌써부터 신혼 때 아침 식사로 뭘 차릴까 걱정하는 나도 참 주책이다.

"노쌤 어디가 그렇게 좋아요?"

내가 그들 뒤로 다가섰을 때 과학 선생님이 정 선생님에게 질문을 던졌다. 마침 내가 궁금했던 질문을 절묘하게 하는 과학 선생님에게 속으로 브라보를 외치는 순간, 정 선생님의 대답이 들려왔다.

"착하고 얌전하고 똑똑하고 성실하고 자기 남자밖에 모를 것 같고, 무엇보다 직업이 좋잖아요."

아아……. 그런…… 거구나.

나는 순간 멍해졌다. 내가 기대하던 답변과 너무 달랐던 것이다. 솔직히 나는 좀 더 달콤한 답변을 원했다.

"아하, 완전 결혼할 여자로 딱이라는 거네요."

"진짜 그러네. 결혼하기에 이상적인 여자네요."

다른 선생님들도 수긍하는 분위기였다. 그렇지만 나는 뒤통수를 세게 얻어맞은 듯한 느낌을 지울 수가 없었다.

정 선생님이 보는 나는 저렇구나.

맞는 말인데, 그가 본 나는 딱 저럴 텐데, 뭐가 이리도 서운한 걸까.

"어? 노 선생님?"

한 선생님이 나를 발견하고 알은체를 했고 나는 얼른 그들 사이로 다가가 자리에 앉으며 사과를 했다.

"늦어서 죄송해요."

문득 정 선생님의 시선이 느껴져서 고개를 돌려 그를 바라보았다. 나를 향해 싱긋 웃으며 그가 작게 말했다.

"술 많이 드시지 마세요."

"네."

저리도 다정한 남잔데, 처음부터 끝까지 내겐 달콤하기만 한 남잔데, 그깟 나 별로 안 착하고 안 얌전하고 헛똑똑인 거 몰라준다고 서운해할 필요는 없다. 이제부터 알려 주면 되니까.

저 남자도 내가 모르는 점이 많이 있을 테니까.

오늘은 선생님들이 주는 술을 거부하지 않고 다 마셔 보았다. 마음이 조금 답답해서 술을 마시고 싶었고, 무엇보다 나도 이젠 제법 회식이라는 걸 즐기는 수준이 되었기 때문이다.

"노쌤, 취했죠?"

내 얼굴을 들여다보며 묻는 정 선생님의 얼굴에서 시선을 슥 내려 그의 어깨를 보았다.

오? 자네 내가 아는 그 모델일세?

"하이. 헬로우?"

내 인사에 그 외국 모델은 겁을 먹은 듯 몸을 뒤로 뺐다. 그리고 서둘러 자리에서 일어서더니 나를 일으켜 세웠다.

"선생님들 힘들어지실까 봐 취한 노쌤은 제가 책임지고 데려가겠습니다."

"헤이, 헤이. 아임 오케이."

외국 모델 아니, 정 선생님의 매력적인 어깨를 톡톡 건드리며 괜찮다고 말했는데도 정 선생님은 내 손을 붙잡고 호프집을 나왔다.

"택시 잡을 거니까 여기 잠깐 서 있어요."

나를 인도에 세워 둔 후 정 선생님은 성큼성큼 걸어가 차도로 손을 뻗었다.

"택시!"

택시를 잡으려는 그 몸짓이 너무도 멋있게 보여서 나는 그에게 뛰듯이 걸어갔다. 다가오는 나를 황급히 돌아보는 정 선생님에게 나는 엄지를 치켜세워 보였다.

"유 해브 어 빅 숄더."

"아, 땡큐. 택시!"

"유 아 쏘 핸섬."

"땡큐, 땡큐. 택시!"

외국어가 나랑 통하는 모델 아니, 정 선생님은 애타게 손을 뻗어 택시를 잡으려고 시도했지만 택시는 쉬이 잡히지 않았다.

"두 유 해브 어 걸프렌?"

"오브 코스. 잇츠 유. 택시!"

"리얼리?"

와우. 우린 영어로 대화가 된다.

이 얼마나 스마트한 커플이란 말인가!

"이거 타요, 노쌤."

어느새 택시를 잡은 정 선생님이 차 문을 열어 주며 내게 말했다. 나는 감사의 인사로 꽃미소를 날리고 그 차에 올라탔다. 나를 따라 택시에 올라탄 정 선생님이 우리 집 주소를 말하자 차가 출발했다. 그때 내가 정 선생님의 옆얼굴을 보면서 물었다.

"이즈 유어 걸프렌 뷰티풀?"

"예스. 베리 큐트. ……근데 나 영어 잘 못하는데, 그만하면 안 돼요?"

"그러면, 사와디캅? 구텐탁? 봉쥬르?"

"그쪽은 더 못하구요."

으흐흐, 바보 같은 웃음을 터뜨리는 나를 따라 정 선생님도 웃었다.

괜찮을 거라는, 이렇게 웃을 수 있으니 행복할 수도 있을 거라는, 그런 막연한 생각이 들었다.

우리 집 앞에 멈춰 섰던 택시가 떠나고 정 선생님과 나는 서로를 애틋한 눈빛으로 쳐다보았다.

지금이 바로 사람들이 말하던 그 키스할 것 같은 분위기라는 건가.

두근두근 설레며 그의 다음 행동을 기다리다가 또다시 발동된 주사로 인해 그의 어깨를 퉁퉁 두드렸다.

"유 해브 어 빅 숄더."

이번에도 역시 정 선생님은 적잖게 당황한 눈치였다.

"또 거기서부터 다시 시작이에요? 그럼, 잠깐만요. 저 할 말 먼저 하고……."

다음 순간 정 선생님이 내 어깨를 덥석 잡았다.

어머. 드디어 정 선생님과, 드디어 꿈에도 그리던 키스를, 드디어 하게 되는 건가!

그때 그가 내 얼굴을 빤히 보며 웃는 얼굴로 말했다.

"두 유 메리 미?"

뭐?

놀라서 눈이 커졌다. 그러자 내 얼굴을 보고 있던 그가 멋쩍은 듯 뒷머리를 긁적거렸다.

"아, 놀랐어요? 그냥 한국어로 할 걸 그랬나?"

난 그의 갑작스런 영어 프러포즈에 놀란 게 아니었다.

"두 유 키스 미? 가 먼저 아닌가요?"

"아아……. 제가 눈치가 없었네요."

또 어색하게 뒷머리를 긁적이는 정 선생님을 가만히 바라보다가 다시 입을 열었다.

"순서 이즈 낫 임폴턴트."

'순서가 뭐가 중요해요.' 라는 말이 하고 싶었는데, '순서' 가 영어로 죽어도 생각이 안 났다.

"결혼하고 키스하면 되죠, 뭐."

내 뼈 있는 농담에 정 선생님은 당황한 듯 얼굴을 굳혔다. 집 앞에 서 있는 우리 둘 사이에 잠시 묘한 정적이 흘렀다.

"……."

"……."

이제야 알 것 같다. 나는 정 선생님과 결혼만 하고 싶었던 게 아니었다. 나는 그와 연애가 하고 싶었다.

"혹시 맘 상했어요?"

"아니에요. 농담이에요. 그럼 내일 학교에서 봐요."

웃는 얼굴로 천천히 돌아섰다. 마음이 조금 허전해서 낮게 한숨을 내쉬어 보았다.

그때 문득 저번에 느꼈던 그와 나 사이에 빠진 것이 '사랑'일지도 모른다는 생각이 들었다.

아직 가을인데도 좀 춥게 느껴지는 스산한 바람이 내 뺨을 스쳤다.

11

정 선생님과 헤어진 것도 아니고, 그렇다고 열렬히 사랑하는
것도 아닌 뜨뜻미지근한 관계는 계속되고, 시간은 흘렀다.

무엇보다 난 아직 정 선생님이 좋았고 정 선생님도 날 놓치고
싶지 않은 듯 보였다.

오늘은 수능을 한 달 앞두고 2학기 중간고사 결과가 나왔다.

문제를 쉽게 냈기 때문에 평균이 많이 떨어지진 않았을 거란
내 예상은 적중했지만, 이제 착한 척 안 할 거라고 했던 서석이가
반타작하고 51점을 받은 건 예상 밖이었다.

문제를 그리 쉽게 냈는데, 그동안 공부한 것만 쏟아부었어도
80점은 나왔겠다.

괘씸한 놈.

"선생님, 오늘은 이 문제요."

수능이 가까워져서 그런지 점심시간만 되면 학생들이 모의고사 문제집을 들고 교무실로 달려오는 통에 정 선생님과 같이 점심을 못 먹은 지도 꽤 됐다. 한 녀석한테 설명이 끝나면 다른 녀석이 와서 또 질문을 하고 끝나면 또 다른 녀석이 온다.

결국 오늘도 나는 점심시간 20분 전에야 겨우 밥을 먹을 수가 있었다.

아이들이 국어 공부를 열심히 하는 건 좋다. 기쁘다.

'근데 왜……!'

왜 국어만 물어보지? 수학이나 과학도 꽤 어려울 텐데, 도대체 왜 다들 국어만 질문하지? 나도 여유롭게 밥 좀 먹고 싶다고……!

수업 시작 5분 전에야 밥을 다 먹고 부지런히 교무실로 향하는데, 그런 내 앞으로 심서석이 나타났다. 햇빛을 받아 반짝이는 녀석이 나에게 물었다.

"점심 맛있게 드셨어요, 노쌤?"

내 기분과 판이하게 너무 빙그레 웃고 있는 서석일 보니까 순간 점심시간마다 질문을 하는 학생들의 배후에 이 녀석이 있는 건 아닌가 하는 의혹이 생겼다. 나는 걸음을 늦추지 않은 채 살벌한 눈초리로 녀석을 불렀다.

"야, 51점."

"뭐예요, 그거? 내 매력 점순가? 그거 치곤 너무 적은데."

복도로 들어서는 내 뒤를 졸졸 따라오며 궁금해하는 녀석을 새침하게 흘겨보았다.

"네 국어 점수거든?"

"아아, 그거. 나 이제 국어 공부 안 해요. 수능이 한 달 남았는데 내 공부해야죠. 좋은 대학 꼭 가야 하니까."

내 옆까지 걸어온 서석이가 내게 상체를 숙이며 목소리를 낮춘 채 말했다.

"나 원래 대학엔 관심 없었는데, 내 아내 될 사람이 학력이 좀 좋아서요. 꿀리면 좀 그렇잖아요."

"아내 될 사람?"

"네. 노쌤한테만 말하는 건데요, 사실 내 아내 될 사람이 학교 선생님이거든요. 과목은 국어."

어이가 없어서 두 눈에 힘을 주고 서석이를 노려보았다. 이 녀석은 참 황당한 소릴 아무렇지도 않게 한다.

"그거 그 여자도 알고 있는 거냐?"

"네, 알고는 있죠. 인정을 안 해서 그렇지."

눈썹을 찡그리다 아까부터 의혹이 일던 것에 대한 질문을 던져보기로 했다. 이 녀석이라면 가능하다.

"쓸데없는 소리 그만하고, 너 혹시 애들 시켜서 점심시간마다……."

"안녕하세요, 과학쌤."

내 말은 듣지도 않고 서석이는 복도 반대편에서 오는 과학 선생님에게 인사를 건넸다. 과학 선생님이 지나가고 나는 다시 물었다.

"그러니까 네가 점심시간마다 애들 시켜서……."

"점심 맛있게 드셨어요, 영어쌤?"

녀석은 또 내 말을 듣지 않고 건너편에 밝게 인사를 건넸다. 그 래서 순간 조금 화가 났다.

"인사 그만하고 내 말 좀 들어!"

파앗—

결국 나는 서석이의 팔을 잡아당기며 목소리를 높였고 이에 녀석은 눈을 크게 떴다. 날 잠시 빤히 보던 녀석이 이내 웃음을 터뜨렸다.

"집착 쩐다, 진짜. 다른 쌤들한테 인사 좀 했다고 이렇게 질투하면, 나 오늘 밤에 잠 못 자는데?"

"까불지 좀 마."

근데 지금 몇 시지?

순간적으로 든 싸한 느낌에 서석이의 팔을 놓고 시간을 확인해 보았다.

이런. 수업 시간 1분 전이다.

"이제 곧 수업 시작하겠네. 너도 빨리 교실로 돌아가."

바삐 걸음을 옮기는 내 뒤로 서석이 녀석이 졸졸 따라와 말을 걸었다.

"근데 노쌤, 나한테 뭐 물어보려고 하지 않았어요?"

"아!"

내가 뭘 물어보려고 했더라?

아악. 생각이 안 난다.

"뭐였지? 뭐였더라?"

"난 모르죠. 그건 5분 전의 노쌤만이 알 수 있어요."

그렇지. 난 지금 5분 전의 내가 아니라서 전혀 모르겠다. 그래서 그냥 방금 전에 느꼈던 이상했던 점에 대해 물었다.

"너 다른 선생님들은 과목으로 과학쌤, 영어쌤 이렇게 부르면서 왜 나만 성 붙여서 노쌤이라고 불러?"

"성 붙여서 부르는 거 아닌데요?"

아니라고? 이건 또 무슨 소리야?

"나한테 노쌤은 No쌤. 쌤이 아니니까요. 그래서 그렇게 부르는 건데."

그럼 그동안 날 계속 노쌤이라고 부른 게 그런 이유였단 말인가?

"흥. 그럼 난 주의가 아니냐? No주의?"

"허— 노쌤 그런 무리한 개그 치는 여잔 거 담임쌤은 알아요?"

모른다.

내 농담에 당황하는 남잔데, 뭘.

내가 착하고 얌전하고 똑똑한 선생님이라서 좋아하는 남잔데, 뭘.

이걸 알면 오히려 실망하지 않을까…….

내 표정 변화를 뚫어지게 바라보던 서석이가 순간 미간을 좁혔다.

"뭘 또 그렇게 툭 건드리면 올 것 같은 얼굴을 해요? 확 울려버릴까 보다."

툭—

서석이가 검지를 펴서 내 어깨를 가볍게 밀었다. 그러면서 녀석은 작게 중얼거렸다.

"이건 내 계획에 없던 건데…… 상처."

내가 두 눈을 들어 녀석을 올려다보자 서석이는 눈썹을 일그러뜨렸다. 어쩐지 녀석은 좀 괴로워 보였다.

"나 상처는 양보한 적 없어요. 왜 멋대로 상처까지 받고 그래요?"

서석이가 나를 지그시 응시했고 나 역시 녀석을 가만히 응시했다. 잠시 시간이 멈춘 듯 우리는 서로를 바라보았다.

한 번도 생각해 본 적 없었는데 나 상처받은 거구나. 그렇구나.

그때, 수업 종이 울렸다. 그 소릴 들으며 서석이는 허탈한 듯 웃었다.

"수업 종이 노쌤 살린 줄 알아요. 확 안아 버릴 뻔했으니까."

"미친놈."

코를 찡긋하며 내가 던진 단어에 서석이는 미소를 지었다.

"내가 뭐랬어요? 미친놈 맞다니까."

❋ ❋ ❋

정 선생님이 우리의 어색해진 사이를 다시 돈독하게 하기 위함인지 공연을 보러 가자고 제안했다.

"오페라 뮤지컬이에요."

물론 나는 뮤지컬을 좋아하는 편이다. 그러나 가끔, 아주 가끔 뮤지컬을 보다 졸은 적이 있었던 나는 뮤지컬에다 오페라까지 더

한 장르에 겁을 먹고 말았다. 그런데,

"노쌤이 좋아하실 것 같아서 예매했어요."

정 선생님이 내가 좋아할 것 같아서 티켓을 샀다는데, 어떻게 거부할 수가 있겠는가.

"재미있겠네요."

라고 기세 좋게 말했지만, 사실 자신은 없었다. 하지만 재미있게 봐야겠다는 의지는 충만했다. 그러나 내 의지는 오페라 뮤지컬이 진행되고 있는 무대를 보다가 감기는 두 눈까진 막지 못했다.

스륵—

잠결에 떨어진 내 고개에 내가 놀라 눈을 번쩍 떴다. 다행히 아직 공연은 1부도 채 끝나지 않은 상태였고 정 선생님은 무대에서 시선을 떼지 못하고 있었다.

정신 차려, 노주의.

이럴 줄 알고 어젯밤 9시부터 잤잖아.

일부러 많이 자고 왔는데도 이렇게 졸다니, 너 너무 솔직한 거 아니니?

정 선생님이 보고 실망하면 어쩌려고 그래?

정 선생님에게는 늘 똑똑하고 현명한 모습만 보여야…… 그래야…….

"노쌤?"

화들짝 놀라며 잠에서 깼다.

난 누구? 여긴 어디?

"공연이 좀 지루했나요?"

아…… 나 또 공연 보다가 잠든 거구나. 중간에 한 번 깼었는데 또 잔 모양이다.

나를 빤히 보고 있는 정 선생님의 시선에 머쓱해진 나는 서둘러 변명을 시작했다.

"아, 아니에요. 제가 어젯밤에 잠을 너무 늦게 자서 피곤해서 그래요."

다시 한 번 말하지만 난 어젯밤 9시부터 잤다. 그렇지만 그걸 사실대로 말할 순 없었다.

"아, 네. 그렇군요."

"네."

"……."

"……."

우리 사이에 불편한 침묵이 흘렀다. 그래서 나는 한산해진 주변을 둘러보며 물었다.

"공연 다 끝난 거예요?"

"이제 1부 끝났어요."

"근데 왜 절 벌써 깨워…… 가 아니라 깨워 줘서 고마워요."

너무 솔직하게 말할 뻔한 나와 그걸 들은 정 선생님은 어색하게 웃었다.

"하하하하하……."

2부도 1시간 넘게 하겠지? 어떻게 버티지?

고민하고 있는데, 주머니에서 진동이 짧게 느껴졌다.

"제가 휴대폰 꺼 두는 공연장 매너를 잊고 있었네요. 잠시만요."

휴대폰을 꺼내 전원을 끄려는데 문자가 두 개 와 있는 게 보였다.

발신자는 두 개 다 [MCN]. '미친놈' 이니셜이다.

무심코 첫 번째 문자를 확인했다가 깜짝 놀랐다. 서석이가 자기 셀카를 찍어서 보낸 것이다. 45도 얼짱 각도를 유지하고 있는 사진 밑에는 [졸업 100일 전 기념 셀카]라는 문자도 보였다.

나는 짧은 헛웃음과 함께 답장을 보냈다.

[수능 7일 전 기념 셀카는 잘 보았다. 하지만 이런 건 지희한 테만 보내길.]

문자를 보내고 바로 휴대폰 전원을 끄려고 했는데 그때 정 선생님이 내게 말을 걸었다.

"우리 나갈까요?"

"네? 왜요?"

"재미없어하시는 것 같아서……."

"아니에요. 조금 피곤했을 뿐이에요. 계속 보고 싶어요."

"무리하지 마세요."

그런 거 아니라고 말하면서 나는 웃었다. 그 순간 내 손에 있던 휴대폰으로 또다시 문자가 들어왔다.

[유명한 얘긴데, 노쌤 아직 모르는구나? 지희가 나 두고 바람을 폈어요……ㅠㅠ 내가 그렇게 좋다고 하더니……. 역시 열아

홉 순정이라는 건 이 세상에서 나만 가지고 있는 건가 봐요.]

그렇지만 지희 입장에서 보면 서석이도 바람피운 거나 마찬가지일 거다. 정신적인 바람도 바람이니까.

나는 짧게 세 글자 쳐서 답장을 보내고 바로 휴대폰을 껐다.

[MCN]

그날 밤 집으로 돌아와 휴대폰을 다시 켜자마자 서석이 녀석으로부터 문자가 우르르 들어왔다.

[MCN? 이거 뭐예요? 설레게. 뭔 암호예요? 나 이거 찾다가 오늘 밤 잠 못 자면 어떡하죠?]

[아이참, Management Control Number 이건가? 아님, Multi Channel Network 이거?]

[MC누렁이? MC농부? MC놈?]

[마이 크레이지 누드? 이거죠? 이거 맞죠?ㅎㅎ]

[에이 씨, 미친놈 이니셜이었네.]

[잘 자요, NSR.]

12

[잘 자요, NSR.]

고등학생 때 영어 선생님을 좋아해서 영어 공부를 너무 열심히
한 덕분인지 녀석이 보낸 이니셜을 단번에 알아채 버렸다.

'내 사랑.'

평소의 내 성격이라면 단칼에 차갑게 거절을 하고도 남았겠지
만 지금의 나는 평소의 나로 있을 수가 없다.

"서석아."

그도 그럴 것이, 내가 무슨 말만 꺼내려고 하면,

"노쌤, 저 수능이 다음 주인 건 잘 알고 계시죠?"

이런 식으로 협박을 하기 때문이다.

매일 고3 학생들과 부대끼고 그들을 지켜봐야 하는 나는 고3의

불안하고도 불안정한 심리를 아주 잘 알고 있다. 어쩌면 나를 좋아하고 있다고 여기는 그 마음도 거기에서 비롯된 감정일지도 모른다. 아니. 확실하다.

그러니까 이 시기가 지나면 감정이 안정이 될 거고 새로운 현실이 눈에 보일 것이다. 그 녀석과 나의 나이 차라든가 선생과 제자라는 입장 차이, 그리고 자기 또래의 예쁜 여자애들과 나의 차이가 눈에 확연히 보이기 시작할 것이다.

그렇기 때문에 나는 지금의 불안정한 녀석을 이해하려고 노력하고 있다.

"그래, 이해해."

오늘도 내 얼굴 한 번 보겠다고 교무실을 기웃거리는 서석이 녀석을 잡아 복도 구석으로 데려왔다. 어리둥절해하는 녀석을 향해 나는 진지하게 말했다.

"지금은 어쩌다 내가 멋있어 보일 순 있어. 그렇지만 곧……."

"풋."

복도 벽에 등을 기댄 서석이가 웃음을 터뜨렸다. 그 웃음소리에 내가 말을 멈추자 서석이 녀석은 싱글거리며 입을 열었다.

"노쌤 하나도 안 멋있는데요. 멋있어서 좋아하는 거 절대 아니에요. 그렇게 오해하셨다면 전 정말 억울합니다."

내심 당황했지만 표정은 애써 딱딱하게 굳혔다. 그리고 어른스럽게 팔짱을 끼며 차분한 태도로 말했다.

"그래. 그게 아니면, 나 같은 어른 여자가 가지고 있는 성숙한 매력 이런 게 좋았던 거겠지. 알아. 하지만……."

"성숙한 매력? 나한테 연애 코치 받아 놓고 그런 말이 나와요?"

순간 말문이 막혔다. 서석이는 이 상황이 정말 재미있다는 듯 흥미로운 표정을 짓고 있었지만 나는 당황함을 감출 수가 없었다.

'그, 그럼 뭐지? 이 녀석은 대체 날 왜 좋아하는 거지? 서, 설마……'

"너 내 얼굴 좋아하니?"

질문을 던져 놓고는 머쓱해서 손가락으로 안경을 슥 쓸어 올렸다.

이런 말, 내 입으로 하긴 좀 그렇지만, 내가 되게 막 엄청나게 예쁜 얼굴은 아닌데 어디서 단아하단 소린 좀 듣는다. 동안이란 소리도 자주 듣고. 겉 쌍꺼풀의 큰 눈은 아니지만 속 쌍꺼풀에다 동그란 눈이고 피부 결도 나쁘지 않다. 그리고 몸도 스몰 사이즈는 못 입지만 나름 55사이즈를 널널하게 소화하는…….

"노쌤 자뻑 심하구나."

얼굴 가득 웃음을 단 서석이의 지적에 나는 부끄러워졌다. 그런 나를 녀석이 신기하다는 듯이 쳐다보았다.

"어떻게 그런 뻔뻔한 생각을 하실 수가 있지?"

……날 좋아한다고 한 건 너였어! 이노무 시키!

입술이 마르는 것 같아서 혀로 낼름 입술을 축였다. 그리고 나를 빤히 내려다보고 있는 서석이에게 물었다.

"너, 내 얼굴 보려고 여기 온 거 아니었어?"

"아뇨. 나 담임쌤한테 수학 문제 물어보려고 왔는데요."

그런 거였어?

교무실 밖을 서성거리기에 난 당연히 나를 보러 온 거라 생각했다. 그런데 그게 내 자의식과잉이었다니 머쓱한 기분이 들었다. 그렇지만 애써 태연한 표정으로 몸을 틀어 녀석에게 길을 터 주었다.

"그럼 어서 정쌤한테 가."

"가려던 걸 붙잡고 데려온 게 누군데요?"

"그러니까 지금 가라고."

"늦었어요. 곧 수업 종 치잖아요."

괜스레 미안한 마음이 들어서 시선을 내려 손목시계를 확인했다. 종치기 1분 전이다.

"수학 문제 뭔데? 내가 물어봐 줄게."

선심 쓰듯 정쌤에게 수학 문제를 대신 물어봐 주겠다고 하는 나를 서석이가 뚫어지게 쳐다보았다. 그 형형히 빛나는 눈빛이 부담스러워서 슬쩍 시선을 내렸는데 그 순간 녀석이 피식 웃음을 터뜨렸다.

"됐어요. 원래 수학 문제 핑계로 노쌤 얼굴 보려고 온 거였으니까."

"아깐 나 보러 온 거 아니라며?"

"네. 그러니까요. 수학 문제 물어보려고 온 거라고요."

"그러니까 내가 대신 물어봐 주겠다고."

"됐다고요. 노쌤 얼굴 봤으니까 만족해요."

"내 얼굴 보려고 온 거 맞네, 뭐."

"아뇨. 수학 문제요."

"그럼 대신 물어봐 줄게."

"됐어요. 노쌤 얼굴 봤으니까."

"야⋯⋯!"

지금의 난 나름 국어 선생인데도 우리 대화의 핵심을 못 찾아 내고 있었다. 그래서 조금 울컥하고 말았다.

"그러니까 네놈 결론은 뭐야? 날 보러 왔다는 거야, 수학 문제 때문에 왔다는 거야?"

"노쌤 진짜 국어 선생님 맞아요? 꼭 내가 설명해 줘야 알아 요?"

서석이는 바보냐는 듯한 눈빛으로 나를 보면서 웃었다.

"그러니까 여기서 내 결론은요⋯⋯."

녀석이 거기까지 말한 순간, 수업 종이 울렸다. 그리고 그 종소 리가 끝나자마자 서석이의 목소리가 내 귓가에서 들려왔다.

"좋아한다고요, 많이."

순간 헛웃음이 터져서 언짢은 얼굴로 녀석을 올려다보았다. 그 런 내게로 숙였던 허리를 펴며 녀석이 물었다.

"오늘도 담임쌤이랑 데이트 있어요?"

"어."

"잘 다녀와요. 맛있는 거 많이 먹고."

"뭐?"

저게 과연 날 진심으로 좋아한다는 아이 입에서 나온 말이 맞 나 싶었다.

어이없다는 눈빛으로 녀석을 보고 있는데 그 순간 서석이가 뒤로 한 발자국 물러섰다. 교실로 돌아가기 위해 어깨를 트는 녀석의 뒤에서 나는 고개를 설레설레 저으며 아주 작게 중얼거렸다.

"넌 대인배라고 해야 할지, 미친놈이라고 해야 할지, 바보 같은 놈이라고 해야 할지……."

"아픈 놈이요."

내 말을 들은 녀석이 던진 단어에 나는 순간 입을 멈췄다. 그때 다시 내게로 몸을 돌린 녀석이 날 보며 덧붙였다.

"그리고 더 아플 놈이요."

그러면서 서석이는 웃었다. 녀석은 그렇게 웃는 얼굴로 몸을 돌려 유유히 가 버렸다.

✻ ✻ ✻

"드디어 내일이 수능이네요."

내일이면 올해도 수능이 끝나고 고3들에게도 자유가 찾아온다. 그와 동시에 고3 선생님들에게도 조금의 여유가 주어진다.

"수능 끝나면 같이 여행이라도 갈까요?"

생각지도 못한 정 선생님의 제안에 나는 심장이 두근두근 뛰었다.

여행? 정 선생님과 여행이라니!

"네. 좋아요."

내 책상 근처로 자신의 의자를 밀고 온 정 선생님이 나와 시선을 맞추며 온화한 미소를 지었다.

"정동진 어때요? 같이 해돋이도 보고."

"아, 네. 좋아요."

좋아하는 정 선생님과 여행이라니, 꿈만 같은 일이었다. 게다가 해돋이라니! 1박 2일 여행은 평생 불가능할 거라 생각했는데, 먼저 제안해 준 정 선생님이 고마웠다. 그때 정 선생님이 외투를 챙기며 자리에서 일어섰다.

"퇴근하시려고요?"

내가 부드럽게 묻자 정 선생님은 나를 따뜻한 시선으로 내려다보았다.

"아, 네. 노쌤 집까지 데려다 드리고 싶은데 제가 약속이 있어서요. 대신 내일 저녁은 같이해요."

"네."

나를 향해 손을 흔들어 보인 정 선생님이 나간 후 나도 가방을 챙겨 교무실을 나왔다. 집에 가자마자 정동진에 관한 정보를 검색해 볼 생각에 들떠서 발걸음이 무척 가벼웠다.

학교와 집이 가까운 편이라 지각을 할 것 같은 날은 차를 몰고 나오지만 보통은 그냥 걸어서 다니곤 한다. 정동진에 마음을 빼앗겨 정신없이 걷고 있는데 누군가 뒤에서 손바닥으로 내 시야를 가렸다.

"어머."

이런 일은 처음이라 깜짝 놀랐다. 잔뜩 긴장하고 멈춰 선 순간 뒤쪽에서 남자의 목소리가 들려왔다.

"누구게?"

연인들끼리 흔히 한다는 눈가림 놀이를 당한 나는 꽤 당황하고 말았다. 남자의 달콤한 목소리에 미안해하며 내가 말했다.

"저기, 사람을 착각하신 것 같습니다."

"아닌데."

남자의 목소리엔 웃음이 서려 있었다. 그래서 나는 순간 무서운 생각이 들었다.

"혹시, 변태……?"

학교 근처이기 때문에 정말 변태일 가능성도 있었다. 겁은 났지만 나는 학생들을 위해서 이 변태를 꼭 잡아야겠다고 생각했다. 그래서 다음 순간 마른침을 꿀꺽 삼키면서 팔을 구부려 뒤로 힘껏 찔렀다.

"윽……!"

내 팔꿈치가 정확히 상대의 배를 찌른 모양인지 남자의 손이 떨어져 나갔다. 내가 서늘한 시선으로 뒤를 홱 돌아보자 익숙한 기럭지의 남학생이 허리를 반쯤 숙이고 배를 부여잡고 있는 게 보였다.

"뭐야? 심서석?"

놀라서 눈을 크게 뜨고 묻자 서석이 녀석이 허리를 펴며 인상을 찌푸렸다.

"대체 어떤 변태가 여자 눈 가리고 누구냐고 물어봐요?"

"요즘 세상이 워낙 흉흉하니까 그런 변태도 있을 수 있겠다 싶어서. 그나저나 넌 수능 전날 대체 뭐 하니?"

잠시 배를 쓰다듬던 녀석이 눈썹을 찡그리면서 나에게 따지듯이 말했다.

"어떻게 된 여자가 누가 따라오는 줄도 몰라요?"

"이제 스토커 짓까지 하는 거야, 너?"

"이제 그런 오해까지 하시는 거예요, 노쌤? 정말 우연히 본 거예요."

서석이는 정말 억울하다는 듯 펄쩍 뛰었지만 나는 그저 코웃음을 칠 뿐이었다. 녀석에게서 시선을 거둔 나는 다시 우리 집을 향해 걸음을 옮겼다.

"전부터 느꼈던 건데 노쌤은 자뻑이 심하시네요."

그런데 서석이 녀석이 자꾸 나를 따라오며 말을 시켰기에 나는 그를 흘겨보며 입을 열었다.

"가서 공부나 해. 내일이 수능이잖아."

"원래 수능 전날엔 공부해도 소용없는 거거든요?"

집 앞 횡단보도에 멈춰 서서 신호를 기다리고 있는데 그런 내 옆으로 서석이가 바짝 다가왔다. 내가 녀석을 힐끔 보자 기다렸다는 듯 서석이가 나를 톡톡 건드렸다.

"근데 왜 혼자예요? 담임쌤은요?"

"약속 있으시대."

"무슨 약속이요?"

"안 물어봤어."

"친구 만난대요? 아님, 모임?"

"몰라."

"모른다고요? 둘이 사귀는 거 정말 맞아요?"

아직은 정 선생님을 대하는 부분에 있어서 어려움을 느끼고 있는 내게 서석이가 던진 말은 정곡을 푹 찔렀다. 그래서 순간 발끈하고 말았다.

"우리가 서로 얼마나 사랑하는 사이인데! 곧 여행도 같이 갈 거……!"

"뭐? 여행이요?"

아뿔싸. 내가 이걸 왜 말했지. 암튼 난 이 녀석한테 너무 휘둘리는 경향이 있다니깐.

순간 서석이의 눈썹이 크게 꿈틀했다. 내게 한 발자국 더 다가온 녀석이 서늘한 표정으로 말했다.

"적당히 해요."

"뭘?"

네가 뭔데, 짜샤.

나도 눈에 힘을 주고 녀석을 노려보았다. 그 순간 신호등이 파란불로 바뀌었고 나는 냉큼 앞으로 걸어 나갔다. 그런 내 뒤를 서석이가 계속 따라왔다.

"큰누나 말 들어 보니까 우리 담임쌤이 꽤 현실주의자던데."

나도 그건 느끼고 있었다. 하지만 애써 덤덤한 얼굴을 유지하면서 걸었다. 아무렇지도 않다는 듯이.

"그게 뭐?"

"그래서 난 느꼈죠. '아, 다행이다. 담임쌤이랑 우리 노쌤이랑은 결혼까진 못 하겠구나.' 하고."

순간 고개를 팩 돌려서 서석이의 반듯한 얼굴을 올려다보았다. 그렇게 느낀 이유가 몹시 궁금했다.

"왜?"

"노쌤은 애정결핍, 사랑결핍인 사람인데 그런 조건 따지는 남자가 얼마나 노쌤을 사랑해 주겠냐는 거예요."

"내가 애정결핍인 걸 네가 어떻게 알아? 나도 모르는 사실인데."

부모님을 제외하고 사람들에게 애정을 듬뿍 받아 본 적이 없기는 하지만 애정결핍이라고 생각해 본 적은 없었다.

"당연히 알죠. 내가 노쌤을 3년 가까이 지켜봤는데."

"너 설마 고1 때부터 날 좋아했어? 새파랗게 어린 꼬마 녀석이 선생님을 그런 눈으로나 보고!"

"아, 뭐래. 내가 설마 노쌤한테 첫눈에 반했겠어요? 뭐, 나는 눈 없어요?"

횡단보도를 다 건너온 나는 서석이를 노려보면서 방향을 틀었다. 그때 반대편에서 자전거를 탄 아저씨가 오고 있었고 나는 그를 피하기 위해 발을 옮겼다. 그런데 그 순간 서석이가 자전거가 오는 쪽으로 자기가 서면서 나를 길 안쪽으로 걷게 했다. 그러면서 말했다.

"나는 조건 안 따져요. 오직 사랑. 그 사랑만 주면 돼요."

그사이 자전거는 서석이 옆을 슥 지나갔다. 가까워진 녀석의 몸과 거리를 두면서 나는 차갑게 말했다.

"내 성격 알잖아. 난 죽었다 깨어나도 제자랑은 안 만나."

"알아요."

"그러니까 정신 차려."

집 근처 골목으로 꺾는 나를 서석이가 계속 따라왔기에 결국 나는 멈춰 서서 녀석에게 말했다.

"그만 가."

"네. 근데요, 나 내일 수능 끝나고 노쌤 집 앞으로 올게요."

"너 아직도 정신 못 차렸니? 그리고 나 내일 약속 있어, 정쌤이랑."

"꼭 하고 싶은 말이 있어서 그래요. 잠깐이면 돼요."

"……맘대로 해, 그럼."

아무래도 서석이의 마음을 정리시켜 줄 만한 사건이 필요할 것 같았다. 나는 곰곰이 생각에 잠겼다.

❋ ✱ ❋

저녁을 먹고 영화를 보는 아주 평범한 데이트도 나에겐 소중했다. 처음 하는 경험이었고 무엇보다 짝사랑하던 남자와의 데이트였다.

"상견례는 내년 봄에 했으면 좋겠는데, 노쌤 생각은 어떠세요?"

우리 집으로 향하는 골목길에서 정 선생님이 하는 말에 나는 조심스럽게 고개를 끄덕였다.

"아, 네. 괜찮을 것 같아요."

내가 바로 긍정적으로 대답하자 정 선생님은 싱긋 미소를 지었다. 곧 그가 우리 집 대문을 발견하고는 내게 말했다.

"다 왔네요."

"네. 조심히 돌아가세요."

그에게 목례를 하고 돌아서는데 그가 갑자기 내 손목을 잡아챘다.

"잠깐만요, 노쌤 아니, 주의 씨."

정 선생님의 부름에 나는 순간 심장이 뛰었다. 그가 처음으로 내 이름을 불러 줬던 것이다. 얼굴 가득 미소를 띄우고 그를 향해 돌아섰다.

"네, 정쌤 아니, 석 씨."

그때 정 선생님이 나를 향해 한 발자국 가까이 다가섰다. 그리고 나를 빤히 내려다보았다. 그 순간 나는 처음으로 느꼈다.

이 남자 지금 키스하려는 거다.

지금이 바로 그 키스 타이밍인 거다.

정 선생님의 얼굴이 내게로 점점 다가오는 게 보여서 심장이 떨렸다.

'아. 키스할 땐 눈을 감는 거라던데.'

내가 막 눈을 감으려던 그 순간 내 시야로 서석이의 얼굴이 들어왔다. 어제 수능 끝나면 오겠다고 말하더니, 정말 와서 날 기다리고 있었던 모양이다. 그래서 나는 녀석에게 보여 줄 심산으로 정 선생님의 허리를 두 손으로 끌어안았다. 그 순간 정 선생님의 입술이 내 입술에 닿았다. 그걸 서석이는 뒤에서 다 지켜보고 있었다.

이 키스로 인해 서석이가 자신의 마음을 정리해 줬으면 좋겠다 싶었다.

"!"

그런데 그 순간 서석이가 미소를 지었다.

'저 녀석 멘탈은 대체 어떻게 생겨 먹은 거람?'

순간 황당했다.

그런데 당황한 내 시야로 녀석의 불끈 쥔 두 주먹이 보였다. 그 두 주먹은 가늘게 떨리고 있었다. 나는 그걸 더는 볼 수 없게 두 눈을 꼭 감았다.

✳ ✳ ✳

내 예상대로 서석이는 적잖은 충격을 받았는지 한동안은 내 앞에 나타나지 않았다. 그런데 일주일 정도 지났을 때 서석이가 모습을 드러냈다.

"오랜만이에요, 노쌤."

퇴근을 하고 집에 온 나는 집 앞에서 날 기다리고 있는 서석이 때문에 깜짝 놀라고 말았다.

"죄송해요. 내가 너무 늦었죠? 멘탈 복귀하는 데 의외로 시간이 좀 걸리더라구요."

날 포기한 게 아니라 멘탈 복귀를 위한 일주일이었단 말인가?

집 앞 계단에 앉아 있던 녀석이 나를 보자마자 자리에서 벌떡 일어섰다. 그러고는 서글서글한 인상으로 웃으면서 물었다.

"첫 키스는 어땠어요?"

얘는 뭘 또 그런 걸 물어. 머쓱하게.

"……괜찮았어."

사실 기억이 잘 안 난다. 그때 서석이를 보느라 첫 키스에 집중을 못 한 탓이다. 그런데 서석이가 자꾸 곤란한 질문을 던졌다.

"입술이라는 게 좀 말랑거리긴 하죠?"

"너랑 그런 얘기 하고 싶지 않아."

얘도 참 멘탈이 강한 아이다. 난 나름대로 얠 떼어 내려고 키스하는 모습을 보여 준 건데 일주일 만에 복귀를 해서는 이런 걸 묻다니 말이다.

내가 고개를 설레설레 흔들자 녀석이 두 눈에 의문을 가득 담은 채 입을 열었다.

"왜요? 난 안 해 봐서 궁금해서 묻는 건데."

서석이 녀석의 의외의 말에 나는 눈이 커지고 말았다. 순간 얘가 지금 농담을 하는 건가 싶었다.

"안 해 봤다고?"

요즘 같은 세상에? 너 같은 애가?

"나 입술도 몸도 순결해요. 엄마 배 속에서 나왔을 때랑 똑같은 상태죠."

"보기엔 안 그래 보이는데……."

서석이를 머리에서부터 발끝까지 슥 훑어보았다. 멀쩡해도 너무 멀쩡한 녀석이었다. 아니, 오히려 좀 많이 잘난 축에 속하는

207

녀석인데 아직도 첫 키스를 안 했다니 꽤 의외였다.

내 어투와 시선이 불쾌하다는 듯 서석이는 미간을 찡그렸다.

"우씨, 내가 이 입술을 고이고이 간직하려고 무슨 짓을 했는지 나 알아요?"

"뭔 짓을 했는데?"

"들으면 우실걸요?"

"참나."

순간 헛웃음이 터졌다. 그러자 서석이는 기분이 상한 듯 이맛살을 구겼다.

"비웃어요, 지금? 나처럼 아이돌같이 생긴 애가 입술 지키기가 어디 쉬운 줄 아세요? 여자애들이 막 입술 들이대는 거 피하고, 껴안는 거 뿌리치면서 순정을 지켰다고요."

"그래. 고생이 참 많았네."

내 비아냥거리는 말투에 두 주먹을 불끈 쥔 서석이가 목소리를 높였다.

"남자 좋아하냔 소리까지 들었다고요, 내가! 그런데도 나는 끝까지 몸은 더듬어도 되니까 입술만은 안 된다고 몸부림쳤어요."

"그게 순결한 거니? 몸은 더럽혀졌는데."

순간 눈썹을 찡그렸더니 서석이가 피식 웃음을 터뜨렸다. 그러고는 이내 자신의 흰 셔츠 단추를 위에서부터 풀기 시작했다.

"에이, 아니에요. 그래도 안에 몸은 정말 깨끗해요. 보실래요?"

"까불지 마라."

"정말 좋아하는 여자한테만 허락하려고 지킨 몸이에요. 그러니까 노쌤한텐 다 줄 수 있어요."

"까불지 말라고."

단추를 풀고 있는 서석이 녀석의 손을 잡으며 저지했더니 녀석이 다시 단추를 채웠다. 그러면서 말했다.

"물론 내 첫 키스도 노쌤 줄 거예요."

"내가 안 받을 건데?"

"그래도 줄 거예요."

"안 받을 거라니까?"

"그럼 억지로 주죠, 뭐."

"뭐?"

녀석의 말에 놀라 눈을 크게 뜨는 순간 서석이가 내 얼굴 앞까지 자신의 얼굴을 들이밀면서 몸을 밀착했다.

"!"

깜짝 놀라 뒤로 물러서려는 내 허리를 팔로 감은 녀석이 고개를 숙였다. 내 입술과 불과 5cm 정도의 거리를 두고 자신의 입술을 멈춘 서석이가 작게 속삭였다.

"이렇게."

순간 심장이 쿵 내려앉는 느낌이 들었다.

닿, 닿는 줄 알았다.

가까이 다가온 서석이의 입술을 나는 껌벅이는 두 눈으로 쳐다볼 뿐 어떤 행동도 할 수가 없었다. 녀석은 너무 빨랐으며 생각보다 팔 힘이 셌다.

당황해서 입술만 달싹이고 있는 나와 눈이 마주친 서석이가 씨익 웃으며 말했다.

"이제 알겠죠? 못 하는 게 아니라 안 하는 거라는 거."

"야……!"

황급히 정신을 차리고 두 손을 들어 녀석의 몸을 밀쳐 냈다. 눈에 힘을 주고 녀석을 노려보자 서석이가 어깨를 으쓱했다.

"그렇게 노려보지 말아요. 진짜 하진 않았잖아요."

그런데도 내가 눈에서 힘을 풀지 않자 서석이는 어깨를 축 늘어뜨리며 힘없이 말했다.

"노쌤 성격 잘 아니까, 제자일 땐 절대 안 건드릴 거예요."

"나 정쌤이랑 결혼까지 생각하고 있어. 그러니까 앞으로도 이런 짓 절대 하지……."

"담임쌤은 안 돼요."

내 말을 자르며 서석이가 단호하게 말했다. 어이가 없어서 다시 눈썹을 찡그리는 사이 서석이가 말을 이었다.

"딴 놈 만나신다고 하면 내가 거기까진 양보할게요. 근데 담임쌤은 안 돼요."

"언제는 나랑 잘 어울린다면서, 갑자기 왜? 정쌤이 현실적이라서? 현실적인 게 나쁜 건 아니잖아."

"나쁜 건 아니지만……."

"너야말로 좀 현실적이 될 필요가 있어. 현실적으로 나 같은 선생이 너 같은 새파란 고교생을 만나서 받을 비난들은 생각 안 해 봤니? 주위 시선들은? 넌 정말 너밖에 생각 안 하는 거야? 난 그것들 생각만 해도 끔찍해."

내가 가르치던 학생과의 만남은 내 성격상 거의 범죄에 가까운 일이었다.

"난 노쌤이 날 안 받아 주는 게 더 끔찍한 놈이에요."

그런데도 서석이는 요지부동이었다. 잠시 녀석의 얼굴을 빤히 쳐다보는데 그 얼굴 너머로 서현이의 얼굴이 떠올랐다.

"내가 이 말까진 안 하려고 했는데……."

아무래도 이 이야기라도 해야 서석이가 조금은 흔들릴 것 같았다. 키스에도 흔들리지 않았던 녀석이긴 하지만, 그래도 동요 정도는 하겠지 싶었다.

"나 학창 시절에 왕따를 당했던 적이 있어. 그 주범이 너희 큰누나고."

순간 서석이의 눈동자가 중심을 잃고 흔들렸다. 생각보다 서석이는 많이 놀란 듯 보였다.

"놀랐니?"

내가 덤덤하게 묻자 서석이는 내 시선을 피했다. 시선을 바닥으로 내린 서석이가 작게 중얼거리듯 말했다.

"미안해요."

"네가 사과할 일은 아니야."

서석이는 두 손을 올려 마른세수를 하더니 안절부절못하는 모습을 보였다. 그러더니 또 내게 사과를 했다.

"미안해요, 정말."

말하면서 서석이 녀석은 두 주먹을 꽉 쥐었다. 그걸 가만히 지켜보다가 시선을 슥 올렸는데 촉촉하게 젖어 있는 녀석의 눈이 보였다.

"!"

내 키스하는 모습을 보고도 웃던 녀석이 내 과거 이야기에 울고 있었던 것이다. 녀석이 손등으로 눈가를 슥 닦으며 내게 말했다.

"나 이제 노쌤 얼굴 어떻게 보죠……?"

내가 모질게 쳐 내고 일부러 키스하는 모습을 보여 줬는데도 꿈쩍도 않던 녀석이 내 과거 이야기에 그렇게 무너져 내렸다.

✽ ✽ ✽

다음 날 서석이는 학교에 나오지 않았다. 그다음 날에는 아프단 핑계로 일찍 조퇴를 했고 한 열흘 넘게 학교를 불성실하게 다녔다.

역시 어리다. 아무리 실연을 당했기로서니 학교엘 안 나오다니, 어려도 너무 어린 녀석이다.

……그런데 그런 어린 녀석에게 내가 너무 가혹한 진실을 알려 준 건 아닌지 마음이 무거웠다.

"오늘도 서석이 학교에 안 나왔던데."

학교 식당에서 밥을 먹으면서 서석이 반의 담임선생님인 정 선생님에게 넌지시 녀석의 이야기를 꺼냈다.

"수능도 끝났고 다음 주면 방학이니까요."

그러나 정 선생님은 별일 아니라는 듯 옅은 미소를 지을 뿐이었다. 학생들에게는 한없이 너그러운 정 선생님의 성격을 잘 알기에 나는 그냥 조용히 입을 다물었다. 그때 정 선생님이 웃는 얼굴로 물었다.

"그나저나 전에 일출 보러 가기로 약속했던 거 기억하죠?"

"아, 네. 물론이죠."

"이번 새해에 같이 정동진 가서 보는 건 어때요?"

"네. 좋아요."

대답을 한 다음 나는 입맛이 별로 없다며 숟가락을 내려놓았다. 그리고 정 선생님에게 먼저 가 보겠다고 말한 뒤 식당을 나왔다.

나는 지금 분명 신나야 했다. 꿈에도 그리던 그와 정동진을 가게 되지 않았는가! 그런데 지금 내 머릿속 한켠엔 서석이의 우는 얼굴이 둥둥 떠다녔다.

아, 신경 쓰여 정말.

녀석은 왜 하필이면 내 앞에서 울어서 나를 이토록 신경 쓰이게 만드냔 말이다!

"후우……."

한숨을 푹 내쉬며 혼자 교무실을 향해 걸어가는데 내 앞에서 걷던 남학생들이 수군거리는 목소리가 들려왔다.

"나 어제 서석이 봤는데."

'서석이' 란 이름에 내 귀가 쫑긋했다.

"진짜? 어디서?"

"홍대 클럽. '도무' 라고 있잖아."

"아, 진짜? 걔 생긴 건 그래도 클럽이랑 술 같은 건 별로 안 좋아하지 않았어?"

"어. 근데 요즘 거기서 죽치고 논대."

순간 뒤통수를 세게 얻어맞은 듯한 기분이 들었다.

'학생이, 그것도 아직 십 대인 미성년자가 클럽이라니!'

두 주먹을 불끈 쥐었다. 이건 정말이지 도저히 있을 수 없는 일이었다.

"노쌤, 같이 가요!"

그때 뒤에서 정 선생님이 나를 부르며 다가왔다. 금방 식사를 마치고 달려온 듯 그는 숨을 헐떡이고 있었다. 그런 그에게 나는 재빨리 말했다.

"정쌤, 서석이의 위치를 알아냈어요!"

"네?"

"잡으러 가야 할 것 같아요! 아, 글쎄, 그 녀석이 홍대 클럽에서······!"

내가 여기까지 말한 순간 정 선생님은 피식 웃음을 터뜨렸다. 그게 이상해서 나는 입을 딱 멈추었다.

"그런 애들이 어디 한둘인가요? 수능도 끝났고 새해가 되면 성인인 애인데, 그냥 모른 척 넘어가 주시죠."

그러나 나는 성격상 정 선생님의 그런 말들을 그냥 넘길 수가 없었다. 그래서 나는 허리에 손을 척 얹고 눈에 힘을 주며 그를 올려다보았다.

"어떻게 그런 말씀을 하실 수가 있으세요, 정 선생님?"

"네?"

"네. 물론 새해까지 겨우 3주 남았습니다. 하지만 바꿔 말하면 3주나 남은 거죠. 3주 동안 서석인 미성년자입니다. 저희가 보호해야 할 저희 학생이라고요."

"그래도 수능도 끝난 데다 다음 달이면 성인인 애한테 너무 압박을 주는 건……."

"전 그 녀석을 잡으러 가야겠습니다."

"네? 잠깐만요, 노쌤."

정 선생님의 말을 자르며 의지를 불태우는 나를 그가 다급하게 막아섰다. 그러면서 그는 내 팔을 잡았다.

"진정해요. 정말 클럽엘 가겠다는 거예요?"

"네. 잡지 마세요."

나를 잡고 있는 정 선생님의 손을 다부지게 쳐 내고는 달렸다.

내 당장 가서 서석이 녀석의 다리몽둥이를 부러뜨리고 말리라!

감히 학생이, 미성년자가 어딜 가?

잡히면 가만 안 둬, 이노무 시키!

13

"들어가실 수 없습니다."

화려하게 차려입은 젊은이들을 헤치면서 어색하기만 한 클럽 거리를 경보하듯 달려온 보람도 없이 클럽 '도무' 문 앞에 서 있던 남자는 팔을 쭉 뻗어 나를 막아섰다.

"왜죠?"

"지금 클럽 안이 만석입니다."

"아아, 그렇군요."

고개를 끄덕이며 수긍했다. 그런데 순간 싸한 기분이 들었다.

'잠깐만…… 클럽이 만석이 되는 시스템이던가? 와 본 적이 없어서 모르겠다.'

그때 내 옆으로 핫팬츠를 입은 날씬한 여자 한 명이 오더니 문 앞의 남자에게 손을 흔들어 보였다. 그러고는 태연하게 클럽 안으

로 입장했다. 그걸 보고 깜짝 놀라서 그 여자에게 삿대질을 하며
남자를 향해 말했다.

"저기 저 여자분은 들어가시는데요?"

"예약하신 분이에요."

"예약? 아, 그렇군요."

나도 예약할걸…… 이 아니라, 만석이니 예약이니 클럽에 해당
되는 단어들이 맞는 건가? 내가 아무리 이 세계에 무지하다지만
이건 정말 이상했다.

'에이, 설마……?'

순간 내 명석한 두뇌가 빠르게 판단을 내렸다. 아무래도 이 남
자는 지금 나를 못 들어가게 하려고 말을 지어내는 것 같았다.

"혹시 지금 저 못 들어가게 하려고 거짓말하시는 겁니까?"

나는 다짜고짜 물었고 남자에게선 아무런 대답이 없었다. 그래
서 울컥 화가 치밀었다.

"대체 왜죠?"

"꼭 그 이유를 설명드려야 합니까?"

남자가 두 눈으로 나를 위아래로 훑은 다음 입가를 비틀며 웃
었다. 그래서 나도 눈을 내려 보았다.

내가 제일 즐겨 입는 아이보리색 면바지에 지퍼를 목까지 올린
다운점퍼, 그리고 눈앞에 걸린 동그란 안경, 뛰어오다가 반쯤 흘
러내린 묶은 머리, 추위에 붉어진 화장기 없는 맨얼굴.

모든 게 다 마음에 걸려서 어느 것 하나라고 콕 집어 말할 수
가 없다. 그러나 그럴수록 나는 더 당당해야 한다. 나는 이곳에

춤추러 온 게 아니니까. 내가 온 목적을 절대 잊어선 안 되니까.

"저 안에 지금 저희 학교 학생이 있습니다. 참고로 저는 고등학교 선생님이고요."

내 소개를 들은 남자는 조금 당황한 얼굴을 했다. 이내 남자가 방금 전에 비해 다소 누그러진 어조로 말했다.

"무슨 말씀하시는 거예요? 저흰 입장 전에 신분증 검사 다 합니다."

"방금 저 여자분은 안 하셨거든요? 그리고 신분증은 있어도 3주 동안은 미성년자인 고3 녀석들도 있잖습니까? 저는 그 미성년자 녀석을 잡으러 왔습니다. 그러니 잠깐 들어가게 해 주십시오."

충분히 설명을 마쳤다고 생각해서 앞으로 걸음을 뗐는데 이번에도 남자가 팔로 나를 막았다. 그럴 순 없다고 다부지게 고개를 젓는 남자를 보며 허리에 손을 척 얹었다. 그리고 이내 따지듯이 말했다.

"학생 선도를 위한 제 행위를 방해하시는 겁니까?"

"아뇨. 저는 단지 수질검사를 할 뿐입니다."

"수질검사? 그걸 지금 왜 하시는 거죠? 혹시 상수도 사업본부에서 나오셨습니까?"

혹시 그 수질검사가 내가 아는 수질검사가 아니라 외모지상주의를 위한 검사라면 난 물러서지 않겠다.

꿋꿋하게 이 물 안 좋은 상태로 클럽 안에 들어가서 수질을 떨어뜨려 놓으리라!

"전 들어가야겠습니다."

내가 다시 클럽 안으로 들어가려는 행동을 취하자 남자가 혀를 쯧 하고 찼다.

"이 선생, 말이 참 안 통하네."

덥석—

말이 안 통한다고 남자가 내 팔목을 잡아챘다. 나 살짝 결벽증 있는데, 낯선 남자가 내 팔뚝을 잡으니까 짜증이 확 치밀어 올랐다.

"어딜 잡아요? 이거 놔요!"

앙칼지게 소리쳤는데도 남자는 콧방귀를 뀌었다. 오히려 다음 순간 남자는 내 팔을 확 잡아끌었고 나는 팔에 힘을 주며 버텼다. 그때였다.

"노쌤……?"

익숙한 목소리에 놀라 고개를 돌렸다. 어느새 소란스러운 내 주변으로 많은 사람들이 몰려들고 있었는데 그들 사이로 반가운 얼굴이 하나 보였다. 그래서 순간적으로 목소리를 높여 소리쳤다.

"심서석!"

"여기서 뭐 해요?"

몰려든 사람들 틈을 비집고 서석이가 놀란 얼굴로 내게 다가왔다. 녀석의 얼굴을 확인한 나는 묘한 안도감이 들어 빠르게 말했다.

"너 마침 잘 왔다. 내가 여기 들어가려고 하는데 이 남자가……!"

"거길 왜 들어가려고 하시는데요?"

"그거야 당연히 너 잡으러……! 어? 너 여기 있네?"

그러고 보니 서석이는 클럽 안이 아니라 밖에서 나를 보고 다가온 것이었다. 피식 웃은 서석이가 시선을 돌려 여전히 남자의 손에 붙잡혀 있는 내 팔목을 쳐다보았다. 그리고 가만히 손을 뻗었다.

"이것 좀 놔주시죠?"

팟—

내 손목을 부드럽게 잡은 다음 남자의 손을 거칠게 떼어 낸 서석이가 남자를 향해 싱긋 웃어 보였다.

"3주 뒤에 올게요, 형."

성인이 되면 클럽에 오겠다고 말한 서석이가 나를 돌아보며 싱글싱글 웃었다. 어쩐지 서석이는 조금 많이 신이 난 듯 보였다.

"가요, 노쌤."

갑자기 서석이가 내 팔뚝을 덥석 잡으며 앞장섰고 나는 깜짝 놀라 녀석의 손을 쳐 냈다. 그런 다음 녀석을 서늘하게 노려보았다. 난 아직 녀석에 대한 의혹이 다 풀린 게 아니다.

"근데 너, 클럽 간 거 아니었어?"

"나 아직 미성년자예요, 노쌤. 잊으셨어요?"

"그렇지만 널 봤다는 애들이 있던데."

"난 정말 간 적 없어요. 맹세해요."

그럼 그 소문들은 다 뭐였지? 걔네들이 잘못 안 건가? 아님 닮은 애를 봤나? 하지만 서석이를 닮은 인물은 흔치 않은데.

생각에 잠겨 있는 내게 서석이가 장난스럽게 말했다.

"근데 노쌤 지금 쪽팔리게 클럽 입장거부 당하신 거예요?"

"내, 내가 안경을 껴서 그래. 안경만 벗으면……!"

순간 당황했지만, 급하게 내 눈앞에 걸려 있는 안경 핑계를 댔다. 시력이 마이너스라서 이거 없으면 앞이 뿌옇다. 그러니 렌즈가 좀 두꺼워서 눈이 작아 보여도 벗을 수 없는 필수품이다.

"맞아요. 우리 노쌤 안경 벗으면 꽤 미인인데."

"어, 맞아. 그렇지. 정답이야. ……어?"

그 순간 서석이가 두 손으로 내 안경을 슥 빼냈다. 그러자 눈앞이 흐려졌다. 그저 제일 가까이에 있는 서석이의 얼굴만이 명확하게 보였다. 그 반듯한 얼굴에 이내 미소가 서렸다.

"그치만 남들한텐 보여 주기 싫으니까 다시 봉인."

서석이가 내 안경을 다시 씌워 주었다. 그러자 세상이 다시 맑아졌다.

웃긴 놈일세.

피식 웃으며 손가락으로 안경을 고쳐 썼다. 그리고 다시 맑아진 세상을 뚜벅뚜벅 걷고 있는데 서석이가 내 옆으로 바짝 따라오며 말했다.

"나 노쌤 다시는 안 보려고 했는데, 노쌤이 먼저 날 보려고 왔네요?"

나는 그런 녀석을 힐끔 돌아보며 차갑게 대답했다.

"그거 오해야. 괜한 오해하지 마."

"오해할 거예요. 노쌤이 나 잡은 거라고."

걸음을 멈추고 서석이를 향해 돌아서서 녀석을 노려보았다. 그런데도 서석이는 자꾸 피식피식 웃음을 터뜨렸다.

"웃지 마."

"자꾸 실실 웃음이 나는 걸 어떻게 해요?"

"참아."

"나 웃는 거 꼴 보기 싫었으면 오늘 나타나질 말았어야죠."

서석이가 클럽에서 죽치고 논다는 말에 눈이 뒤집혀서 여기까지 온 건 내 실수인 걸까. 하지만 선생님으로서 나는 당연히 해야할 일을 했을 뿐이다.

"집에나 가."

결국 나는 얼굴 가득 미소를 띠고 있는 서석이를 놔두고 돌아섰다. 그런 내 뒤를 서석이가 졸졸 따라왔다.

"내가 더 잘할게요. 우리 누나가 못되게 군 거의 몇 배는 내가 더 잘할게요."

"클럽이나 가지 마."

"안 가요. 안 갔어요. 사실은 애들한테 소문 좀 내 달라고 했을 뿐이에요."

"뭐?"

순간 걸음을 멈추고 서석이를 돌아보았다. 그런데 이번엔 서석이가 웃지 않고 진지하게 말했다.

"내가 그렇게까지 망가졌는데도 노쌤이 나 몰라라 하면 포기하려고 했죠."

"허—"

나참.

진짜 뭐 이런 놈이 다 있지?

"그러니까 나 아직은 포기 안 해도 되죠?"

그 말은 꼭 언젠간 나를 포기할 거란 말처럼 들렸다. 그래서 나는 아무런 대꾸도 하지 못했다.

✳ ✳ ✳

"노쌤!"

서석이 녀석의 어택은 더 강력해졌다. 내가 클럽까지 녀석을 찾으러 간 일을 계기로 서석이는 나를 더욱 열심히 따라다녔다.

"내일이면 방학이고, 곧 있으면 새해네요."

"그래서 뭘 어쩌라고?"

"담임쌤이랑 여행은 언제 가요?"

"알아서 뭐하게?"

방학식 날까지 날 따라다니는 서석이에게 나는 퉁명스럽게 대응했다. 그럼에도 불구하고 서석이는 참 꿋꿋했다.

"아, 혹시 새해 해돋이를 같이 보기로 하셨나?"

예리한 놈.

"상관 마."

"근데 노쌤은 절대 가실 수 없게 될 거예요."

녀석의 의미심장한 발언에 나는 순간 놀라서 발걸음을 멈추고 녀석을 돌아보았다.

"왜? 무슨 근거로?"

복도에 서서 별 의미 없이 창밖을 한 번 슥 내려다본 서석이가 어깨를 으쓱했다.

"그냥, 내 느낌이에요."

"난 꼭 갈 거야."

나는 두 주먹을 불끈 쥐며 의지를 불태웠다. 그리고 녀석을 노려보면서 몸을 빙글 돌렸다. 그런 내 뒤에서 녀석이 하는 말이 작게 들려왔다.

"네. 가세요. 갈 수 있으면."

대체 뭐지, 저 뭐든 다 꿰뚫고 있는 듯한 확고한 어투는?

❋ ✳ ❋

오늘은 올해의 마지막 날이자 내 생애 최초로 남자랑 1박 2일 여행을 가는 날이었다. 어젯밤부터 너무 긴장을 한 탓인지 배가 조금 아팠지만 여행을 못 갈 정도는 아니었다.

우리 집 식구들은 내가 새해를 밖에서 맞이한다고 하자 처음엔 안 믿고 웃어넘기더니 오늘 아침에 내가 배낭을 등에 메자 다들 입을 틀어막으며 놀랐다.

"다녀오겠습니당."

나는 배낭을 등에 멘 채 발랄하게 인사를 마치고 가벼운 발걸음으로 집을 나섰다.

"룰루랄라…… 어머, 깜짝이야."

집 앞 계단을 내려오던 중 내 시야로 흰 패딩을 입은 서석이가 들어왔다. 녀석은 나를 보자마자 입꼬리를 올리며 웃었다.

"신났네요."

"왜 왔어?"

녀석에게 톡 쏘듯 말한 후 나는 내 길을 걸었다. 그런 내 뒤에서 서석이가 피식 웃음을 터뜨렸다.

"어디 산악회 가세요?"

아무래도 내 배낭을 보고 하는 말인 것 같았지만 나는 녀석을 끝까지 무시하기로 마음먹었다.

"정말 가시는 거예요?"

"……."

"웬만하면 지금 그만두시죠?"

"……."

"그렇게 남자랑 여행이 가고 싶어요?"

"……그래! 가고 싶어서 환장했다! 그러니까 그만 따라와!"

녀석을 향해 몸을 홱 돌렸는데 그 순간 배가 찌릿하고 아파 왔다.

"으헉……!"

"노쌤!"

그 고통에 순간 허리를 숙였는데 그걸 본 서석이가 내게로 달려왔다. 배를 손으로 짚으며 참아 보려고 했지만 그 고통은 점점 더 심해졌다.

"아앗! 배가……!"

"배요? 배 아파요?"

"어, 어. 너무 아픈데, 맹장인가? 장염?"

"맹장이라면 오른쪽 아랫배가 아플 거고 장염이라면 배가 쑤시는 것처럼 아프고 설사도 할 텐데, 정확히 어떤 증상인데요?"

배에 손을 대면 대는 부분이 찌를 듯이 아프다. 그리고 오늘 아침엔 설사도 했다. 여행 때문에 긴장한 거라 생각했는데, 장염이었던 건가?

"아무래도 장염 같은데? 너, 너, 내 배에다 무슨 짓을 한 거야?"

"내가 하긴 뭘 해요? 아무거나 주워 먹은 건 노쌤인데."

저번에 나한테 여행은 절대 못 갈 거라고 장담하던 서석이의 말이 떠올라서 물었더니 녀석은 펄쩍 뛰었다.

하긴, 아무리 심서석이라도 그건 무리겠지.

나는 다시 정신을 차리고 배에서 손을 뗐다. 그리고 앞으로 몇 발자국 걸어갔다.

"그래도 여행은 가야지."

그런 내 팔을 서석이가 황급히 잡아챘다. 그 때문에 내 걸음이 멈췄다.

"뭐라고요? 이 상태로 가겠다고요?"

"정 선생님이 나를 기다려……!"

"안 기다리실지도 몰라요."

그런데 배는 점점 더 아파 왔다. 그래서 결국 나는 바닥에 털썩 쪼그려 앉고 말았다. 그리고 무릎을 안은 채 한 손을 올려 서석이를 불렀다.

"서석아, 서석아……! 앰뷸런스! 빨리, 삐뽀삐뽀 불러!"

"참나. 이미지에 안 맞게 삐뽀삐뽀는."

"112 아니, 119 아니, 112!"

"119 맞거든요? 그니까 입 좀 닫아요."

"진짜 아프단 말이야!"

"사람 숨넘어가게 생겼는데 119를 어떻게 기다려요? 택시!"

도로에서 택시를 잡아 세운 모양인지 곧 차 문 열리는 소리가 들렸다. 그리고 이내 내 정수리 쪽에서 서석이 녀석의 목소리가 다시 들려왔다.

"일어나 봐요."

"못 일어나겠어……."

"그럼 어쩔 수 없죠."

위에서부터 두 팔을 뻗은 서석이가 내 목 뒤와 무릎 밑으로 손을 넣어 내 몸을 번쩍 들어 올렸다.

"엄마야! 뭐하는 거야, 너?"

"못 일어나겠다면서요?"

다음 순간 서석이는 성큼성큼 걸어가 택시 안으로 나를 집어넣었다. 그러고는 바로 내 옆으로 올라타서는 운전기사 아저씨에게 빠르게 말했다.

"병원 응급실로 가 주세요. 최대한 빨리요. 내 여자 죽어요."

14

"정쌤, 정말 죄송해요. 제가 지금 장염으로 병원에 와 있거든요."

환자복을 입은 채 휴대폰을 손에 꼭 쥔 나는 귀를 타고 들려오는 정 선생님의 목소리에 온 신경을 집중했다.

— 아, 그러셨구나. 지금은 괜찮으세요?

"네. 그나저나 정말 죄송해요. 모처럼 여행 가자고 제안해 주신 건데. 역에서 많이 기다리셨죠?"

— 아뇨. 사실은…… 저도 사정이 생겨서 약속 장소에 못 나갔거든요.

"아아, 그래요? 다행이네요. 많이 기다리셨으면 어쩌나 걱정했는데. 아, 제가 지금 약을 먹어야 돼서요. 나중에 다시 연락드릴게요."

나도 모르게 그냥 후다닥 전화를 끊어 버렸다.

정 선생님도 약속 장소에 못 나갔다니. 우리의 여행은 어차피 틀어질 예정이었던 거구나…….

실망감으로 어깨가 축 늘어졌다. 멍한 눈빛으로 침대 모서리만 보고 있는 내 귀로 익숙한 목소리가 들려왔다.

"담임쌤도 사정이 생기셨대요?"

"……너 아직도 안 갔냐?"

고개를 홱 돌려 병실 안으로 들어서는 서석이를 쳐다보았다. 녀석의 손에는 검정 비닐봉지가 들려 있었다.

"죽 사 왔어요."

내 침대로 와서 간이식탁을 편 서석이가 그 위에 봉지를 올려 놓았다. 나는 그런 녀석을 슥 올려다보며 퉁명스럽게 말했다.

"그만 가."

"먹는 거 보고 갈게요."

봉지에서 죽을 꺼낸 서석이가 그것을 내 앞에 놓고 일회용 숟 가락을 꺼내 들었다. 그런 다음 녀석은 죽 용기의 뚜껑을 열었다. 나는 녀석이 하는 행동을 빤히 보다가 지나치게 깔끔하고 조용한 병실 안을 둘러보았다.

"근데 너, 왜 나를 1인실에 입원시킨 거야? 내가 돈이 남아도 는 줄 알아?"

"이거 왜 이래요? 모르는 사람들하고 한방 쓰는 거 생각만 해 도 괴로우니까 6인실은 죽어도 안 된다고 그 배 아픈 와중에도 소리친 게 누군데?"

"내가 6인실이 절대 안 된다고 했지, 3인실 4인실이 안 된다고 했어?"

"어차피 한 이틀이면 퇴원할 건데, 편하게 있음 좋잖아요. 죽이나 얼른 먹어요."

숟가락으로 죽을 뜬 서석이가 그것을 내 얼굴 앞으로 밀었다. 나는 가만히 손을 뻗어 그걸 잡고는 바로 입안에 넣었다.

"앗, 뜨거워."

그런데 죽이 생각보다 너무 뜨거웠다. 오늘은 정말 되는 일이 없는 날인 모양이다. 혀를 내밀면서 괴로워하는 나를 본 서석이가 봉지 안에서 물병을 꺼냈다. 물 뚜껑을 따던 녀석이 피식 웃음을 터뜨렸다.

"칠칠맞긴."

장난스레 비아냥거리는 서석이 때문에 기분이 상한 나는 녀석이 내민 물을 손으로 밀어 버렸다. 그리고 눈앞에 있던 죽도 반대쪽으로 쭉 밀어 버렸다.

"안 먹어."

"허—"

기가 찬 듯 헛숨을 터뜨린 서석이가 물병을 자신의 입으로 가져갔다. 그리고 그것을 벌컥벌컥 마신 다음 내게 말했다.

"노쌤 은근히 성격파탄자인 거 알아요?"

"아니거든? 아주 조금, 까탈스러울 뿐이야."

"조금이 아닌데. 완전 피곤한 스타일인데."

"그럼 날 좋아하질 말든가……!"

울컥 화가 치밀어서 내뱉은 말에 서석이는 웃음을 터뜨렸다.
아파서 그런가 아님 다른 이유 때문인가 나는 지금 좀 예민했다.
그래서 자꾸 어울리지 않게 투정을 부리는데 그걸 서석이는 다
받아 주었다.

"싫은데요. 난 까다로운 여자가 그렇게 좋더라고요. 변탠가?"

"……그만 가라. 배 아파서 화낼 기운도 없어."

"죽은 더 안 먹어요? 약도 먹어야 하는데."

"안 먹어. 잘래."

힘없이 대답하고는 자리에 누웠다. 그사이 서석이는 간이식탁
을 접으며 내 눈치를 살폈다.

"근데 남친은 언제 온대요?"

……그러고 보니 무슨 병원인지도 안 물어봤다, 정 선생님은.

나는 대답 대신 두 눈을 꼭 감았다. 그리고 억지로 잠을 청했
다. 그런데 계속해서 귀로 서석이가 이리저리 움직이는 소리가 들
려왔다.

"나 잘 거야. 너 그만 가."

그러자 움직이는 소리가 딱 멈췄다. 그리고 병실 안이 조용해
졌다. 그 고요함 속에서 나는 곧 잠에 푹 빠져들었다.

한참을 자다가 눈을 떠 보니 주위가 어둑어둑했다. 휴대폰으로
시간을 확인해 보니 밤 12시 7분. 그리고 그 위에 날짜가 무려 1월
1일.

아이고, 자는 동안 새해가 되었구나.

약간 허무해하면서 몸을 일으켰다. 그런 다음 손을 뻗어 침대 옆 스탠드 등을 켰다. 주변이 밝아지자 내 침대에 엎드려 자고 있는 형체가 눈에 들어왔다.

"어머, 깜짝이야."

상당히 작은 머리통을 보고 짐작컨대 그는 분명 심서석이었다. 이내 그 머리통이 조심스럽게 들어 올려졌다.

"너 아직도 있었어?"

깜짝 놀라서 물었다. 그랬더니 졸린지 눈을 비비며 일어난 서석이가 반쯤 뜬 눈으로 나에게 말했다.

"해피 뉴 이어, 노쌤."

"……그래. 너도."

이 녀석, 지금까지 집에도 안 가고 여기 있었던 건가? 속이 상하기도 하고 답답하기도 했다.

"근데 너 왜 여태 집에 안 갔어? 네가 이럴수록 나는 더 널 어리게 볼 거야. 그러니까……."

"어차피 집에 아무도 없단 말이에요. 부모님은 해외로 여행 다니기 바쁘시고 누나 둘은 애인이랑 새해를 맞이하겠다고 나갔거든요."

그러고 보니 전에 서현이한테 서석이 부모님이 유럽 여행을 가셨다고 들은 적이 있다. 둘째 누나 성격은 모르겠지만 서현이 성격은 자유분방하기 그지없으니 전체적으로 집안 분위기가 다소 그런 모양이다.

"그나저나 나 축하해 줘요."

갑작스런 서석이의 말에 나는 눈을 동그랗게 떴다.

"뭘?"

"성년 된 거."

1월 1일이 되었으니 서석이는 이제 성년이었다. 기분이 좋은지 싱글거리는 서석이에게 나는 툭 뱉듯이 말했다.

"그래. 축하."

"우와, 축하 한번 되게 건성이네요."

"추카추카추."

"와, 건성의 끝판왕이다, 진짜."

"그럼 대체 뭘 바라니?"

"진심 어린 축하요."

진심 어린 축하라……. 그런 걸 해 본 적이 있어야 말이지.

머리를 굴려서 진심을 담아 축하하는 법을 떠올려 보았다. 그런데 잘 모르겠다. 그래서 나는 그냥 녀석에게 손을 뻗었다.

"자."

그리고 서석이의 머리 위로 손을 올려 녀석의 머리를 부드럽게 쓰다듬었다.

"축하해."

나름 진지하게 축하의 인사를 건넸더니 그 순간 서석이의 눈이 동그래졌다. 나는 그 눈을 가만히 마주했다. 그러자 녀석 쪽에서 급하게 내 눈을 피해 버렸다.

"잠깐만요."

"?"

당황한 듯 보이는 서석이의 얼굴을 빤히 쳐다보고 있는데 녀석의 광대 부근이 방금 전과 다른 색을 띠기 시작했다.

"너 얼굴 빨개졌다. 안 어울리게."

"내 몸은 노쌤의 스킨십에 대한 면역력이 전혀 없잖아요."

헛웃음이 터졌다. 저러니까 진짜 꼭 열아홉 같다.

"얼굴 붉히지 말고 집에나 가."

"조금만 더 부끄러워하게 해 줘요. 이런 날이 흔치도 않은데."

다시 피식 웃음을 터뜨린 나는 침대 옆 협탁에 있던 내 배낭에서 지갑을 꺼냈다. 그리고 그 안에서 만 원짜리 지폐를 두 장 꺼내 녀석에게 내밀었다.

"집에까지 택시 타고 가."

그런데 서석이는 그런 내 손을 단호하게 밀어냈다. 그리고 다음 순간 녀석은 자리를 털고 일어섰다. 자신을 올려다보는 나에게 녀석이 싱긋 웃으며 말했다.

"됐어요. 난 지금 이 기분이면 우리 집까지 텀블링을 하면서 가도 지치지 않을 것 같으니까."

❊ ❊ ❊

그로부터 정확히 이틀 후 나는 퇴원을 했다. 그런데 퇴원하는 날 나를 찾아온 이는 단 한 놈뿐이었다.

"쓸쓸한 퇴원이네요."

벗은 환자복을 꼼꼼히 개는 내 옆에서 서석이가 낮게 읊조린 말이었다. 그러면서 서석이는 구석에 챙겨 둔 내 배낭을 자신의 등에 멨다. 그런 녀석을 향해 나는 중얼거리듯 말했다.

"네가 있어서 더 쓸쓸하지."

"내가 있어서 그나마 덜 쓸쓸한 거죠."

가족들한텐 일부러 오지 말라고 했고 서석이 녀석한테도 분명 오지 말라고 말했었다. 그런데 서석이 녀석은 내 말을 정말 징그럽게도 안 듣는다.

"근데 남친은 오늘도 안 왔어요?"

서석이가 던진 정 선생님의 이야기에 나는 가슴이 갑갑해졌다. 그는 오지 않았다. 게다가 이틀 동안 연락도 한 통 없었다.

"남친 참 무심하다. 남친 자격 실격."

"……."

"벌써 애정이 식은 거 아니에요?"

서석이의 말에 순간 뜨끔했지만 애써 부정하고 싶었다. 그래서 일부러 조금 큰 목소리로 당당하게 말했다.

"우린 사랑으로 묶인 사이야."

"흥. 사랑은 무슨."

빈정거리는 서석이를 보면서 나도 코웃음을 쳤다.

"흥. 하긴. 첫 키스도 못 해 본 놈이 어떻게 사랑을 알겠어?"

"못 한 게 아니라 안 한 거."

서석이 녀석이 나를 향해 고개를 삐딱하게 틀면서 시건방지게 말했다. 그래서 나는 그 잘난 면상에 다시 코웃음을 쳐 주고 병실 문을 향해 걸어갔다. 그런 내 뒤에서 서석이의 목소리가 들려왔다.

"그리고 키스는 못 해 봤어도 사랑은 알아요."

못 들은 척하며 병실 문을 열었다. 그런데 서석이의 목소리가 자꾸 들려왔다.

"지금 하고 있으니까."

그때 내 휴대폰이 짧게 진동을 했다. 그래서 나는 손을 뻗어 주머니에서 휴대폰을 꺼냈다. 문자의 발신자는 정 선생님이었다.

[노 선생님에게 드릴 말씀이 있어요. 이번 주말에 시간 좀 내 주실래요?]

정 선생님과의 여행이 틀어지고 처음 온 연락이었다. 그런데 순간 좀 무서운 생각이 들었다.

"뭔데요? 줘 봐요."

어느새 내 뒤로 다가온 서석이가 내게 손을 내밀었다. 그래서 나는 녀석의 손을 피해 버렸다.

"별거 아니야."

"얼굴빛이 창백해졌는데요, 뭐."

다시 휴대폰을 주머니에 넣으려다가 손이 미끄러져서 바닥으로 휴대폰이 떨어져 버렸다. 그걸 주운 서석이가 휴대폰 화면을 가만히 보더니 내게 말했다.

"혹시 헤어지자는 소리 하면 그냥 끝내요."

"불길한 소리 하지 마."

"첫 연애가 3개월이면 잘한 거예요."

"그런 소리 하지 말라니까."

나는 녀석의 손에서 내 휴대폰을 뺏기 위해 손을 뻗었다. 그리고 서석이의 손에 있던 휴대폰을 꽉 잡았다. 그러나 서석이는 내게 휴대폰을 뺏기지 않으려고 손에 힘을 준 채 말했다.

"나도 3개월이면 많이 참은 거고."

"3개월이 아니라 넌 평생 참아야 돼."

"내가 못 참겠다면요?"

"그냥 참아."

그 순간 서석이가 나를 노려보았다. 그 눈빛이 조금 무서웠지만 나는 그 시선을 피하지 않았다.

"뭐, 뭐? 왜 노려봐?"

"……."

서석이의 눈빛이 나를 집어삼킬 듯이 강하게 느껴졌다. 몇 분간 지속되는 침묵에 입안이 마르는 것 같아서 마른침을 꿀꺽 삼키는 순간 서석이가 드디어 입을 열었다.

"나 너무 상처 주지 마요. 나중에 결혼해서 내 얼굴 어떻게 보려고 그래요?"

얼굴 가득 미소를 띠우고 시답잖은 농담을 하는 서석이에게 나는 묘한 안도감을 느꼈다. 녀석이 또 싱글싱글 웃는 얼굴로 말했다.

"솔직히 말해 봐요. 노쌤도 내가 성년 된 게 좋죠?"

"내가? 왜?"

"그야 내가 더 이상 미성년자도 아니고, 게다가 2월에 졸업까지 해 버리면 더 이상 제자도 아니니까요."

그래서 나는 진지하게 서석이의 눈을 보며 대답했다.

"새해가 돼서 네가 나이를 먹어도 우린 일곱 살이나 차이가 나고 네가 졸업을 해도 넌 내 제자야."

✳ ✳ ✳

오늘은 정 선생님을 만나기로 한 날이다. 어젯밤부터 아니 실은 며칠 전부터 느끼고 있는 불안을 오늘로서 떨쳐 낼 수 있을 것이다.

덤덤하게 감정을 유지하려고 애쓰며 집 대문을 열었다. 계단을 내려와 땅만 보고 걷고 있는데 그런 내 시야로 파란 스니커즈가 들어왔다. 자연스럽게 고개를 드니 나를 향해 손을 흔들고 있는 서석이가 보였다.

"방학인데 어쩐 일이야, 넌."

"노쌤한테 핫팩 주러 왔어요."

"참 할 일도 없다."

서석이가 건네는 핫팩을 무시한 채 나는 다시 걸었다. 녀석은 그런 나를 따라오며 내 코트 주머니로 핫팩을 쏙 집어넣었다.

"오늘 담임쌤 만나러 가는 날이죠?"

"알면서 묻지 마."

"옷이 동네 슈퍼 가는 차림이라서 혹시나 해서 물어본 거예요."

제일 무난하단 소릴 듣는 검정 코트에 발목을 감추는 긴 골덴 바지를 입은 나를 지적하는 서석이를 향해 볼멘소리가 튀어 나갔다.

"내 옷이 뭐 어때서?"

"노쌤은 치마 몰라요? 여자들이 입는 옷 중에 치마라는 옷이 있는데요, 그건 구멍이 하나라서 굉장히 입기 편하대요."

"너 나 놀리냐?"

"아님 입을 줄을 모르시나? 크게 구멍이 하나 나 있는데 거기에다 두 발을 넣으면 돼요."

"나 놀리냐고?"

"네."

이, 이 자전거로 세계 일주를 시켜도 부족할 놈!

내가 좋아서 수수한 옷차림을 즐긴다는데 왜 자기가 난리란 말인가.

녀석을 세차게 노려보다가 시선을 거두고 다시 걸음을 옮겼다. 정 선생님과는 집 근처 사거리 커피숍에서 만나기로 했다. 저 멀리 사거리가 보이자 심장이 조금씩 빨리 뛰기 시작했다. 그런데 이건 분명 설레는 두근거림은 아니었다.

"그때 보니까 다리도 꽤 예쁘시던데, 치마 좀 입어요."

"대체 어디까지 따라올 거야?"

졸졸 따라오는 서석이를 휙 돌아보며 묻자 녀석이 자신의 뒷머리를 긁적거렸다. 잠시 뜸을 들이던 녀석이 조심스럽게 입을 열었다.

"걱정이 돼서요."

"서석아."

나는 녀석을 향해 여유로운 표정을 지어 보이며 팔짱을 꼈다.

"난 네가 생각하는 것보다 훨씬 어른이야."

"알아요. 어른이어도 걱정 정도는 할 수 있잖아요."

물끄러미 녀석의 얼굴을 올려다보았다. 그동안은 정 선생님만 보고 있느라 서석이 녀석을 잘 살피지 못했는데, 생각해 보니 이 녀석은 늘 내 곁에 있어 줬다. 그건 참 고마운 일이다. 하지만 내가 이 녀석에게 고마운 마음 이외의 그 무엇을 줄 수 있단 말인가. 그게 가능한 일이긴 한가.

"넌 대체 내가 왜 좋니?"

안쓰럽게 느껴지는 서석이의 얼굴을 바라보면서 물었다. 그랬더니 서석이가 한숨을 폭 내쉬었다.

"나도 처음엔 동경인 줄 알았어요. 그런데 자꾸 눈길이 가고 생각이 나고 안 보면 보고 싶고 그래서 이상하긴 하더라고요. 그런 상태로 계속 지켜보다 보니까 노쌤이 담임쌤을 좋아하고 있다는 것까지 알겠더라구요. 그걸 깨달은 순간 심장이 찢어지는 줄 알았어요. 그때 알았죠. 아, 내가 노쌤을 여자로 좋아하고 있구나. 근데 좋아하면 안 되는 사람이니까 안 좋아한다고 주문도 걸어 보고 세뇌도 시켜 봤는데 안 되더라고요. 이미 손쓸 수 없을 정도로 너무 좋아하고 있더라고요, 내가. 좋아하는 이유도 모를 정도로요."

지금 이 순간 서석이의 표정은 너무 애절했다. 그래서 나는 일부러 더욱 차갑게 말했다.

"그럼 말이야, 전에 송지희하고 사귄 건 뭐야? 날 좋아한다면서 넌 지희랑 만났어. 내가 정말 좋았다면 지희를 이용하지 말고 솔직하게 다가왔어야지."

"그래요. 나 비겁한 놈이에요. 그런데요, 처음부터 솔직하게 다 사실대로 말했으면 노쌤이 날 상대나 해 줬겠어요?"

맞다. 아마 내 성격에 제자한테 좋아한다는 고백을 들었다면 그 순간 뒤도 안 돌아보고 도망갔을 거다.

"내가 사실은 노쌤을 엄청 좋아해요, 그래서 곁에 있고 싶어요, 라고 말했으면 노쌤이 자기 옆자리를 내줬겠냐는 거예요. 그래서 사실은 지희 쪽에서 날 좋아하고 있었지만 내 쪽에서 그녀를 좋아하고 있다고 거짓말을 쳤죠. 그랬더니 노쌤이 그걸 철석같이 믿고 동지라면서 자기 옆자릴 내줬고요. 덕분에 난 노쌤의 제일 가까운 사람이 될 수 있었죠."

"그거 착각이야."

솔직히 서석이가 그렇게 생각하고 있을 줄은 몰랐다. 선생인 나랑 제일 가까운 사람이 학생이라니, 그건 내 성격상 도저히 납득이 되지 않는 부분이었다. 그래서 나는 다부지게 고개를 저었다.

"너 나랑 제일 가깝지 않아."

그러자 서석이는 조금 서운하다는 표정을 지었다.

"진심 섭섭하네. 노쌤 지금 남친 생긴 게 누구 덕인지 벌써 잊은 거예요? 내 도움 없었으면 노쌤 아직도 모쏠일걸요?"

근데 이건 부정을 못 하겠다. 솔직히 이 녀석 덕에 용기를 낸 적이 몇 번이나 있었으니 말이다.

"난 개인적으로 모쏠인 여자보다 남자 한두 명 정도는 만난 여자가 좋더라고요. 그래야 그 남자들과 나를 비교해서 나의 남자다움이나 멋짐? 뭐 그런 것들을 더 절실히 깨달을 테니까요."

"너 참 말 많다."

내가 툭 던진 말에 서석이는 피식 웃음을 터뜨렸다. 그사이 나는 다시 사거리 쪽으로 걸음을 옮겼다. 잠시 후 커피숍 근처에 멈춰 선 나는 내 뒤를 얌전히 따라오는 서석이에게 말했다.

"다 왔어. 넌 그만 가."

"그래도……."

"진지하게 하는 말이야. 넌 그만 가."

"……네. 알겠어요."

힘없이 돌아서는 서석이의 뒷모습에서 시선을 거둔 나는 굳은 표정으로 커피숍으로 들어갔다.

❊ ❊ ❊

"잘 지내셨어요?"

테이블 건너편에 앉아 있는 정 선생님의 남자다운 얼굴을 가만히 바라보는데 순간 마음이 착 가라앉는 느낌이 들었다. 그래서 말도 술술 잘 나왔다.

"병원에서 퇴원하고 집에서 쭈욱 쉬었어요."

그 순간 정 선생님이 조금 놀란 표정을 지었다.

"입원하셨었어요? 저는 입원까지 하신 줄은 몰랐어요."

"모르고 싶으셨던 건 아니고요?"

차갑게 받아치자 정 선생님은 표정을 딱딱하게 굳혔다. 잠시 후 그가 다시 무거워 보이는 입술을 열었다.

"제가 무슨 말을 할지 짐작은 하실 거라 생각해요."

"제 짐작 따위가 무슨 소용이겠어요. 직접 말씀하시는 걸 들어야 정확하죠."

"저 사실은 노 선생님과 제가 굉장히 잘 맞을 거라 생각했어요. 저는 늘 노 선생님 같은 여자분이랑 결혼하고 싶었고요."

"그렇죠. 착하고 얌전하고 똑똑하고 성실하고 자기 남자밖에 모를 것 같고 무엇보다 직업이 좋죠, 전."

전에 정 선생님이 나에 대해 한 말을 조곤조곤 늘어놓는 나를 정 선생님이 당황한 얼굴로 쳐다보았다. 헛기침을 한 그가 다시 말을 이었다.

"노 선생님이나 저나 자신을 잘 드러내지 않는 성격이라 그런 우리 둘이 만난다면 바라 왔던 이상적인 부부가 될 수 있을 거라 생각했거든요."

"엄밀히 말하면 전 자신을 잘 드러내지 못하는 성격입니다만, 지금은 그게 중요한 건 아닌 것 같군요. 계속하세요."

역시 나는 긴장을 하면 말을 더 잘한다. 차갑고 냉정하게 아주 잘.

"그런데 저랑 잘 맞지 않아도, 이상적인 부부가 될 수 없을 것 같은데도, 끌리는 여자를 만났습니다. 노 선생님이 곁에 있는데도 그녀에게 흔들리는 제가 너무 한심했습니다. 그런 상태에서 노 선생님과의 관계를 지속하는 건 노 선생님에 대한 예의가 아니라는 판단을 내렸습니다."

여태 정 선생님이 내게 다정하기 그지없는 남자였어도 그 만남의 끝마저 다정할 수는 없는 법.

"아무리 그럴싸하게 말씀하셔도 결국은 그 여자분 때문에 이 만남을 끝내고 싶다는 게 결론인 것 같군요."

"……네. 그렇습니다. 죄송합니다."

"좋아요. 좋습니다."

역시 내 성격은 이럴 때 좋다. 이성적이고 자존심도 세고 무엇보다 감정이 잘 드러나지 않는 성격.

"근데……."

그런데 그런 내 성격이 조금 변했나 보다. 지금 이 순간 불필요한 질문을 던지고 싶어졌으니 말이다.

"그 여자가 누구죠?"

심장이 쿵쾅쿵쾅 뛰었다. 제발 내가 아는 그녀는 아니길 바라고 또 바랐다.

"나야."

그런데 이윽고 들려온 목소리에 그런 내 바람은 철저히 부서졌다. 카페 입구 쪽에서 긴 파마머리를 휘날리며 그녀가 다가왔으니 말이다.

"심서현……."

믿고 싶진 않았지만 그녀였다. 심서현. 그녀를 보는 순간 눈물이 핑 돌았다. 내겐 너무나 잔인한 현실이었다.

"우리 요즘 만나고 있어. 석 씨가 양다리 걸친 건 아니야. 계속 내 쪽에서만 매달리고 있었으니까."

서현이는 당당하게 걸어와서는 내 반대편 즉, 정 선생님의 옆자리에 앉았다. 그러면서 말을 이었다.

"31일에 너랑 여행 가기로 한 것도 내가 못 가게 말렸어. 그날 내가 진심으로 좋아하고 있다고 고백했거든."

그녀와 마주 앉아 있고 싶지 않아서 나는 자리에서 벌떡 일어섰다. 그리고 그녀를 내려다보며 말했다.

"예나 지금이나 넌 참 예의가 없구나. 게다가 쓸데없이 당당하고."

나를 똑바로 올려다보면서 서현이는 팔짱을 척 꼈다. 그러고는 툭 던지듯 말했다.

"너한텐 미안하게 됐어."

"사과마저 당당하기 그지없구나, 아주."

울컥 화가 치밀어서 두 주먹을 불끈 쥐었다. 순간 누구를 쳐 줄까 생각했다. 누구를 때려야 이 내 마음이 풀릴까. 맞아야 되는 사람은 누군가.

마음의 결정을 내린 나는 그 사람을 향해 힘껏 따귀를 날렸다.

짜악—

"야, 노주의!"

내가 2년 넘게 좋아한 남자를 향해 휘두른 손을 거뒀다. 그리고 내 행동에 놀라 자리에서 벌떡 일어선 서현이를 향해 냉정하게 말해 줬다.

"이 남자 좋은 남자 아니야, 심서현. 그러니까 너도 정신 차려."

"뭐라고?"

서현이의 두 눈이 앙칼지게 나를 노려보았다. 그 순간 익숙한 목소리가 내 앞쪽에서 들려왔다.

"노쌤!"

우리들 사이로 달려온 서석이가 나랑 서현이를 번갈아 쳐다보더니 자신의 누나를 향해 소리쳤다.

"내가 조금만 기다려 달랬잖아! 둘이 사귀든 살림을 차리든 난 상관없는데, 노쌤한테 누나의 등장은 너무 잔인한 거라고, 아무 잘못도 없는 노쌤한테 너무 잔혹한 일이라고 했잖아! 그러니까 시간을 좀 달라고……!"

"……!"

……그럼 서석이는 모든 걸 다 알고 있었다는 말인가?

그래서 정 선생님은 절대로 안 된다고 한 거였나?

순간 너무 비참한 기분이 들었다. 그때 내 반대편에서 서현이가 짜증 섞인 목소리를 높였다.

"우리가 알아서 한다고 했잖아. 너야말로 가만히 좀 있어. 전부터 어른들 일에 왜 그렇게 나서는 거야, 너?"

"어른들 일이 너무 어른들답지 않아서 그래. 지금 이게 뭐야? 내 눈엔 이거 막장드라마보다 더 거지 같은 상황이야!"

"지금 네 행동 도를 넘는다는 생각 안 해 봤어? 도대체 왜 그 래, 너?"

소리를 버럭 지르는 서현이를 향해 이내 서석이가 큰 목소리로 대꾸했다.

"노쌤이 불쌍하잖아!"

순간 뒤통수를 세게 얻어맞은 기분이 들었다.

아아.

저 녀석은 내가 불쌍했구나.

동정을 애정이라 착각한 거구나.

당연한 건데, 근데 왜 이렇게 가슴이…….

"너희 셋 다…… 정말 최악이다."

단호하게 뱉어 낸 다음 나는 빠르게 카페를 빠져나왔다. 하도 어처구니가 없어서 눈물도 안 나왔다.

"노쌤!"

뒤에서부터 들려온 서석이의 목소리에 나는 몸을 홱 돌려 녀석 을 쳐다보았다. 그리고 차갑게 물었다.

"재미있었니?"

"내 말 좀 들어봐요!"

"아. 너 원래 나 놀리는 재미로 사는 아이였지. 그럼 진짜 재미 있었겠다."

"그런 거 아니에요. 큰누나가 담임쌤한테 진심이라는 말을 들 었고 담임쌤도 흔들리고 있는 것 같았어요. 나는요, 최대한 노쌤 한테 상처를 안 주고 싶었어요. 그래서 차라리 노쌤이 담임쌤한테

정이 떨어지길 바랐어요. 근데 노쌤이 생각보다 너무 바보 같으니까……!"

"너."

내 부름에 서석이의 까만색 동공이 마구 흔들렸다.

"네……?"

그런 서석이의 눈을 마주 보며 냉정하게 말했다.

"내 앞에 다신 나타나지 마. 널 보면 서현이가 떠오를 거야."

사람들이 오고 가는 길 한복판에서 서석이는 그렇게 무너져 내렸다.

"너희 남매를 내 인생에서 지우고 싶다."

정말 끝이다. 모든 게 끝이다.

"너무 끔찍해."

정말 그렇게 끝이 난 줄만 알았다.

15

거꾸로 처박혀 있어도 시간은 간다고 그렇게 시간은 흘러 졸업식 날이 되었다. 그런데 이제 볼 일 없을 줄 알았던 심서현이 뻔뻔하게도 내 앞에 다시 나타났다. 그리고 아주 이상하게도 교무실 문을 두드려 나만 조용히 불러냈다.

"너 나한테 복수하는 거니?"

복도로 나오자마자 그녀가 던진 생뚱맞은 말에 나는 어안이 벙벙했다.

"복수?"

얘가 지금 대체 무슨 소릴 하는 거지? 낯선 단어에 나는 고개를 갸웃했다. 그러고 보니 그녀의 상태가 조금 이상했다.

"내가 고등학교 때 너 좀 괴롭혔다고, 너랑 만나던 남자 좀 뺏었다고, 나한테 지금 복수하는 거야, 너?"

서현이는 지금 몸을 미세하게 부들부들 떨고 있었다. 그래서 나는 그녀를 천천히 살피면서 말했다.

"난 네가 무슨 소릴 하는지 전혀 모르겠는데."

그때 그녀가 두 주먹을 떨면서 소리쳤다.

"네가 감히 내 동생을 꼬셔?"

"뭐……?"

"네가 완전 미쳤지?"

짜악—

순간 눈앞이 번쩍했다. 내 뺨을 때린 서현이는 곧 내 품 안으로 무언가를 하나 던졌다. 그녀가 내게 던진 건 휴대폰이었다.

"이게, 뭐야?"

"서석이 휴대폰."

"이걸 왜……?"

무심코 고개를 숙이자 휴대폰 화면 속 '임시보관함'에 나한테 보내려다 만 메시지들이 내 눈에 들어왔다.

[노쌤, 보고 싶어요…… 라고 보내면 화낼 거죠?]

[무슨 여자가 남자 보는 눈이 그렇게 없어요? 그렇게 이리저리 흔들리는 남자 따위 빨랑 정리해 버리라고요! 그런 다음 그냥 나한테 안겨요. 아무것도 묻지 않고 꼭 안아 줄 테니까.]

[지금의 내가 당신한테 해 줄 수 있는 일이 대체 뭘까 생각해 봤는데, 정말 아무것도 없네요. 비참하다.]

[차라리 울지 그랬어요. 내 앞에서 울었으면 미친 척 꼭 안아

줬을 텐데.]

[내 말이 맞죠? 나 아플 놈이라고. 그래서 나 지금 진짜 너무 아파요.]

[정말 정말 좋아해요, 노쌤.]

[그러니까 제발, 날 지우진 말아 줘요.]

이 모든 걸 다 읽은 나는 두 눈을 질끈 감았다.

❀ ✱ ❀

"내가 이 학교 교장교감 선생님들한테 다 말하고 교육청에도 신고할 거야, 너! 자기 학생을 건드리는 게 선생이니? 소름 끼친다, 너 진짜."

복도에서 악다구니를 써 대는 서현이를 물끄러미 쳐다보았다. 교실 안에서 졸업식이 한창 진행되고 있는 시간이었기 때문에 복도에 학생들은 없었지만 이대로 계속 서현이가 소란스럽게 굴면 아이들의 한 번뿐인 졸업식을 망치는 건 시간문제였다.

"내가 너 꼭 잘리게 만들 거라고!"

소리치는 서현이를 빤히 보면서 천천히 입을 열었다. 나도 더 이상은 못 참겠다.

"너 때문에 잘리느니 차라리 내가 그만두고 말아."

"그럼 지금 당장 학교 그만둬!"

"그 전에 너…… 난독증 있니? 문자 한 번만 제대로 읽어 봤으면 내가 꼬셨다는 소리가 안 나올 텐데?"

나는 서현이의 얼굴 앞으로 서석이의 휴대폰 문자들을 보여 주었다. 그리고 감정이 느껴지지 않을 정도로 빠르고 냉정하게 말했다.

"넌 이게 쌍방으로 보이니? 나에 대한 분노를 느끼기 전에 네 동생 안쓰럽단 생각이 먼저 드는 게 정상 아니야? 이렇게나 날 절절하게 짝사랑하는데."

서현이의 얼굴이 붉으락푸르락 변해 갔다. 그런 그녀를 무표정한 얼굴로 바라보면서 나는 말을 이었다.

"그리고 너, 내가 진짜 복수 한번 해 줄까? 나 좋다고 울고불고 따라다니는 네 동생, 내가 한번 진심으로 받아 줘 봐?"

"뭐? 야, 너……!"

"난 그게 진정한 복수라고 생각하는데."

"지금 협박하는 거야?"

화를 참는 듯 자신의 아랫입술을 윗니로 짓이기는 그녀를 향해 나는 서늘하게 말을 뱉어 냈다.

"네가 이 이상 소란스럽게 굴면 나도 더는 참지 않겠다는 거야. 네 덕에 나도 스무 살 남친 한번 사귀어 보지, 뭐."

휘익—

순간적으로 날아오는 서현이의 팔을 공중에서 잡아챘다. 나는 그녀에게 또다시 맞을 이유가 전혀 없었다. 눈을 부릅뜬 서현이가 나를 노려보며 말했다.

"넌 어떻게 제자랑 사귀겠단 소릴 그렇게 당당하게 해?"

"넌 내 남자 뺏어 놓고도 이렇게 당당한데, 나 좋다는 남자 만 나겠단 내가 당당하지 못할 건 뭔데?"

그때 졸업식이 끝났는지 교실에서 아이들이 한두 명씩 나오기 시작했다. 그 아이들을 바라보면서 나는 서현이의 팔을 놓았다. 여전히 나를 노려보는 서현이와 마주 보고 있는데 우리들 사이로 익숙한 목소리가 파고들었다.

"노쌤! 누나!"

복도 끝에 있던 우리를 향해 달려온 서석이가 자신의 누나보다 날 먼저 살피기 시작했다. 곧 녀석의 눈썹이 일그러졌다.

"괜찮아요, 노쌤?"

서현이한테 맞은 뺨이 조금 붉을 것 같아서 고개를 살짝 돌렸다. 그러나 서석이는 이미 그걸 본 모양이었다.

"누나, 지금 무슨 짓을 한 거야?"

"너 이 녀석, 나랑 얘기 좀 해!"

성난 얼굴의 서현이가 서석이의 팔을 잡아끌었다. 그런데도 서석이 녀석은 누나가 아닌 나를 향해 말했다.

"노쌤, 여기 잠깐만 있어요. 누나랑 얘기 좀 하고 올게요. 그리고 그 볼에 차가운 음료수라도 대고 있어요."

서현이에게 끌려가는 서석이에게서 시선을 거둔 나는 길게 한숨을 내쉬었다. 머리가 지끈거렸고 마음이 복잡했다.

'정말 서현이가 교육청에 신고해서 학교를 그만두게 되면 어쩌지?'

사실은 겁이 좀 났다. 근데 생각해 보면 난 잘못한 게 하나도 없다.

'그래. 정말 난 아무 짓도 안 했는데, 내가 왜 학교를 그만둬?'

그렇다. 나는 정말 아무것도 하지 않았다. 나에게 진심인 서석이를 모질게 떼어 내지도 그렇다고 부추기지도 않았다. 그저 방관했다.

몇 번이나 쳐 내고 밀어내기는 했어도 그게 과연 진심이었나. 혹시 밀어내는 척만 한 거 아닌가. 선생으로서 나는 결국 아무것도 하지 않은 게 아닌가. 마음이 괴로웠다.

'아무 짓도 하지 않아서 일이 이렇게 된 건가……?'

다 내 탓이다. 나는 어쩌면 서석이의 순진하고 올곧은 마음이 기뻤던 걸지도 모른다. 그래서 그 순정을 이용했던 걸지도 모른다.

갑자기 내 자신이 너무 비겁하게 느껴졌다. 부끄러웠다. 이대로 학교를 그만두게 된다고 해도 할 말이 없어야 된다, 나는.

괴로운 마음을 애써 누르고 교무실을 향해 걸어갔다. 그때 내 반대편에서 정 선생님이 나타났다. 나는 그를 못 본 척했지만 정 선생님은 나를 향해 뚜벅뚜벅 다가왔다. 그러더니 고개를 깊이 숙였다.

"다시 한 번 죄송해요, 노 선생님."

나는 그저 말없이 그를 스쳐 지나갔다. 그런 내 뒤에서 정 선생님이 다시 낮은 목소리를 보내왔다.

"저 전근 갑니다. 그러니 이제 제 꼴 안 보셔도 됩니다."

"……네. 안녕히 가세요."

이젠 정말 모든 걸 끝낼 수 있을 것 같았다. 이대로 정 선생님도, 심서현도, 그리고 서석이도 안 보면 다시 예전처럼 나답게 혼자 잘 먹고 잘 살 수 있을 것 같았다.

교무실에서 가방을 챙겨 나오면서 동료 선생님들에게 가볍게 목례를 했다. 그런 다음 교무실 안을 한번 둘러보았다. 그리고 마지막으로 내 자리를 보았다.

"……."

역시 나는 아직 이곳이 좋다. 그만두고 싶지 않다.

무거운 마음으로 교무실을 나와 복도를 걸었다. 그렇게 한참을 멍하니 걸어서 교문을 빠져나왔다. 집까지 먼 거리는 아니었지만 오늘은 걷고 싶지 않아서 버스에 올라탔다.

다소 한산한 버스의 빈자리에 앉아서 창밖을 보고 있는데, 출발하려던 버스가 갑자기 급정거를 했다. 순간 몸이 휘청하는 바람에 놀라 시선을 드니 버스 앞문으로 남학생 한 명이 헐레벌떡 올라타는 게 보였다.

"감사합니다!"

버스 운전기사에게 시원스럽게 인사를 한 남학생은 고개를 돌려 나를 향해 환한 미소를 지었다.

"왜 먼저 갔어요, 노쌤?"

못 말리겠다, 정말.

서석이는 성큼성큼 내게로 다가와 내 옆자리를 꿰차고 앉았다. 순간 미간을 찡그리며 고개를 돌리자 서석이의 광대 부근에 가늘게 난 생채기가 보였다.

"너 얼굴이 왜 그래?"

"아아, 이거요? 그냥 긁혔어요."

태연한 표정으로 서석이는 대답했지만 나는 마음이 불편했다. 누구의 짓인지 알 것 같았기 때문이다.

"심서현 손톱에?"

"그런 거 아니에요."

"내가 서현이 성격을 몰라? 이제 걔가 알았으니 너 어쩔래?"

"내가 다 알아서 할게요."

이렇게 말하는 서석이의 표정은 꽤 밝았다. 그게 나는 마음에 들지 않았다. 그래서 나는 또다시 미간을 구기며 입을 열었다.

"학교에 다 말하겠대."

"그러니까 내가 다 알아서 한다고요."

"대체 어떻게?"

순간적으로 신경질을 버럭 냈더니 서석이의 눈이 커졌다. 그런 녀석에게 나는 단호하게 말했다.

"난 학교 계속 다니고 싶어."

"알아요. 그러니까 내가 알아서 해요."

두 눈에 힘을 주고 서석이를 쳐다보았더니 녀석이 어깨를 으쓱하며 말을 시작했다.

"큰누나가요, 외국으로 유학 가면 그냥 넘어가 주겠다고 했거든요."

"뭐?"

"그러니까 아무 걱정 말아요."

나는 지금 분명 기분이 좋아야 했다. 학교도 잘리지 않게 될 것이고 곤란할 정도로 날 따라다니던 서석이 녀석을 이제 안 보게 될 것이니 말이다.

그런데 나는 지금 좀 정신이 멍했다.

"노쌤, 여기서 내려야 하는 거 아니에요?"

서석이의 말에 놀라 벨을 누르고 서둘러 버스에서 내렸다. 그런 내 뒤를 서석이가 따라 내렸다. 집 앞까지 나는 아무 말 없이 걸었고 서석이도 나에게 더 이상 말을 걸지는 않았다.

어느새 집에 도착한 나는 서석이를 돌아보며 말했다.

"잘 가."

"그게 끝이에요? 우리 마지막 인사가 겨우……."

"우리 다신 보지 말자."

순간 서석이의 표정이 울 것같이 변했다.

"싫어요. 나 방학 때 한국 오면……."

"어린애처럼 굴지 마."

혼란스러운 머릿속과 마음속을 다잡으며 나는 서석이를 노려보았다. 저 녀석이 내 마음속의 동요를 절대 눈치채지 못하게 나는 단호하게 말했다.

"난 너 때문에 직장을 잃을 뻔했어."

"노쌤이 나 안 만나 주면 난 내 삶의 의미를 잃어요."

그러나 나는 못 들은 척 몸을 돌렸다. 집 앞 계단을 올라가는 내 등 뒤에서 서석이가 다시 목소리를 보냈다.

"사랑해요."

순간적으로 놀라서 고개를 홱 돌렸다.

"너 미쳤니?"

"정말 사랑해요."

생전 처음 들어 보는 사랑 고백이 제자 녀석한테서라니, 기가 막혔다. 녀석의 고백에 정신이 퍼뜩 든 나는 서석이를 단호하게 밀어냈다.

"그만 가. 이제 네 꼴 안 보고 싶으니까."

"나…… 기다려 주면 안 돼요?"

"애석하게도 난 너처럼 미치지 않았거든."

"그럼 마지막으로, 나 한 번만 안아 주면 안 돼요?"

"될 것 같니?"

끝까지 모질게 밀어내는 나를 향해 서석이는 피식 웃음을 터뜨렸다. 그런데 그 웃음이 좀 많이 서글퍼 보였다.

"이제 넌 네 나이 또래의 여자애들이랑 예쁜 사랑도 하고 인생 즐기면서 살아. 공부도 열심히 하고. 군대도 가고."

서석이의 눈에 고인 눈물을 나는 끝내 모른 척했다.

"잘 살아라, 꼬맹아."

❋ ❋ ❋

다시 혼자가 된 나는 전보다 더 철저한 개인주의로 살아갔다. 모든 일엔 내가 중심이었고 내키지 않으면 남들과는 타협하지 않았다. 남들에게 피해를 주는 이기주의가 아니라 오직 나를 위한 개인주의로 살았다. 그렇게 사는 게 좋고 편했다. 그런데 가끔, 아주 가끔은 말이다.

"노쌤!"

대문을 열고 나오자마자 익숙한 목소리가 들려오는 듯했다.

"옷이 그게 뭐예요? 동네 마실 나가시는 줄 알았어요."

이노무 시키!

"이거 어제 백화점에서 산 거……!"

나 지금 누구랑 얘기하니?

고개를 홱 돌렸는데 골목길엔 개미 한 마리 없었다. 조금 창피해서 헛웃음이 터졌다.

"……하하."

뭐야.

나 이제 환청까지 들리는 거야?

가끔 환청이 들리고 뒤를 돌아보면 꼭 누가 따라올 것 같고 의상 지적을 할 것만 같은 기분이 들었지만, 그것도 시간이 지나면서 점점 사라져 갔다. 다만,

"마지막으로 나 한 번만 안아 주면 안 돼요?"

녀석의 마지막 말이 그렇게 안 잊혀질 줄은 몰랐다.

그까짓 거 그냥 한 번만 툭 안아 줄걸……. 하고 후회가 될 줄은 몰랐다.

이렇게까지 마음에 남을 줄은 정말 몰랐다.

16

〈5년 후〉

— 너 어디야? 호텔 앞 확실해?

휴대폰 너머로 엄마의 카랑카랑한 목소리가 귀에 팍 꽂혔다. 그래서 나는 당당하게 대답했다.

"맞다니까. 정 의심스러우면 영상통화 해 보시든지."

— 그렇게 당당한 거 보니 호텔은 맞는 모양이네. 이번엔 좀 잘해. 저번처럼 맞선 상대 앞에다 두고 멍 때리다 오지 말고.

"안 그래. 저번엔 잠을 좀 못 자서 그랬어."

내 나이가 서른둘이 되자 엄마의 결혼 압박이 심해졌다. 난 아직 결혼은커녕 남자에게도 큰 관심이 없었지만 엄마는 나와 생각이 많이 다른 듯 보였다.

— 넌 대체 얼굴도 예쁘고 몸매도 좋은 애가 왜 늘 남자가 없어서 엄마가 매번 선 자리를 알아봐야 돼?

"엄마의 그 지극히 개인적이고 주관적인 의견을 그렇게 당당하게 얘기하지 마. 창피해."

— 난 서른둘이나 돼서 집에 남자 한 번 소개시킨 적 없는, 남자라곤 그림자도 안 보이는 네가 더 창피하다.

"남자는 가끔 있었어. 집에 소개시킬 정도의 남자가 없었던 것뿐."

그렇다. 난 항상 연애를 잘 못하는 편이었다. 3개월 이상 이어지기가 힘들다고나 할까.

어쩌면 이건 첫 단추를 잘못 끼워서인지도 모른다.

내 첫 남자 친구였던 정석 선생님. 3년쯤 전에 그의 결혼 소식을 들었다. 그와 관련된 건 아예 안 들으려고 피해 다녔지만 그래도 동료 선생님들을 거쳐 거쳐 소식이 들려올 때가 있다. 그의 부인은 다행인지 불행인지 심서현은 아닌 듯했다. 같은 학교 동료 여교사라고 했으니.

결국 정 선생님은 안정적인 결혼을 선택한 것인가.

그를 비난하고 싶진 않다. 나도 안정적인 결혼이 필요한 나이니까.

그래서 오늘도 맞선을 보기 위해 호텔 레스토랑에 나온 것이 아닌가.

"노주희 씨?"

상대의 첫 목소리에 나는 눈썹을 구기고 말았다.

"노주의입니다."

매너가 없어. 선보러 나온 사람이 감히 상대방 이름도 몰라?

첫인상에서 마이너스 10점.

"반갑습니다, 치상철 씨."

내 소심한 복수에 남자는 어색한 미소를 지었다.

"지상철입니다. 이름 틀려서 죄송해요. 저도 당해 보니까 기분이 상당히 나쁘네요. 정중히 사과드릴게요."

맞선 상대의 외모는 준수한 편이었고 성격도 생각보다 나쁘지 않았다. 테이블 너머 남자가 나를 향해 서글서글한 인상으로 사과의 말을 건네 왔다. 사과를 받아들이는 의미로 싱긋 웃어 보이며 내 앞에 있는 주스 컵을 들어 올렸다. 주스를 마시면서 나는 자연스럽게 그의 어깨를 슥 훑었다.

"……!"

큰일이다. 어좁이다. 어깨가 좁아. 마이너스 90점.

이런. 이 남자 지금 0점이야.

내가 이 자리에 계속 있어야 할 이유가 있나? 0점인데?

심각하게 고민을 하면서 주스 컵을 내려놓았다. 그런데 그때, 내 곁을 스쳐 지나던 남자가 들고 있던 신문으로 내 주스 컵을 툭 하고 건드렸다.

"엇……!"

주스 컵은 그대로 넘어져 내 하얀 블라우스를 적셨고 내 원망 가득한 두 눈은 신문을 든 남자의 뒷모습으로 향했다.

"이봐요!"

그러나 그 신문남은 뒤도 돌아보지 않고 걸어갔다.

'뭐, 저런……!'

화를 내다가 문득 신문남의 등짝에 시선이 꽂혀 버리고 말았다.

'우와…….'

태평양이다. 드넓다. 광활해.

……그 넓은 어깨와 등짝 때문에 용서해 준다, 신문남!

"괜찮으세요?"

상철 씨가 내게 급히 자신의 손수건을 내밀었다. 그렇지만 나는 그것을 못 본 척하며 가방에서 내 손수건을 꺼냈다.

"괜찮습니다."

손수건을 손에 든 채 굳어진 상철 씨를 힐끔 본 나는 툭 던지듯 말을 이었다.

"원래 남의 거 잘 안 써요."

"아, 네."

하여튼 늘 이놈의 성격이 문제다. 그렇지만 남이 자신의 땀을 닦고 입을 닦았을 손수건은 정말 쓰고 싶지 않았다.

내 차가운 대응에 상철 씨는 손수건을 도로 가져가며 어색한 미소를 지었다.

"그러면, 이만 나갈까요?"

까였다. 국어 선생님으로서 이런 표현 좋아하지는 않지만 선자리에서 30분도 채 지나지 않았는데 나가자고 하는 거면 백 프로 까인 거 아니겠는가?

"블라우스도 갈아입고 싶으실 테고……."

저건 나를 배려하는 척하면서 이 자리를 탈피하고 싶은 마음을 에둘러 표현한 것일 뿐이다.

"네. 이만 가시죠."

나도 뭐, 저 남자의 좁은 어깨 때문에 이만 일어나고 싶긴 했다. 흥!

자리를 박차고 일어난 나는 백을 어깨에 걸치고 당당한 걸음으로 레스토랑을 빠져나왔다. 이럴 땐 먼저 나오는 게 그나마 자존심 챙기는 거다.

✳ ✳ ✳

— 너 저번 주에 선본 남잘 또 깠다더라?

늦은 저녁 엄마로부터 걸려 온 전화에 나는 억울함을 느껴야 했다. 그날 나는 분명,

"내가 깐 거 아니야. 까였어."

까였다. 국어 선생님으로서 이런 표현 좋아하지는 않지만 분명히 까였다.

— 그 남자가 자리 옮기자고 나가자고 했는데 네가 횡하니 먼저 가 버렸다던데?

"아아……."

그럼 나가자는 말이 자리를 옮기자는 의미였단 말인가.

이런, 이런. 크나큰 오해를 했네.

그렇지만 별로 서운하거나 아쉽거나 하지는 않았다.

"근데 오히려 잘됐어. 내 이상형하고 거리가 멀었거든."

— 사진 보니까 멀끔하니 잘생겼던데 뭘.

"암튼 내 이상형–어깨–하고 거리가 멀었다고."

— 그렇게 이상형 찾다가 언제 시집가려고? 넌 나이가 서른둘이나 된 애가 아직도 그렇게 이상형을 찾고 싶니? 적당히 괜찮은 남자 만나서 결혼도 하고 애도 낳아야지.

엄마의 잔소리는 그 뒤로도 한참이나 계속되었다. 그래서 결국 나는 그녀의 말을 자르며 단호하게 내 의견을 전했다.

"내가 알아서 결혼할게. 그러니까 엄만 이제 신경 쓰지 마."

전화를 끊어 버렸다. 동생 주은이가 작년에 스물다섯이라는 젊은 나이에 결혼을 해 버렸다. 그것도 데뷔를 준비하던 기획사 실장님이랑. 암튼 그 뒤로 엄마의 결혼 압박이 더 강해진 건 틀림없는 사실이다. 하지만 그렇다고 마음에도 없는 결혼을 할 수는 없지 않은가.

쿵— 쿵—

휴대폰을 들고 멍하니 생각에 잠겨 있던 나를 깨운 건 옆집에서부터 들려오는 큰 음악 소리였다. 그 소리는 너무 커서 우리 집 벽을 울릴 정도였다.

"후우……."

또 옆집 남자다. 한 달 전 이사를 온 옆집 남자는 이사 온 날 멀리서 날씬한 뒷모습만 한 번 보았을 뿐 나랑은 안면도 없는 사이다. 요즘 같은 세상에 옆집 남자 얼굴 모르는 거야 문제가 되지 않지만 소음이야 심각한 문제이지 않은가.

"또 시작이네."

3년 전 집을 나와 시내 오피스텔로 독립을 한 나는 현재 여유로운 싱글 생활을 즐기고 있었다. 그런데 그런 즐거움이 한 달 전에 깨졌다.

옆집에서 저녁마다 노래를 빵빵하게 틀어놓고 지들끼리 파티를 즐기는지 어쩌는지 시끄러운 웃음소리가 새벽까지 들려올 때가 많았기 때문이다.

그때마다 나는,

벨을 누를까? 그냥 하루만 참을까?

포스트잇을 붙여 놓을까? 좀만 더 참을까?

편지를 쓸까? 오늘만 참아 볼까?

그렇게 계속 고민만 하다가 인내심은 점점 바닥을 향해 갔다.

어제도 밤새 파티를 하는지 음악 소리가 벽을 쿵쿵 울리는 통에 도저히 잠을 이룰 수가 없었다. 그래서 결국 새벽에 정중하게 음악 소리가 크다고 메시지를 써서 붙여 놓았다. 그러는 바람에 잠을 제대로 못 자서 오늘은 하루 종일 피곤한 상태다.

"저기, 노쌤?"

상담실 책상을 사이에 두고 내 반대편에 앉은 남학생이 이상하다는 얼굴로 나를 불렀다. 그래서 나는 미간을 찡그리면서 말했다.

"그렇게 부르지 말랬지, 이현준. 그나저나 담배를 피웠다고?"

내 말에 현준이는 서글서글한 얼굴로 미소를 지었다. 저 표정, 아주 예전에 내가 알던 녀석을 닮았다.

"그냥 살짝 맛만 봤어요, 맛만. 그니까 너무 혼내지 마요."

"내가 혼을 왜 내? 네가 담배 피우면 내 몸이 상하니? 네 몸뚱아리가 상하지. 그리고 내 키가 안 크니? 네 키가 안 크지."

"암튼, 노쌤, 진짜 쿨해요."

현준이는 내가 담임을 맡고 있는 우리 반 학생으로 다소 문제아에 속하는 아이였다. 특이하게 나를 제법 따르는 편이어서 내가 좀 예뻐하는 녀석이었지만, 녀석이 나를 '노쌤'이라고 부르는 건 정말 싫었다.

"노쌤이라고 부르지 말라고."

누구 생각나니까.

"긴말 말고 부모님 모셔 와."

차갑게 말했더니 현준이의 옆으로 긴 눈이 동그래졌다.

"혼 안 낸다면서요?"

"넌 혼 안 내. 네 부모님을 혼낼 거야."

그 순간 현준이가 자신의 머리를 두 손으로 부여잡았다. 머리를 마구 긁으면서 녀석은 괴로워했다.

"아, 정말 안 되는데."

"그러기에 담배를 왜 피워? 내일 당장 어머님 모셔 와."

"엄만 안 돼요."

"그럼 아버님."

"아빤 더 안 돼요."

그래서 나는 손가락으로 안경을 올리면서 단호하고 강하게 말했다.

"네가 내일 안 모시고 오면 내가 직접 전화해서 여쭈어 볼 거야. 혹시 현준이가 집에서도 담배를 피우냐고. 학교에선 자주 피우는데 집에서도 그러냐고."

✳ ✳ ✳

"도저히 못 참겠다!"

난 정말 참을 만큼 참았다. 한 달 내내 참았고 어젯밤에는 정중하게 포스트잇까지 붙였다. 그런데도 옆집 남자는 음악 소리를 줄일 생각이 전혀 없어 보였다.

그래서 결국 나는 옆집으로 뛰쳐나가 그 집의 벨을 연속해서 눌러 버렸다.

띵동띵동띵동—

계속되는 벨소리에 곧 인터폰이 켜졌다. 그리고 거기에서 젊은 남자의 목소리가 들려왔다.

— 벨 좀 그만 눌러요, 아줌마.

"뭐? 아줌마?"

— 그럼 그쪽이 아줌마지, 아저씨예요?

"야, 너 나와 봐!"

'아줌마' 소리에 순간적으로 이성을 잃은 나는 인터폰 화면에 대고 검지를 까딱거렸다. 난 오늘 꼭 이놈의 면상을 봐야겠다.

— 왜요? 지금 나가면 한 대 치실 기센데 제가 나가긴 왜 나갑니까?

"이 어린노무 시키가 어디서 인터폰으로만 대화를 하려고 해?

나와서 얼굴 보고 맞장 떠!"

— 어휴, 무서워서 더 못 나가겠네.

"너 충간소음이 얼마나 무서운 건 줄이나 알아? 그걸로 살인도 일어나는 세상인데! 그래도 나는 점잖게 포스트잇에 음악 소리가 너무 커요, 라고 써 놨잖아! 봤어, 못 봤어?"

— 봤어요.

"봤는데 오늘 또 그래? 너 나 약 올리냐?"

정말 실로 오랜만에 머리끝까지 화가 났다. 그때 음악 소리가 뚝 끊겼다. 그리고 이내 문이 벌컥 열렸다.

"!"

그런데 밖으로 나온 이는 어깨가 훤히 드러나는 랩가운을 걸친 어린 여자였다. 이제 갓 스물 됐으려나?

그때 집 안에서 다시 남자의 목소리가 들려왔다.

"야, 네가 왜 나가냐?"

"너무 시끄러워서. 오빠, 이 아줌마 뭐야? 누구야?"

여자가 화장기 없는 얼굴을 돌리자 한 남자가 나오며 그녀의 허리에 팔을 둘렀다. 시건방지다 생각했던 남자의 얼굴을 보는 순간 나는 숨이 멎을 뻔했다.

5년이나 지났다지만, 어떻게 저 얼굴을 잊을 수가 있겠는가.

"심서석……!"

나를 발견한 서석이가 씨익 웃더니 여자에게 대답했다.

"오늘 처음 본 옆집 아줌마."

17

"야, 너……!"

순간적으로 너무 놀라서 검지를 올려 삿대질을 해 버렸다. 내 손가락이 서석이를 가리키자 어린 여자의 눈이 서석이와 나를 번갈아 쳐다보았다.

"아는 사이야?"

여자의 물음에 서석이는 어깨를 으쓱했다. 그러곤 입가에 비릿한 웃음을 지었다.

"아니. 근데 저 아줌마 쪽에선 날 아는 모양이야."

저, 저 배은망덕한 자식!

한껏 구겨졌을 내 얼굴을 물끄러미 보던 서석이 녀석이 여자를 향해 말했다.

"먼저 들어가 있어."

"응. 빨리 들어와."

다음 순간 여자는 서석이의 볼에 **뽀뽀**를 쪽 하고는 집 안으로 들어갔다. 그걸 보는데 이상하게 뒤통수를 얻어맞은 듯한 기분이 들었다.

"허—"

내 입에서 헛웃음이 터져 나왔다. 예전엔 나한테 첫 키스를 주려고 입술을 고이고이 간직했던 애가 이제는 아무렇지도 않게 여자애와 뽀뽀를 하다니!

흔들리는 내 눈동자를 **빤히** 보면서 서석이는 한쪽 입술 끝을 올렸다.

"더 할 말 없으시면 저 들어갈게요, 아줌마."

'또 아줌마?'

퍼억—

그 '아줌마' 소리에 순간 울컥한 나는 녀석의 정강이를 발로 까 버렸다. 얇은 트레이닝복 차림이었던 서석이가 갑작스런 내 공격에 비명을 질렀다.

"악!"

자신의 정강이를 손으로 잡으면서 녀석은 이맛살을 찡그렸다. 그러거나 말거나 나는 녀석을 향해 목소리를 높였다.

"너 선생님한테 아줌마가 뭐야, 아줌마가?"

"저한테 서른둘은 아줌마에 속하는지라."

"내가 선생님이었던 건 잊은 주제에 내 나이는 안 잊어먹었다, 너?"

그때 서석이가 고개를 슬쩍 들더니 입가에 미소를 지었다. 어쩐지 여유로워 보이는 그 미소가 얄미웠다. 그래서 그 얼굴을 향해 나는 계속 소리쳤다.

"그리고 너, 이렇게 남한테 피해 주면서 사는 거 누구한테 배웠니? 내가 너 그렇게 가르쳤어?"

"전 그냥 제 나이 또래의 여자애들이랑 예쁜 사랑도 하고 인생 즐기면서 살고 있는 건데요? 공부도 열심히 했고 군대도 다녀왔고요."

저 말은 5년 전 녀석과 헤어질 때 그렇게 살라고 내가 한 말이었다.

그러고 보니 정말 서석이의 얼굴은 제법 남자다워져 있었다. 살도 좀 붙었고 운동을 했는지 어깨도 넓어지고 이젠 정말 남자애가 아니라 남자 같았다. 하지만 외면은 멀쩡해도 내면이 문제투성이이지 않은가!

"그런 놈이 밤새 음악 틀어 놓고 친구들이랑 파티를 하고 노니? 미국에서 나쁜 것만 배워 왔구나, 너! 질이 아주 안 좋아졌어."

"질이 안 좋아지다뇨? 이래 봬도 저 미국에서는 꽤 전도유망한 신인 영화감독이라고요."

"영화감독?"

뜻밖이었다. 5년간 심남매의 소식은 절대 듣지 않으려고 애쓴 탓인지 서석이가 어떻게 사는지 전혀 몰랐었다. 그런데 영화 쪽으로 들어섰을 줄이야. 상상도 못 했었다.

"네. 저 얼마 전에 신인상도 받았어요."

똑똑한 녀석이라 뭘 해도 잘할 줄은 알았다. 나는 녀석이 자랑스러웠지만 일부러 퉁명스럽게 말했다.

"그럼 쭉 미국에서 살지, 한국엔 왜 돌아온 거야?"

"정말 몰라서 묻는 거예요?"

그 순간 서석이가 두 팔에 팔짱을 끼며 내 앞으로 더욱 가까이 다가섰다. 녀석이 다가오자 녀석의 여미지 않은 셔츠 틈으로 가슴 근육이 보였다. 그래서 나는 황급히 시선을 아래로 내렸다.

"뭐, 뭐, 뭔데?"

그러나 서석이는 아무 대답도 하지 않았다. 그래서 나는 슬쩍 다시 시선을 올렸다. 나를 빤히 쳐다보고 있던 서석이와 눈이 마주치자마자 나는 좀 어이없는 질문을 던졌다.

"너, 설마, 아직도 나 좋아하니?"

"풋."

웃음을 터뜨려 버리는 서석이를 나는 굳은 얼굴로 쳐다보았다. 아님 말지, 왜 웃어? 기분 나쁘게.

"설마 제가 아직도 그쪽 뒤만 졸졸 쫓아다니는 꼬맹이로 보이십니까?"

"그, 그쪽?"

녀석의 입에서 나온 낯선 단어에 순간 눈이 커졌다. 지금 나를 보고 있는 서석이의 서늘한 눈빛과 단호한 입매가 나를 당황시켰다.

"네. 그쪽."

"너 당장 선생님이라고 부르지 못해?"

"학교 다닐 때도 선생님이라고 부른 적이 없는데, 이제 와서 무슨 선생님?"

다음 순간 서석이는 뒤로 한 발자국 물러섰다. 그리고 열려 있는 문을 잡으면서 여전히 당황한 상태로 있는 내게 말했다.

"어쨌든, 음악 소리만 좀 줄이면 되죠? 알았어요. 그만 가세요."

"응?"

"소리 줄인다고요. 돌아가시라고요."

너무 기가 막혀서 입이 저절로 벌어졌다. 5년 만의 재회치고는 너무 담백한 거 아닌가? 그래서 나는 괜히 발끝만 쳐다보다가 물었다.

"너, 나한테 더 할 말 없어?"

"없는데요."

5년 만에 만났는데, 나한테 할 말이 없다고? 왜? 할 말이 산처럼 많아야 정상 아니야? 5년을 못 만났는데!

"왜요? 있어야 돼요?"

서석이는 이해할 수 없다는 듯이 물었다. 그때 집 안에서 아까 그 여자가 튀어나왔다. 옷을 꽃무늬 원피스로 갈아입은 여자는 예쁜 두 눈을 빛내며 서석이에게 말했다.

"나 가 봐야겠다, 오빠. 소속사 사장님 콜이야."

"응. 가. 전화할게."

또다시 여자가 서석이의 볼에 뽀뽀를 하고는 걸음을 옮겼다.

서석이는 멀어져 가는 그녀에게 손가락 키스를 날려 주었다. 그걸 지켜보던 나는 또다시 헛웃음이 터졌다. 잠시 후 나에게로 고개를 돌린 서석이가 눈썹을 치켜 올리며 말했다.

"왜요? 아직도 제 입술이 노쌤 걸로 보이십니까?"

"누, 누가 그렇대?"

너무 오랜만에 저 녀석의 목소리로 '노쌤' 소리를 들어서인지 순간 심장이 뛰었다. 그사이 서석이가 내 얼굴 앞으로 자신의 얼굴을 가져왔다.

"!"

하마터면 서로의 입술이 닿을 뻔했다.

그래서 나는 순간 서석이가 내게 키스를 하는 줄 알았다. 그러나 그의 얼굴은 내 얼굴 바로 앞에서 멈췄다.

"놀라지 마요."

씨익 웃은 서석이가 나를 내려다보며 부드럽게 말을 이었다.

"뽀뽀 정도야 미국에서는 그냥 인사죠, 인사. 이렇게."

쪽—

서석이의 입술이 내 볼에 닿았다가 떨어졌다. 그 감촉에 순간 놀란 나는 손을 뻗어 녀석의 얼굴을 세게 밀쳐 버렸다. 그러자 서석이가 자신의 볼을 감싸 쥐며 신경질을 부렸다.

"그러기에 내가 아까 가랄 때 가시죠. 그랬으면 안 건드렸을 텐데."

"야, 이……! 그래, 간다, 가!"

녀석이 뱉은 말이 너무 섭섭해서 나는 울컥 화가 치솟았다.

"뽀뽀로 사람을 내쫓는 놈은 처음 봤네, 또! 너 진짜 문란해졌다? 실망이야, 심서석!"

그 순간 서석이의 집 문이 쿵 하고 세게 닫혔다.

가, 감히 문을 닫아? 내가 아직 가지도 않았는데?

아랫입술을 깨문 나는 씩씩거리며 돌아섰다.

안타깝지만, 나한테 받은 상처로 저 녀석 정말 많이 삐뚤어진 모양이다.

✻　✻　✻

"부모님은 모시고 왔니?"

복도에서 뛰다가 걸린 현준이를 구석으로 데려가서 점잖게 물었다. 그랬더니 녀석이 내 시선을 살짝 피하며 대답했다.

"엄마가요, 이번 주는 좀 바빠서, 다음 주에 오신대요."

"다음 주 언제?"

"그, 금요일?"

"월요일에 오시라고 해."

단호하게 말을 던지고 나는 돌아섰다. 그런 내 뒤를 졸졸 따라오며 현준이가 말을 걸었다.

"저기, 노쌤."

"왜."

"엄마는 정말 안 되거든요. 대신, 삼촌! 삼촌 데려오면 안 될까요?"

276

"그래. 삼촌 데려와."

내 대답에 순간 현준이의 표정이 밝아졌으나 내 말은 거기서 끝나지 않았다.

"그 삼촌한테 네 엄마 데려오라고 할 테니."

"아우, 노쌤 진짜 냉정하다."

그렇게 생각하거나 말거나 나는 묵묵히 복도를 걸었다. 현준이가 그런 내 얼굴을 살피면서 말했다.

"근데 노쌤 오늘 기분이 좀 안 좋아 보여요."

"아닌데? 아주 좋은데?"

"미간에 주름 생기셨는데요."

그래서 나는 손가락으로 주름을 펴 보았다. 사실 이 주름은 며칠 전부터 계속 잡힌다. 심서석을 다시 만난 그날 밤부터 계속.

"아. 노쌤, 제가 우리 삼촌 소개시켜 드릴까요? 진짜 잘생겼고 성격도 좋은데. 한번 만나 봐요."

갑작스럽게 현준이가 던진 제안에 나는 피식 웃음을 터뜨렸다.

'소개팅이라. 얼마 전에 선본 남자한테도 까였는데, 소개팅이라고 다르겠어. 아니지. 다를 수도 있지.'

그래서 가볍게 질문을 던져 보았다.

"어떤 스타일인데?"

"한 여자밖에 모르는 일편단심 순정파에다가 잘생기고 키도 크고 스타일도 죽여요."

현준이가 하는 설명에도 나는 별 반응 없이 무표정을 유지하다가 녀석의 말이 끝나기가 무섭게 제일 중요한 질문을 던졌다.

"어깨는?"

"네?"

"어깨는 넓어?"

"아아, 좁지는 않은 것 같은데요."

좁지는 않은 걸로는 만족 못 하는데. 태평양처럼 넓은 게 좋은데. 가령 얼마 전에 호텔 레스토랑에서 본 신문남 어깨 정도는 돼야…….

"노쌤 어깨성애자구나."

현준이는 한참을 고민하는 내 표정을 보고 내 취향을 바로 파악한 모양이다. 짜식, 눈치 빠르기는.

"소개팅 받으실 거죠?"

자신의 반으로 돌아가기 전에 현준이는 다시 한 번 확답을 받아 내려는 듯 내게 물었다. 어깨가 좁지는 않다고 했으니 일단 소개는 받아 보는 게 좋을 것 같았다. 그래서 나는 녀석을 향해 고개를 끄덕여 보였다.

"그래. 받을게."

✳ ✳ ✳

빠앙—

오피스텔이 있는 골목을 꺾으려는데 그런 내 뒤에서 차 한 대가 경적을 울렸다. 그래서 옆으로 살짝 피했더니 차가 슝 하니 내 옆을 지나갔다. 그 차는 오피스텔 앞에서 멈춰 섰다. 그리고 곧 조수석 쪽에 앉아 있던 여자가 차 문을 열었다. 그런데 차에서 내리려던 여자가 내리기 직전에 운전석에 앉은 젊은 남자의 입술에 키스를 했다.

"어머나."

남사스러워서 고개를 살짝 숙였다. 그런데 그 순간 여자의 옆얼굴이 어딘가 익숙하단 생각이 퍼뜩 들었다. 그래서 다시 고개를 들어 여자의 얼굴을 확인했다.

"!"

역시 맞았다. 저 여자는 며칠 전 서석이의 집에서 본 그 여자였다. 랩가운을 걸치고 서석이에게 뽀뽀를 하던 그녀.

'다른 남자가 있었단 말인가?'

굉장한 장면을 목격해 버려서 심장이 뛰었다. 오피스텔 건물 앞에서 화장을 고치는 여자를 스쳐 지나온 나는 급하게 엘리베이터 버튼을 눌렀다.

'이걸 서석이한테 말해 줘야 하나, 말아야 하나.'

무시하고 싶었지만 무시하고 싶지도 않았다. 이상한 기분이었다.

어쩌지? 자기 여자 친구가 양다리란 걸 알게 되면 서석이는 얼마나 마음이 아플까. 하지만 알리는 게 맞지 않을까.

그 순간 엘리베이터 문이 열리고 안에서 서석이가 모습을 나타냈다. 나를 발견한 그는 나에게 가볍게 목례를 하고 스쳐 지나갔다. 그래서 나는 급하게 녀석의 팔뚝을 잡아챘다.

"어디 가?"

"?"

갑작스런 내 행동이 이상하다는 듯 서석이는 눈썹 끝을 치켜올렸다. 녀석이 시선을 슥 내려 자신의 팔을 잡고 있는 내 손을 보며 대답했다.

"데이트요."

"잠깐, 선생님이랑 얘기 좀 하자."

"저 시간 없어요. 다희가 밖에서 기다려요."

말을 하면서 서석이는 내 손을 떼어 냈다. 하지만 나는 다시 녀석의 팔을 잡았다. 그리고 진지하게 말했다.

"선생님이 경고하는데, 그 여자앤 아니야. 좋은 애 아닌 것 같아."

"왜요?"

"선생님이 삼십이 년간 숨만 쉬면서 살아온 게 아니야. 너보다 훨씬 오래 살아온 선생님이 봤을 때 그 여자애는……."

"다희 좋은 애예요."

"아니라니깐! 선생님이 봤을 때 걔는……!"

그런데 차마 사실대로 말할 수가 없었다. 그래서 주저하고 있는데 그때 서석이가 나를 향해 노골적으로 한숨을 내쉬었다.

"그놈의 선생님, 선생님. 아까부터 계속 그 단어만 강조하고 계시네요. 자신의 직업이 자랑스러우신 겁니까. 아니면 선생님이란 자각을 계속 하고 있어야 제가 제자로만 보일 것 같아서입니까?"

삐딱하게 선 서석이가 바지주머니에 양손을 집어넣었다. 그리고 나를 빤히 쳐다보았다. 녀석의 까만색 동공이 나를 집요하게 응시했기에 나는 그 시선을 피하며 말했다.

"됐고. 그 다희란 여자애랑 헤어져."

"싫은데요."

고집을 부리는 서석이에게로 다시 내 시선이 올라갔다.

"경고했어. 나중에 너만 상처받을 거야."

"왜요? 걔가 뭐 어쨌는데요?"

"걔는……!"

입이 열렸지만 더는 말할 수가 없었다. 안 그래도 나 때문에 상처를 많이 받은 녀석인데 또 여자 때문에 상처받는 꼴을 두고 볼 수만은 없었다. 그것도 내 입으로 밝혀서 상처를 줄 순 없었다. 도저히.

"오늘 다희랑 영화 보러 가기로 했단 말이에요. 진짜 보고 싶은 영화가 오늘 개봉했거든요."

"그냥 다음에 혼자 보러 가."

"내 말 듣긴 들은 거예요? 개봉하자마자 보려고 벼르던 영화라니까요. 그리고 나 혼자 영화 보는 거 싫어해요."

서석이는 절대 물러서지 않겠다는 듯 완고한 태도를 취했다. 그래서 나는 굳은 결심을 하고 단호하게 말했다.

"그럼 그거 나랑 보러 가."

"네?"

많이 놀란 듯 서석이의 눈이 동그래졌다.

"오랜만에 선생님이 밥도 사 줄게. 그래도 다희 씨랑 갈 거야?"

"······알았어요. 같이 가요."

후우, 다행이다.

서석이는 결국 다희라는 여자에게 못 나간다는 연락을 하고 나랑 같이 자신의 차가 주차된 주차장으로 향했다.

말없이 나와 나란히 걷던 서석이가 나를 힐끔 돌아보았다. 뭔가 할 말이 있는 듯한 얼굴이라서 나도 그를 쳐다보았다. 그때 서석이가 내게 물었다.

"혹시 다희가 딴 남자랑 있는 거 봤어요?"

"!"

깜짝 놀랐다. 당황해서 어쩔 줄 몰라 하는 내 옆에서 서석이는 피식 웃음을 터뜨렸다.

"아, 그런 거구나. 에이, 그런 거면 난 진짜 괜찮아요. 난 여자한테 집착하거나 속박하는 타입이 아니거든요."

"야, 그래도, 너 아닌 딴 남자한테······!"

"알고 만나는 거예요. 서로 프리하게 만나는 거니까."

예상치도 못한 서석이의 연애 스타일에 나는 경악을 금치 못했다.

"양다리라고, 양다리!"

"양다리? 그럴 수도 있죠, 뭐."

순간 기가 차서 걸음을 멈췄다. 그랬더니 서석이가 내 앞으로 걸어와서는 우뚝 멈춰 섰다. 고요한 그 공간 안에서 서석이가 내게 말했다.

"난 노쌤 아닌 여자는 다 바람피우고 양다리 걸쳐도 괜찮아요."

"!"

놀라 눈이 커진 나를 향해 서석이가 손을 내밀었다.

"가요. 데이트하러."

＊　＊　＊

"너…… 나 아직도 좋아하는구나."

서석이가 운전하는 차 안에서 나는 좀 혼란스러운 머릿속을 정리하고 있었다. 하지만 결론은 어차피 똑같았다.

심서석, 이놈은 아직도 날 좋아하고 있다는 거.

"어떻게 그럴 수가 있지? 내가 뭐라고, 왜 그렇게까지 나를……."

내 중얼거림에 서석이는 앞쪽만 보면서 툭 뱉듯이 말했다.

"글쎄요."

"그, 글쎄요?"

녀석의 말을 곱씹으며 고개를 돌리자 서석이의 반듯한 옆얼굴이 보였다. 무슨 의미지? 동요를 감추기 위해 안경을 고쳐 쓰는 사이 서석이의 목소리가 다시 들려왔다.

"아직도 좋아하는 건가…… 잘 모르겠어요."

자, 잘 모르겠어?

"첫사랑에 대한 미련인지도 모르죠."

미, 미련이야? 그런 거야?

적잖게 당황한 나와 달리 서석이는 굉장히 태연하고 여유로워

보였다. 열 받게도 말이다. 순간 울컥 화가 치민 나는 씩씩거리며
말을 시작했다.

"너 진짜 많이 변했다? 예전엔 그래도, 날라리같이 생겼어도
순진하고 순수해서 귀여웠는데. 지금은 완전 생양아치 같잖아. 여
자들도 굉장히 프리하게 막 사귀고, 집에도 막 들이고. 자고로 남
자는 말이야, 제 여잘 아낄 줄 알아야 하는 거야. 그렇게 마구, 아
무렇게나 사귀는 게 아니라고!"

마지막은 내가 생각해도 조금 오버였다. 그래서 안경 너머로
보이는 서석이의 옆얼굴을 힐끔 쳐다보았다. 그러다 무심코 녀석
의 어깨에 시선이 갔다.

……우와. 이 녀석 운동 진짜 열심히 했나 봐? 어깨가 태평양
처럼 넓어졌어…… 내가 지금 무슨 생각을 하는 거람?

내 설교를 가만히 듣던 서석이가 앞만 보고 운전을 하면서 대
답했다.

"나, 노쌤에게 설교를 들을 만큼 문란하게 지낸 적 없는데요."

뭐? 문란하지가 않아? 나는 기회는 이때다 싶어서 득달같이 달
려들어 전부터 계속 걸렸던 것을 물었다.

"그럼, 그 여자애는 뭐였어?"

갑작스런 내 질문에 서석이는 나를 힐끔 돌아보았다. 그러고는
태연하게 되물었다.

"누구요?"

"그, 다희라는 애! 나 처음 만났을 때, 막, 랩가운 걸쳐 가지고,
어깨 훤히 드러내 가지고……!"

"아아, 그때요. 걔가 갑자기 샤워 좀 하고 싶다고 해서 그냥 하라고 한 거예요. 근데, 노쌤 지금 질투하는 거예요?"

피식 웃음을 터뜨리는 서석이 때문에 나는 더욱 목소리를 높이고 말았다.

"질투는 무슨! 내가 그걸 왜 해? 넌 내 제자잖네! 난 네 선생님이었고……!"

끼익—

그 순간 녀석이 차를 거칠게 세웠다. 깜짝 놀란 나는 입을 벌린 채로 굳어졌다. 놀라서 두근거리는 가슴을 부여잡고 있는데 서석이가 나를 돌아보며 말했다.

"내려요. 영화관 도착했어요."

먼저 차에서 내린 서석이가 바로 조수석으로 걸어왔다. 그리고 주저하고 있는 나를 위해 차 문을 열어 주었다.

"내리세요. 설마 먼저 영화 보자고 제안해 놓고 도망가시는 건 아니겠죠? 비겁하게?"

녀석은 마지막 말을 뚝뚝 끊어서 엄청 강조했다. 그래서 결국 나는 어쩔 수 없이 차에서 내렸다. 우린 둘 다 말없이 영화관 안으로 들어섰고 영화관 안에서는 매표소의 영화 포스터만 묵묵히 올려다보았다.

잠시 후 서석이가 먼저 나를 돌아보았다. 공중에서 우리의 눈이 마주치자 서석이가 물었다.

"주의 씬 어떤 영화 좋아하세요?"

"뭐? 너, 너 왜 그래, 갑자기."

낯선 호칭에 깜짝 놀란 나를 서석이는 아주 평온한 얼굴로 쳐다보았다. 그러고는 순진무구한 얼굴로 되물었다.

"뭐가요?"

"선생님한테 주의 씨가 뭐야?"

"그럼 주의 씰 주의 씨라고 부르지, 뭐라고 불러요? 다희 씨라고 부를 순 없잖아요?"

'다희'란 여자의 이름에 순간 미간을 구기고 말았다. 내 표정이 마음에 들었던지 서석이는 씨익 웃으며 말했다.

"혹시 로맨틱코미디 좋아하세요? 아님 SF? 액션? 이미지는 격정멜로 좋아하게 생기셨는데."

"난 아니야. 네가 정말 에로틱한 거 좋아하게 생겼지."

다시 돌아온 서석이는 얇은 입꼬리하며 날카로운 콧날하며 날렵한 턱 선 모두가 그대로였지만 어딘가 에로틱하게 느껴졌다. 이 분위기 변화가 외국에서 프리한 연애생활을 한 탓인지는 모르겠으나 전하고 분위기가 많이 달라진 건 사실이다.

"그럼 우리 저거 볼까요?"

서석이가 손가락으로 가리킨 영화는 19금 딱지가 붙은 격정멜로였다. 제자 녀석과 저런 영화를 본다는 생각을 하자마자 손끝이 떨려 왔다. 그래서 나는 그 손을 들어 서석이의 등을 찰싹 때려 버렸다.

"미쳤니?"

"하긴, 첫 데이트부터 너무 세긴 하다. 그럼 주의 씨가 보고 싶은 거 봐요."

능청스러운 서석이의 표정을 본 나는 헛웃음이 터졌다. 그러다 문득 떠오른 생각에 녀석을 향해 물었다.

"근데 너 보고 싶은 영화 있다고 했잖아?"

"그거야 다음에 주의 씨랑 또 보면 되죠."

"다음은 없어. 그리고 너 또 거짓말한 거야? 정말 보고 싶었던 영화라고 했잖아?"

"주의 씨랑 볼 수만 있다면 다 보고 싶었던 영화예요. 그러니까 다음에 나랑 또 봐 줘요, 네?"

못 말리겠다, 정말.

내 팔을 잡고 귀엽게 말하는 서석이의 손을 떼어 낸 다음 나는 차갑게 말했다.

"아까부터 그 주의 씨, 주의 씨, 듣기 거슬리거든?"

"그럼 뭐라 그래요? 벌써부터 자기라고 할 순 없잖아요?"

"뭐? 야!"

결국 내가 녀석에게 버럭 소리치자 서석이는 도망치듯 매표소로 걸음을 옮겼다. 잠시 후 돌아온 서석이의 손에는 영화표가 두 장 들려 있었다. 다행히 19금 멜로는 아니었다.

"들어가요, 주의 씨."

말을 하면서 내 어깨에 손을 올리려는 서석이의 팔을 쳐 내며 나는 그를 경계했다. 이 녀석이 어디서 자꾸 남자 행세를 하려고 해?

"너 자꾸 주의 씨라고 할 거야?"

"네."

"그냥 전처럼 노쌤이라고 해."

"싫어요. 부르고 싶은 대로 부를 거예요."

그러고선 서석이는 먼저 앞장서 영화관 안으로 들어갔다.

영화를 보고 나와서 저녁을 먹는 내내 서석이는 나를 '주의 씨'라고 불렀고 나는 슬슬 짜증이 나고 있었다. 그런데 그건 우리가 살고 있는 오피스텔의 엘리베이터 안에서까지 계속되었다.

"저녁 잘 먹었어요, 주의 씨."

"……."

거슬려.

"저랑 한 번만 더 만나 주실래요, 주의 씨?"

"……."

거슬린다고!

녀석에게 그만하라고 몇 번을 말해도 소용이 없었다. 그래서 나는 결국 이렇게 말해 버렸다.

"주의 씨 말고 노쌤이라고 부르면 한 번 더 만나 줄게."

"네. 뭐 그거 어려운 거라고."

씨익 웃은 서석이가 나를 바라보며 진지하게 말했다.

"보고 싶었어요, 노쌤."

뭔가 느낌이 조금 이상했다. 항상 듣던 '노쌤'이고 익숙한 호칭인데도 그 앞에 무슨 말이 붙었느냐에 따라 이리도 느낌이 다를 수가 있구나 깨달았다.

기분이 이상해서 나는 엘리베이터 문이 열리자마자 도망치듯

집으로 달려갔다.

* * *

"나 사실 엄마랑 사이 안 좋아요."

"어쩌라고."

"아빠랑도 안 좋아요."

"어쩌라고."

이번 주에도 부모님을 학교에 모시고 오지 않은 현준이를 데리고 상담실로 왔더니 녀석이 대뜸 하는 말이 저거였다.

문제아들 중에 부모님이랑 사이좋은 애들이 과연 몇이나 될까.

나는 일단 팔짱을 낀 채 녀석의 말을 계속 들었다. 녀석이 염색을 해서 밝은 갈색빛을 띠는 자신의 머리카락을 쥐어뜯으며 이어 말했다.

"우리 아빠는요, 가끔 날 골프채로 때리려고 해요."

"나도 너처럼 머리 노랗게 물들이고 담배 피우고 학교 잘 안 다니고 공부도 안 하는 아들놈 있으면 팰 거야."

"엄마는요, 내게 무관심해요. 안 친하고요."

"노력은?"

내가 툭 던진 질문에 현준이는 눈을 동그랗게 떴다.

"네?"

"골프채로 안 맞으려고 노력은 해 봤어? 엄마랑 친해지려고 노력은 해 봤냐고."

그러자 현준이는 피식 웃으며 책상 위로 자신의 팔꿈치를 댔다. 그러면서 불량스럽게 말했다.

"그냥 생긴 대로 살래요. 이런 내가 싫으면 싫어하라죠, 뭐."

이 녀석은 자신을 조금 다른 방식으로 표현해서 그렇지, 나와 꽤 닮았다. 그래서 마음이 더 쓰이는 건지도 모른다.

"나도 그렇게 생각했었어. 혼자 사는 게 편했어. 그런데 그렇게 살다 보니까 평생 혼자더라."

현준이는 씁쓸하게 말하는 나를 물끄러미 쳐다보았다. 그런 녀석의 눈을 마주 보면서 나는 진심을 담아 말을 이었다.

"누군가 건드려 주지 않으면 늘 혼자인 거야. 난 다행히 건드려 주는 사람이 있어. 그런데 넌? 넌 누가 건드려 주니?"

"노쌤이요. 노쌤이 건드려 주면 되잖아요."

그래서 나는 정말 솔직하게 말했다.

"귀찮아."

"에이, 무슨 선생님이 그래요? 귀찮다는 소리나 하고."

"얘가 뭘 모르네. 그거 되게 귀찮은 거야. 상대가 싫다고 하는데도 계속 따라다녀야 하고 관심 보여 줘야 되고 애정을 드러내 줘야 돼. 안 그럼 상대가 불안해서 도망가 버리거든. 그거 정말 아무나 못 하는 거야."

서석이는 그랬다. 녀석은 나에게 끝없는 애정을 쏟아부어 줬는데도 나는 믿지 못했다. 그래서 5년 전 그날, 정 선생님과 서현이의 관계를 알게 된 그날, 서석이의 입에서 나온 불쌍하단 말을 듣고는 녀석을 냉정하게 잘라 내 버렸다. 그럴 줄 알았다고 자신을 납득시키며 녀석을 모질게 밀쳐 냈다.

그런데도 녀석은 또다시 내게로 와서 나를 건드리고 있었다.

"그러게요. 대단하네요. 근데 그 건드려 주는 사람 잘생겼어요?"

"어. 잘생겼…… 응? 난 남자라고 말한 적 없는데?"

무심코 대답을 하다가 깜짝 놀라서 물었다.

"노쌤 광대가 말해 주던데요? 부끄부끄하다면서."

현준이의 지적에 나는 한껏 올라간 광대를 두 손으로 꾹 눌렀다. 그런데 그 광대 부근이 뜨겁다. 그래서 괜스레 현준이한테 목소리를 높였다.

"너, 너! 다음 주엔 꼭 부모님 모셔 와!"

＊ ＊ ＊

"잘 먹고 잘 살아라!"

늦은 밤 쓰레기봉투를 버리고 올라왔는데 우리 집 옆집에서 문을 쾅 닫고 나오는 여자를 보고 말았다. 그 여자는 거칠게 자신의 눈물을 닦으며 한참을 씩씩거렸다. 그러더니 잠시 후 다시 자신이 나온 집의 문을 두드렸다.

"야! 문 열어 봐, 너! 나 분이 다 안 풀려서 그래!"

내가 알기로 저 여자는 '다희'란 여자였고 그녀가 두드리는 문은 서석이의 오피스텔 문이었다. 한참 있다가 문이 열리고 목욕가운을 입은 서석이가 나왔다. 샤워를 했는지 서석이의 머리카락은

젖어 있었다. 그 순간 여자가 서석이를 향해 소리쳤다.

"문도 드럽게 빨리 연다? 그사이에 샤워했냐?"

"머리 감았어."

툭 던지듯 말하는 서석이는 여태껏 내가 보던 녀석과 많이 달랐다. 어른 남자의 분위기를 풍기던 서석이가 손으로 자신의 머리카락을 가볍게 털었다. 그사이 나는 오도 가도 못 하고 구석에서 그들을 계속 지켜보았다.

"어떻게 나한테 이럴 수가 있어? 내가 오빠 얼마나 좋아했는데!"

"미국에서 내가 처음부터 말했잖아. 난 너한테 줄 마음 따위 한국에 다 두고 왔으니까 그래도 좋으면 따라다니라고."

내 쪽에서 보이는 여자의 옆얼굴이 한껏 일그러졌다. 곧 여자가 서석이에게 소리를 버럭 질렀다.

"나쁜 자식! 아니다! 내가 나쁘다! 키스는커녕 뽀뽀도 안 해 주는 놈 좋다고 따라다닌 내가 미친 거야!"

그런 다음 여자는 홱 하고 몸을 돌렸다. 막 걸음을 떼려던 그녀가 마지막으로 서석이에게 소리쳤다.

"그놈의 깨끗하고 귀한 입술, 평생 청결하게 지키세요, 아주!"

그러나 서석이의 얼굴은 무표정하기 그지없었다. 다시 몸을 홱 돌린 여자는 나를 빠르게 스쳐 지나갔고 그사이 나는 서석이와 눈이 마주쳐 버렸다. 나를 발견한 서석이의 입술이 움직였다.

"아아. 들켰네."

아주 작게 들린 목소리에 나는 마른침을 꿀꺽 삼켰다. 곧 서석이가 옅은 미소를 지으며 말했다.

"이제 여기 오지 말라고 했더니 쟤가 아주 악담을 하고 가네요."

말을 마친 서석이는 다시 한 번 손을 들어 자신의 머리를 털었다. 그사이 나는 뚜벅뚜벅 걸어 그의 앞으로 갔다. 다가오는 나를 보며 서석이가 입을 열었다.

"전 평생 지킬 생각은 없는데."

"……."

나는 그대로 서석이를 스쳐 지나 우리 집 문손잡이를 잡았다. 그러나 손잡이를 돌리지는 못했다. 서석이의 손이 내 팔을 잡아당겼기 때문이다.

"왜 다 알면서 모른 척해요?"

"……여자한테 그렇게 상처 주는 거 아니야."

"그럼 어떻게 해요? 내가 키스하고 싶은 여자는 당신 하나뿐인데!"

그 순간 서석이가 손에 힘을 줘서 내 몸을 빙글 돌렸다. 그의 힘에 의해서 내 등이 문에 닿자 그런 내 앞을 서석이가 몸으로 막아섰다.

"여전히 이 입술은 당신 건데, 이제 어떻게 하실래요?"

다음 순간 서석이는 내 얼굴 앞으로 고개를 숙였다. 녀석의 젖은 머리카락이 내 이마를 간지럽혔다. 내 입술 위에서 서석이의 입김이 느껴질 정도로 그의 입술이 가까워지자 그가 속삭였다.

"가지실래요?"

이 녀석을 정말 어떻게 하지?

곤란하다.

정말 곤란하다.

심장이 떨린다.

18

두근.

내가 심서석 때문에 두근거리게 되다니, 정말 말도 안 되는 일이라고 생각했다. 그렇지만 내 차가운 이성과는 반대로 심장은 뜨겁게 뛰고 있었다.

"······."

순간 대답을 망설이는 내게로 서석이가 고개를 더 숙이는 느낌이 들어서 나는 얼굴을 홱 돌려 버렸다. 그 바람에 서석이의 입술은 내 볼에 닿았다. 잠시 뒤 서석이가 내 볼 위에서 속삭였다.

"전 5년 전과 변함없이 여전히 당신이 좋아요."

그리고 서석이는 천천히 고개를 들었다. 하지만 심장의 두근거림을 느껴 버린 나는 그와 눈을 마주칠 수가 없었다.

"사랑하고 있어요."

이어지는 서석이의 고백에 나는 두 손을 들어 그의 가슴을 밀어 버렸다. 머릿속이 혼란스러웠지만 애써 태연한 척 말했다.

"나 역시 5년 전이랑 똑같아. 제자였던 어린 널 받아 줄 생각이 없어. 그리고 서현이도 분명⋯⋯!"

"나만 봐 줘요. 제자였던 거나 큰누나 상관 말고 노주의한테 진심인 심서석, 나만 봐 달라고요!"

지금 이 순간 서석이의 표정은 애절하기 그지없었다. 그래서 더 마음이 아팠다.

그때 내 손끝이 미세하게 떨리는 것 같아서 두 주먹을 꽉 쥐었다. 그리고 그와 동시에 말을 뱉어 냈다.

"아니. 나는 못 해. 하기 싫어."

나는 끝내 서석이를 밀어 버리고 집으로 들어왔다.

❋ ✱ ❋

이상한 일이 벌어졌다. 어젯밤부터 계속 머릿속에선 온통 서석이의 반듯한 얼굴이 날아다녔다. 웃는 얼굴, 찡그린 얼굴, 생각에 잠긴 얼굴, 화내는 얼굴 등등.

스스로를 미쳤다고 비웃으며 정신을 차려 보려고 해도 하루 종일 그 녀석이 나를 괴롭혔다. 정신을 차리기가 너무 힘들었다.

"노쌤!"

상담실 의자에 앉아 생각에 잠겨 있던 나는 갑작스런 부름에 깜짝 놀라 어깨를 움찔 떨었다. 바로 눈을 들었더니 현준이의 굳은 얼굴이 시야에 들어왔다.

"어, 어. 왔니?"

잠시 상담실 문 앞에서 서서 자신의 뒷머리를 긁적이던 현준이

녀석이 내게로 다가오며 말했다.

"엄마 모시고 왔어요."

그 말에 나는 황급히 자리에서 일어섰다. 그리고 늘어진 머리

카락들을 양 귀에 꽂고 안경을 고쳐 쓰며 단정한 모습으로 현준

이의 어머님을 맞이했다.

"!"

그런데 현준이의 뒤로 들어오는 이는 내가 아주 잘 아는 인물

이었다. 순간 내 입이 벌어지며 그녀의 이름을 불렀다.

"심서현……?"

단발로 깔끔하게 자른 머리에 단정한 투피스룩을 차려입은 서

현이의 모습은 예전과 많이 달랐다. 그녀 역시 날 발견하고 꽤 놀

란 얼굴을 했다.

"노주의……!"

"네가 현준이 어머님……?"

현준이는 분명 '엄마'가 왔다고 말했다.

"그렇게 됐어."

대답하는 서현이의 광대가 조금 붉어졌다. 당황해서 서로 말을

잇지 못하는 우리 둘 사이로 현준이가 끼어들었다.

"두 분이 아는 사이예요?"

그러자 서현이는 고개를 돌리며 현준이를 향해 싱긋 웃어 보였

다. 그녀답지 않게 꽤 상냥한 태도였다.

"응. 고등학교 동창이야. 오랜만에 만나서 반가워서 그러는데, 현준이 넌 잠깐 나가 있을래?"

"왜요? 싫은데요?"

불량스러운 현준이의 태도에 내가 더 무안해졌다. 그래서 이번엔 내가 점잖게 녀석을 타일렀다.

"선생님이 어머님하고 나눌 얘기가 있으니까 넌 좀 나가 있어, 현준아."

"네."

방금 전과 달리 너무도 예의 바르게 대답을 한 현준이가 목례까지 하고 상담실을 나가자 서현이의 얼굴에 쓴웃음이 걸렸다.

"여기 앉아."

나는 그녀에게 자리를 안내한 다음 냉장고로 가서 캔 커피를 두 개 꺼내 왔다.

"오랜만이다."

"응. 그러네."

나는 가만히 그녀의 앞에 캔 커피를 하나 놓아주었다.

"……마셔."

"……응."

서로 캔 커피를 손에 든 채 우리는 아무 말이 없었다. 그러나 얼마 지나지 않아 우리 둘 사이에 흐르는 어색한 침묵을 서현이가 먼저 깼다.

"나 3년 전에 결혼했어. 현준인 남편하고 사별한 전부인 사이에 낳은 아들이고."

"안 물어봤는데."

"엄청 궁금해하는 얼굴이잖아, 너."

그랬나?

나는 머쓱해서 손바닥으로 볼을 슥슥 쓸었다. 그사이 나를 물 끄러미 보던 서현이가 다시 입을 열었다.

"네 말이 맞았어. 정 선생님, 좋은 남잔 아니더라. 또 금방 다른 여자에게 흔들리는 것 같아서 한 달도 못 만나고 헤어졌어. 당시 상처받은 날 위로해 준 게 회사 상사였던 지금의 남편이야. 잃고 싶지 않은 소중한 사람이지. 그래서 그 사람의 아이까지 포용하고 싶었어. 친해지는 데 시간은 좀 걸리겠지만."

얼마 전 현준이가 엄마랑은 안 친하다고 했던 게 생각이 났다. 하지만 정말 친해지고 싶지 않은 사람이었다면 나한테 '새엄마'라는 얘길 했을 거다. 그렇지만 현준이는 한 번도 그런 말을 하지 않았다.

"엄마랑 친해져 보라고 했다며?"

갑작스런 서현이의 질문에 나는 고개를 끄덕였다.

"응. 넌 줄 모르고 한 말이었지만."

"어쨌든 현준이가 담임선생님이 엄마랑 친하게 지내라고 했다는 말을 하는데 고맙더라. 물론 나도 그게 넌 줄은 몰랐지만."

나한테 서현이는 그다지 좋은 친구는 아니었지만, 그렇다고 현준이의 진심까지 모른 척할 순 없었다. 이래 봬도 난 녀석의 담임 선생님이니까. 그래서 나는 그녀에게 진심을 담아 말했다.

"나한테 새엄마라고 말을 안 한 걸 보면 현준이도 너랑 정말 가족이 될 마음은 있는 것 같아. 그러니까 현준이한테 좀 더 잘해. 사고 치는 애들은 대부분 외로운 애들이거든."

"응."

5년이란 세월이 지나 서현이랑 내가 선생님과 학부모로 만날 줄은 정말 몰랐지만 이것도 굉장한 인연이다 싶었다. 그래서 헛웃음이 났다.

"그나저나 우리도 참 질긴 인연이다."

서현이 역시 같은 생각인지 천천히 고개를 끄덕였다.

'난 정말이지 전생에 이 심남매하고 대체 무슨 인연이었던 거지?'

나한테 심남매는 꼭 늪 같다. 헤어 나올 수가 없다.

잠시 후 서현이를 보내고 상담실을 나왔는데 현준이가 복도에서 나를 기다리고 있었다. 녀석은 나를 보자마자 질문을 마구 던졌다.

"학교 다닐 때 엄마 성격 어땠어요? 지금처럼 약간 깍쟁이였나요? 성격 나빴을 것 같은데, 친군 많았어요?"

"……."

새엄마랑 사이도 안 좋다는 새아들놈한테 서현이의 성격을 어떻게 말해야 하나. 굉장히 고민스러웠다.

"대답을 못 하시는 거 보니까 엄마 성격 안 좋았구나? 그죠? 막 왕따 주도하고 친구들 괴롭히고?"

눈치도 빠른 현준이에게 나는 쓴웃음을 지어 보였다. 그렇지만 곧 마음을 다잡고 어른스럽게 말했다.

"그런 거 아니야. 그냥, 나랑은 좀 안 맞았어. 나랑 달리 성격이 참 밝았거든. 친구도 많고."

"밝아요? 하긴, 지금도 좀 그래 보여요. 우리 아빠 좀 점잖거든요."

"응. 항상 아이들의 중심에 서 있고, 당당하고, 자기 동생 끔찍이 생각하고, 잘못도 인정할 줄 알고."

나는 최대한 서현이의 좋은 점들을 쥐어짜 보았다. 딱 이 정도다. 더 이상은 없다.

"괜찮은 사람이야. 그러니까 친하게 지내, 엄마랑."

"노력해 볼게요. 아! 근데 소개팅은 언제 하실 거예요, 우리 삼촌이랑?"

교실로 돌아가려던 현준이가 몸을 빙글 돌리더니 나에게 물었다. 그래서 나는 순간 고민에 빠졌다.

"어? 아, 그거……."

"아니면 전에 말한 그 건드려 주는 사람 때문에 못 하시는 건가?"

이 녀석의 삼촌이라면 서석이가 분명하다. 그 명석한 녀석이 또 머리를 써서 나랑 소개팅 자리를 만든 모양인데, 이를 어쩌지?

받아들여, 말아?

"역시 안 하실 거죠?"

현준이는 그럴 줄 알았다는 듯 미소를 짓고는 앞으로 걸어 나갔다. 그래서 나는 녀석의 뒤통수에 대고 소리쳤다.

"아니!"

"네?"

놀란 현준이가 어깨를 틀어 나를 돌아보았다. 그사이 마른침을 꿀꺽 삼킨 나는 큰 소리로 대답했다.

"할 거야."

"할 거예요? 그럼 내일 당장 약속 잡아도 돼요?"

"어."

나는 고개를 아주 크게 끄덕였다.

그래. 그렇게까지 내가 좋다는데, 한번 만나 보자. 용기를 내 보자.

❊ ❊ ❊

이게 도대체 무슨 일인가.

"안녕하세요. 혹시, 노주의 씨?"

호텔 레스토랑에서 나를 기다리고 있던 남자는 심서석이 아니었다. 그래서 나는 순간 정신이 멍해졌다.

"아, 네. 안녕하세요."

일단 인사를 하고 자리에 앉았다. 반대편에 앉은 남자는 삼십대 후반 정도로 보였고 꽤 남자다운 외모를 지니고 있었다. 하지만 지금 나는 머릿속이 패닉 상태라 그에게 집중을 할 수가 없었다.

"저, 잠시만 화장실 좀 다녀올게요."

남자에게 양해를 구하고 호텔 로비로 나온 나는 현준이에게 전화를 걸까 하다가 심호흡을 몇 번 하고 침착하게 문자를 보냈다.

[삼촌이 심서석 씨 아니었어?]

휴대폰을 손에 쥔 채 초조하게 현준이의 답변을 기다렸다. 그런데 의외로 답장은 빨리 왔다.

[?? 노쌤, 외삼촌도 알아요? 제가 말한 건 친삼촌인데.]

오 마이 갓.
내가 어떻게 용기를 낸 건데!
심서석이 아니었다니……!
내가 실로 오랜만에 안경까지 벗고 화장까지 곱게 하고 나온 건데!
허망한 기분이 들었다. 하지만 내 곧은 성격상 이대로 돌아갈 수도 없었다.
결국 어쩔 수 없이 자리로 돌아온 나는 남자가 건네는 질문을 무시할 수 없어서 꼬박꼬박 대답을 하면서 같이 식사를 했다.
"이번 주말에 같이 영화 보실래요?"
남자의 제안에 나는 단박에 거절의 말을 보냈다.
"죄송한데, 제가 주말엔 바빠서요."
"아……. 거절당한 거네요, 저."

"죄송합니다."

"그럼 오늘 댁까지 모셔다 드리는 건 해도 되죠? 그것까지 거절하시면 저 정말 부끄럽습니다."

저렇게까지 말하는데 차마 거절할 수가 없었다. 결국 나는 끝까지 매너가 좋은 남자의 차를 타고 오피스텔로 돌아왔다. 혹시 누가 볼까 봐 도착하자마자 차에서 재빨리 내렸는데 남자도 나를 따라 차에서 내리는 게 아닌가.

"오늘 즐거웠습니다."

정말이지 지나치게 매너가 좋은 남자였다. 그런 남자에게 나는 어색하게 인사를 건네고 오피스텔 건물 안으로 들어왔다. 그런데,

"노쌤!"

"아, 깜짝이야."

오피스텔 입구에 서 있던 서석이 녀석과 정면으로 마주친 나는 화들짝 놀라 그 자리에서 굳어졌다. 밖을 주시하고 있던 눈을 나에게로 돌린 서석이가 나를 뚫어지게 쳐다보며 말했다.

"전 그렇게 냉정하게 거절하시더니 남자랑 소개팅했나 봐요? 그것도 제가 아는 얼굴이네요. 노쌤은 저 상처 주는 게 취미이신가 봐요."

"서석아, 그게 아니라……."

"어떻게 제 사돈이랑 소개팅을 하실 생각을 하세요?"

"그건, 오해가 좀 있어."

"무슨 오해요?"

"난……!"

난 넌 줄 알고 나간 거란 말이다! 그러나 이 말이 차마 입 밖으로 나오지 않았다. 도저히 용기가 안 생겼다. 그래서 그냥 다른 걸 물었다.

"근데 너 어떻게 알았어? 나 소개팅한 거."

그러자 서석이는 말없이 자신의 휴대폰 문자들을 보여 주었다.

[삼촌, 노주희 쌤이랑 친해? 노쌤이 삼촌 알더라? 암튼, 나 오늘 그 노쌤이랑 친삼촌이랑 소개팅시켜 줌. 히히.]

[죽을래?]

[왜? 왜? 왜?]

[그리고 노주희 아니고 노주의!! 이게 담임쌤 성함도 몰라?!]

[오타야, 오타!]

[노쌤이라고 하지 마. 넌 노쌤이라고 할 자격도 없어.]

"후후―"

그가 현준이와 주고받은 문자 내용이 조금 재미있어서 나는 지금 상황의 심각성을 잠시 잊은 채 웃고 말았다.

"이제 잘 알았어요."

그런데 그 순간 서석이가 눈빛을 차갑게 바꾸며 휴대폰을 아래로 내렸다. 그래서 나는 그를 멍하니 올려다보았다.

"노쌤 마음 아주 잘 알았어요."

"뭐?"

"이제 그만할게요."

뭘? 대체 뭘?

서석이는 바로 돌아섰고 나는 그를 잡지 못했다. 순간 마음이 꽉 하고 갑갑해졌다. 아파졌다.

✳ ✳ ✳

나는 아침 일찍부터 서석이의 집 앞에서 벨을 누를까 말까 고민에 빠져 있었다. 어제 그건 다 오해다, 나는 그 소개팅에 네가 나오는 줄 알고 나간 거다, 이 말을 해 주고 싶어서 온 거지만 도저히 벨을 누를 용기가 안 생겼다.

서석이의 집 앞을 서성이기를 5분, 거짓말처럼 문이 열렸다. 그리고 그곳에서 커다란 트렁크를 손에 든 서석이가 나왔다.

"사실은 나 그 소개팅…… 근데 너, 너 어디 가?"

다짜고짜 말을 뱉어 내다가 그가 들고 있는 트렁크가 너무 이상해서 물었다. 서석이는 문 앞에 서 있는 나를 빤히 쳐다보더니 툭 던지듯 대답했다.

"미국으로 돌아가려고요."

"뭐?"

순간 눈이 커졌다. 그리고 이내 당황스러운 기분에 사로잡혔다. 어딜 간다고?

"당신한테 해 볼 만큼 해 본 것 같아서요."

낮은 목소리로 서석이는 말을 이었다.

"이젠 미련 없어요."

그 순간 나는 너무 당황해서 바보 같은 질문을 던져 버렸다.

"언제 돌아올 건데?"

"잘 모르겠어요. 한 가지 확실한 건, 5년은 넘을 거라는 거. 제가 5년이란 시간이 흘렀는데도 노쌤을 못 잊었잖아요. 그러니까 이번엔 더 오래 있어야겠죠?"

말을 마친 서석이는 그대로 나를 스쳐 지나갔다. 멀어지는 녀석의 뒷모습을 바라보는데 지난날의 기억들이 파노라마처럼 스쳐 갔다.

나는 지난 5년 동안 계속 혼자는 아니었다. 나에겐 가족도 있었고 짧은 만남이었지만 남자와의 만남도 있었다. 하지만 계속 혼자인 것만 같았다. 계속 허전했다. 계속 그리웠다. 계속 후회했다.

결국 나는 두 주먹을 불끈 쥐고 달리기 시작했다. 그런 다음 엘리베이터 앞에 서 있는 서석이의 뒤에 멈춰 서서 그의 어깨를 덥석 잡았다. 곧 녀석이 몸을 빙글 돌려 나를 보자 나는 심호흡과 함께 입을 열었다.

"야, 심서석. 내가 5년 뒤면 서른일곱이다. 인간적으로 그때까지 혼자인 건 너무한 거 아니냐?"

"무슨 소린지 이해가 잘 안 되는데요."

지금 서석이는 손가락으로 귀라도 후빌 듯 태연하고도 태평한 얼굴이었다. 그래서 울컥 화가 났다.

"그러니까 난 결국 너 아니면 평생 혼자일 것 같단 말이야!"

"그러니까 그게 정확히 무슨 뜻이죠? 머리가 나빠서 이해가 잘 안 되네요."

좋은 건 머리밖에 없는 주제에!

그래서 난 좀 더 알기 쉽게 고백했다.

"그러니까 내 곁에 있어 달라고!"

"그러니까 그게 무슨 말이냐고요."

이보다 더 정확히 무슨 말이 필요하단 말인가!

"그러니까……!"

"그러니까?"

모르는 척하는 서석이가 얄밉다. 그래서 나는 두 손으로 서석이의 목을 잡아 아래로 당겼다. 그리고 내 입술을 그의 입술에 맞췄다.

"!"

입술이 닿은 순간 서석이의 몸도 내 몸도 굳어졌다. 마치 일순 시간이 멈춘 듯한 느낌이었다.

다음 순간 나는 황급히 입술을 떼고 손으로 입을 가렸다. 나도 지금 내가 한 짓이 엄청난 짓이란 걸 잘 알기 때문이다. 슬쩍 올려다본 서석이의 얼굴에 매력적인 미소가 걸렸다.

"좋아한다는 말 한 마디면 되는데, 뭘 또 이렇게까지 적극적이실까."

그건가! 그렇구나. 그렇게 간단한 방법이 있었구나.

순간 얼굴이 화악 달아오르는 느낌이 들어서 도망을 치려고 했는데 그때 서석이 놈에게 팔이 잡혀 버렸다.

"한 번만 더 해 주면 안 돼요?"

"싫엇!"

"왜 당한 나보다 한 당신이 더 부끄러워해요?"

"놔 봐!"

녀석의 손을 떼어 내려고 했는데 그 순간 서석이가 뒤에서부터 내 허리를 감싸 안아 버렸다. 드라마에서 자주 나오는 일명 '백허그'를 당하게 된 나는 어떤 행동도 취할 수가 없었다. 모든 행동을 멈춘 내 귓가로 얼굴을 내린 서석이가 속삭였다.

"고마워요. 용기 내 줘서."

"……."

"이번에도 안 잡으면 공항에서 어떻게 돌아와야 하나 고민하고 있었는데."

녀석의 달콤한 목소리에 헛웃음이 터졌다.

정말 이 녀석을 어떻게 해야 할지 모르겠다.

애틋한 마음이 들어서 나는 서석이의 손을 꼭 붙잡았다. 그리고 나도 솔직하게 고백했다.

"사실은 어제 소개팅도, 난 넌 줄 알고 나간 거야. 현준이가 삼촌이라고만 말했거든."

"아아, 그랬구나. 고마워요. 화내서 미안하고."

조그맣게 들리는 그의 목소리에 나는 작게 미소를 지었다. 그때 서석이가 내 귀에 속삭였다.

"일단 우리 집이든 당신 집이든 좀 들어갈래요?"

"어?"

그러고 보니 나는 오피스텔 복도에서 이런 엄청난 짓을 저지른 거였다.

"단둘이 있고 싶은데."

남자 목소리를 내는 서석이 때문에 얼굴이 화끈거린다. 나는 아직은 이런 게 낯설고 부끄럽다.

"나, 나 출근해야……."

"잠깐이면 돼요."

결국 서석이의 손에 이끌려 그의 집 안으로 들어온 나는 얼굴이 계속 화끈거려서 고개를 폭 숙였다. 그런데 그 순간 서석이의 두 손이 내 얼굴을 잡고 위로 들어 올렸다.

"저기, 서석아."

내 얼굴을 보는 서석이의 까만 눈동자는 마치 이글이글 타오르는 듯했다. 그 눈빛에 내가 입을 멈추자 바로 그의 입술이 다가왔다.

내 윗입술과 아랫입술에 입을 맞춘 서석이는 나의 벌어진 이 사이로 자신의 혀를 집어넣었다. 이내 서로의 혀가 맞닿았고 자연스럽게 얽혀 들었다.

그렇게 시작된 우리의 키스는 삼십 분이 넘게 이어졌다. 사람을 정신 못 차리게 하는 서석이의 키스 스킬에 나는 순간 의문이 생겼다. 그래서 잠시 후 서로의 입술이 살짝 떨어진 틈을 타 물었다.

"근데 너 내가 첫 키스인 거 맞아? 너무……."

"못하죠? 처음이라 되게 서툴죠? 그러니까 연습 좀 시켜 줘 봐요."

"아니! 잘하는데?"

"에이, 나 자존심 상할까 봐 일부러 그렇게 말해 줄 필요 없어요. 처음인데 잘할 리가 있나."

"진짜 잘하는데?"

"진짜요? 왜 잘하지? 맨날 이런 상상만 해서 그런가?"

야한 놈.

말을 하면서 서석이가 이번에는 내 뒤통수를 손으로 감쌌다. 키스가 더 깊어질 것만 같아서 나는 서둘러 녀석의 팔을 붙잡았다.

"우리, 그만하면 안 될까?"

"안 되는데요."

서석이는 제법 단호했다. 표정도 어투도 말이다.

……나 학교 가야 하는데. 그리고 솔직히 너무 부끄럽다. 그래서 나는 우리 사이의 금기어를 꺼내고 말았다.

"서현이한테 우리 사이 얘기할 거야?"

당연히 분위기가 무거워질 거라 생각했는데 서석이는 오히려 나를 향해 씨익 웃었다.

"네. 조만간 할 거예요."

"반대 만만치 않을 거야."

"알아요. 상관없어요."

어깨를 으쓱하는 서석이에게서 몸을 떼고 머리를 단정하게 쓸어내리는데 서석이가 베란다를 힐끔 쳐다보더니 말했다.

"이제 막 하루가 시작된 환한 아침이긴 한데, 좀 더 심하게 야한 짓 할래요?"

"미쳤구만!"

역시 어리다! 혈기가 아주 왕성하다!

당황한 나는 뒤로 뒷걸음질을 치기 시작했다. 그런 내 팔을 덥석 잡은 서석이가 나를 유혹했다.

"왜요? 부끄러워요? 그럼 당신은 그냥 눈만 딱 감고 있어요. 나머진 내가 다 알아서 하……."

"하긴 뭘 해? 나 출근해야 돼!"

화끈거리는 얼굴로 완강하게 거부했더니 그제야 서석이가 내 팔을 놓았다. 기분 상했나 싶었는데 다행히 그의 표정은 싱글벙글이었다.

"알았어요. 그럼 이따 퇴근 시간에 학교 앞으로 갈게요."

서석이는 나를 향해 상큼하게도 웃으며 말했다.

"데이트해요."

이제야 내가 저지른 일이 실감 난다.

그렇다. 난 이제 일곱 살 어린 남친이 생긴 것이다.

19

정말 내 퇴근 시간에 맞춰 학교 앞 사거리에서 날 기다리고 있는 서석이를 멀리서 발견했다. 흰 셔츠에 파란색 카디건을 걸친 녀석은 청바지 주머니에 한 손을 찔러 넣은 채 얼굴 가득 미소를 짓고 있었다. 아직 날 발견 못 한 서석이의 앞으로 성큼성큼 다가간 나는 녀석의 눈앞으로 얼굴을 불쑥 들이밀었다.

"왜 길거리에서 실실 웃어?"

순간 서석이가 눈을 크게 뜨더니 이내 다시 미소를 지었다.

"좋아서요."

"길거리에서 혼자 실실 웃는 사람만큼 무서운 건 없다고!"

학생들의 눈이 신경 쓰여서 툴툴거리는 내게 서석이는 자신의 손바닥을 내밀었다. 그래서 그걸 물끄러미 쳐다보다가 물었다.

"왜?"

"잡아 달라고요. 내가 설마 하이파이브 하자고 내민 거겠어요?"

녀석의 얼굴을 올려다보면서 나는 천천히 내 손을 들어 올렸다. 그리고 그것을 세게 내려쳐서 하이파이브를 했다.

"학교 앞이야. 스킨십은 안 돼."

그런 다음 쿨하게 앞으로 걸어가는데 서석이가 따라오는 느낌이 안 들었다. 그래서 몸을 빙글 돌려 녀석을 보았다. 그랬더니 서석이는 아까 그 자리에 꼼짝도 않고 선 채 나를 쳐다보고 있었다. 곧 녀석의 입술이 열렸다.

"노쌤의 사랑을 못 믿겠어요."

"뭐?"

황당했다. 그래서 빠르게 물었다.

"왜 못 믿어?"

나는 다시 걸음을 옮겨 서석이의 앞으로 갔다. 심각해진 표정의 서석이가 한숨을 푹 내쉬면서 말했다.

"오랫동안 계속 나 혼자만 좋아하고 있었으니까요. 솔직히 사귀게 된 지금도 난 많이 불안해요."

"내가 먼저 너한테 키스했잖아. 그래도 불안해?"

"부끄러워서 그런다는 거 아는데, 그래도 계속 밀어내고 툴툴거리고 그러니까 김빠지고 그래요. 솔직히 노쌤의 마음이 잘 안 보여요."

진지한 서석이의 말에 나는 좀 많이 당황하고 말았다. 입술도 조금 마르는 것 같아서 난 혀로 입술을 축이며 말했다.

"그런 거 아닌데. 그런 거 아니야."

"그럼 보여 줘요."

"뭘?"

그 순간 서석이가 검지를 들더니 자신의 입술을 톡톡 건드렸다. 그걸 보자마자 심장이 막 두근거렸다.

"여, 여기서?"

황급히 주변을 두리번거려 보았는데, 역시 대로변이라 사람들이 많았다. 게다가 우리 학교 교복을 입은 학생들도 더러 보였다.

"네. 여기서."

"사람들 많은데……?"

"이런 데서 한번 해 보고 싶었어요."

내가 키스하기 편하도록 허리까지 살짝 굽혀 주는 센스 넘치는 서석이 때문에 말문이 턱 막혔다. 지금 그의 얼굴이 내 얼굴 바로 앞에 있다.

"빨리요."

"저기, 저 골목에서 해 줄게."

나는 서석이의 팔을 잡으며 그를 골목길로 데려가려고 했지만 서석이는 꼼짝도 하지 않았다.

"역시 노쌤의 사랑은 그 정도군요."

아닌데. 그건 아닌데.

그렇다고 많은 사람들이 지나다니는 이곳에서, 공공장소에서 키스라니! 내 올곧은 성격상 있을 수 없는 일이었다. 그래서 나는 차선책을 찾아냈다.

"그래! 차라리 손잡자!"

"손이요?"

서석이의 눈이 동그래지더니 이내 흥미롭다는 표정을 지었다. 그래서 나는 진지하게 말했다.

"너, 내가 학교 앞에서 남자랑 손잡는다는 건 무슨 의민 줄 알아? 교내에 어떤 소문이 퍼져도 받아들일 각오가 되어 있다는 거야. 자, 이제 내 마음이 보여?"

"네. 명확하게요."

나는 서석이에게 내 손을 내밀었다. 곧 서석이의 큰 손이 내 손을 감쌌고 우리는 제법 연인처럼 거리를 걸었다.

그런데…….

방금 지나간 어떤 젊은 여자가 우리를 쳐다봤다. 그러고 보니 바로 전에 우릴 스쳐 간 남자도 서석이와 나를 뚫어지게 봤었다. 방금 아줌마도.

뭐지?

우리 커플 뭔가 이상한가?

"나 자꾸 시선을 느끼는데."

결국 내 입에서 의문을 담은 말이 튀어나왔다. 그러나 서석이는 전혀 개의치 않는 모습이었다.

"아, 그건 어쩔 수 없을 거예요. 내가 워낙 시선을 몰고 다니거든요."

"그런 자뻑 멘트로 웃어넘길 상황은 아닌 것 같아."

'호, 혹시……?'

난 지금 좀 마음이 복잡하다. 나이 차가 나는 우리 커플을 보는 사람들의 시선이 신경 쓰이기 시작했던 것이다.

내가 혹시 너무 나이 들어 보이나?

서석이 이모처럼 보이면 어떡하지? 초조한데.

"신경 쓰지 말아요."

서석이는 대수롭지 않다는 듯 말했지만 나는 절대 그럴 수가 없었다. 계속 신경이 쓰였다.

"차 가져왔어요. 일단 타요."

도로변에 주차해 놓은 자신의 차로 서석이가 나를 안내했다. 차에 타서도 나는 남들이 보는 우리 커플이 신경 쓰였다. 그래서 계속 생각에 잠겨 있는데 그사이 서석이의 차는 부드럽게 출발했다.

"무슨 생각 해요?"

내가 말없이 있는 것이 마음에 걸렸는지 서석이가 내게 말을 걸었다. 그래서 나는 솔직하게 말했다.

"혹시 우리 커플, 나이 차이가 많이 나 보이나?"

"아까 사람들이 좀 쳐다본 것 때문에 그러는 거예요? 그냥 선남선녀라서 쳐다본 걸 거예요."

"아니야. 내가 너무 나이 들어 보이나 봐. 넌 어린데."

"아니라니까요."

그때 신호에 걸린 서석이의 차가 멈춰 섰다.

"아니야. 아무래도 맞는 것 같아. 내가 너무……!"

여기까지 말했는데 갑자기 안전벨트를 푼 서석이가 내게로 상체를 뻗어 입술에 키스를 쪽 했다. 그리고 곧바로 다시 자기의 자리로 돌아가 안전벨트를 맸다. 마치 아무 일 없었다는 듯이.

"야, 심서석!"

나는 손으로 입가를 가리며 부끄러워했다. 얼굴이 뜨겁다. 쟤는 참 부끄러운 짓을 참 잘도 한다.

그때 서석이가 내게 윙크를 찡긋 날리며 말했다.

"내 눈엔 넘치게 예쁘니까 제발 그런 이상한 생각 좀 하지 말아요."

* * *

그날의 데이트 이후로 나는 아주 큰 결심을 했다. 그 편한 바지들을 착착 접어 장롱 구석에 집어넣어 버렸고 대신 미니스커트를 대거 사들였다. 그리고 넣을 때마다 눈이 아파서 포기했던 렌즈도 소프트한 걸로 다시 샀다.

그렇다. 나는 지금 어려 보이려고 노력 중인 것이다.

렌즈를 끼고 아이라이너로 눈매를 부각시키자 눈이 제법 커 보였다. 매일 대충 비비크림만 바르던 화장도 오늘은 기초화장부터 메이크업베이스, 파우더까지 완벽하게 해 낸 후 마지막으로 무릎 위로 훌쩍 올라오는 미니스커트를 입었다.

"노쌤 미쳤어요?"

비록 학교에서는 학생들에게 엄청난 주목을 받고 현준이한테는 저 소리까지 들어 버렸지만 나는 상관없었다.

나는 오직 오늘 서석이와의 데이트에서는 사람들의 시선을 덜 받는 것, 그것이 더 중요했다.

약속 장소로 택한 광장엔 사람들이 굉장히 많았다. 하지만 나는 오늘 내 모습에 자신감을 가지고 있었기 때문에 떳떳하게 서석이를 향해 걸어갔다.

귀에 이어폰을 꽂고 노래를 듣고 있는 서석이의 앞으로 뚜벅뚜벅 걸어가는 사이 서석이가 고개를 슥 들었다. 그리고 나와 눈이 마주쳤다.

"!"

그런데 이내 그 시선은 무심히 돌아갔다. 그래서 나는 황급히 팔을 들어 붕붕 흔들어 보았다. 그제야 서석이의 시선이 다시 내게로 돌아왔다. 귀에서 이어폰을 빼는 그의 두 눈이 동그랗다.

"노쌤? 노쌤 맞구나! 노쌤 미쳤어요?"

"네 조카랑 똑같은 소리 하지 말아 줄래?"

나는 당당하게 걸어가서 서석이의 앞에 섰다. 그러자 서석이는 여전히 충격을 받은 듯한 표정으로 내 치마를 가리켰다.

"그 치마 뭐예요?"

"예쁘지?"

"당장 벗어요."

그러나 나는 서석이의 말을 들은 척도 안 했다. 꼿꼿이 버텼다. 그런데 내가 싫다고 거부하는데도 서석이는 자꾸 내 옷을 갈아입히려고 했다.

"이 근처에 백화점 있거든요. 거기로 가요, 지금."

"싫다니까."

"안 그럼 그냥 집으로 돌아갈 거예요."

단호한 서석이의 태도에 나는 순간 서운함을 느꼈다. 내가 대체 누구 때문에 이러는 건데. 잠시 후 나는 울컥 치민 화를 억누르며 나직하게 말했다.

"너 진짜 왜 그래? 나 지금 노력하고 있는 거 안 보여?"

"그러니까 안 해도 된다고요, 그 어려 보이려는 노력."

"야, 너랑 나랑 나이 차가 몇 살인 줄 알아? 자그마치……."

"내가 신경 안 쓴다잖아요."

결국 나는 목소리를 높이고 말았다.

"난 쓰여!"

"나는 그 치마 길이가 더 신경 쓰이거든요?"

서로의 날 선 시선이 공중에서 맞부딪쳤다. 지지 않겠다는 듯 서로를 노려보고 있던 그때 서석이가 입가를 실룩거리면서 말했다.

"얼른 갈아입고 와요. 확 벗겨 버리기 전에."

"어머, 어머, 어머."

내가 왜 저런 어린 변태를 좋아하게 돼 가지고……!

"너 지금 선생님한테 무슨 말버릇이야?"

"내가 지금 선생님한테 말했어요? 내 애인한테 말한 거지."

"그래도 내가 너보다 한참 누난데……!"

"야, 노주의."

순간적으로 낮게 들린 서석이의 목소리에 나는 일순 숨조차 멈춘 채 그를 올려다보았다. 이내 그의 입술이 다시 열렸다.

"선생님이니 누나니 그딴 말 한 번만 더 하면 오늘 밤 내 침대에서 자게 될 거야, 너."

심장이 쿵쾅쿵쾅 요란하게 뛰었다.

"어머머, 내, 내가 왜 우리 집 튼튼한 침대 놔두고 네 침대에서 자?"

나는 바로 마른침을 꿀꺽 삼키고 반박했다. 그런 나를 내려다보는 서석이의 입가에 서늘한 미소가 걸렸다.

"그 이유가 궁금하면 한 번 더 말해 보시든지요."

참나, 누가 못 할 줄 알고? 그까짓 거 한번 말해 봐?

"서, 선, 슨생님, 아니, 누, 눈누난나."

에이, 못 하겠다.

오늘 밤 나 진짜 저 녀석 침대에서 자면 어떻게 해? 난 원래 남의 침대에선 한숨도 못 잔단 말이다!

"내가 원래 내 침대가 아니면 잠을 못 자서 물러서는 거야, 지금."

"네 침대, 내 침대가 중요한 게 아니었는데, 핵심을 잘 모르시네."

"내가 국어 선생님인데 설마 핵심을 모를까 봐?"

"네. 그 설마가 사람 잡았네요. 지금은 일단 백화점으로 가요."

서석이가 내 팔을 잡아끌면서 백화점 쪽으로 걸음을 옮겼다.

어쩔 수 없이 그를 따라가는 내 시야로 서석이의 넓은 등이 들어왔다.

짜, 짜식. 언제 저렇게 내 완벽한 이상형이 된 거지? 저 드넓은 어깨와 등. 마치 태평양을 연상시킨다.

내가 그의 등을 보면서 감탄하고 있던 그때 서석이가 나를 돌아보면서 진지한 표정으로 말했다.

"치마는 무릎 덮는 길이로만 입을 수 있어요."

"넌 젊은 애가 되게 올드한 생각을 가졌다?"

내 말에 순간 서석이는 헛웃음을 터뜨렸다. 다시 걸음을 옮겨 백화점 입구에 도착한 서석이가 나를 돌아보며 말했다.

"정말 올드한 게 뭔지 보여 드려요? 치마 끝자락으로 복숭아뼈 감싸 보실래요? 한여름에도 목폴라티 입어 보실래요?"

"그러는 너도 한여름에 패딩 입어 볼래? 한겨울에 모시옷 입어 볼 테야?"

"그건 그냥 이지메잖아요. 난 애정이 담긴 집착이고."

"흥."

그거나 그거나. 나한텐 똑같이 느껴진다.

"하여튼 귀엽기는."

웃음을 터뜨린 서석이가 손을 뻗어 내 볼을 꾹 잡아당겼다.

"나도 꼬집을 거야."

나도 질 수 없다는 생각에 서석이의 얼굴로 손을 뻗었는데, 녀석이 비겁하게 고개를 뒤로 젖히는 바람에 못 꼬집었다. 그 뒤로도 몇 번을 더 시도했는데 팔이 짧아서 번번이 실패했다. 그때 내 뒤를 지나가던 사람이 내 등을 밀었고 그 순간 내 몸이 서석이 쪽으로 기울어졌다.

"엇!"

서석이는 넘어지는 나를 순발력 있게 품에 안았다. 그러면서 장난스럽게 말했다.

"에이, 포옹하고 싶다면 그렇다고 말을 하시지. 뭘 또 그렇게 드라마틱하게 안겨요?"

"그런 거 아니거든? 놔 봐."

"싫은데요."

나를 두 팔로 꽉 껴안은 서석이가 내 볼에 뽀뽀를 쪽 했다. 그런 거 하지 말라고 사람들 많다고 애교스럽게 버둥거리던 그때 날 선 목소리가 우리 둘 사이로 파고들었다.

"야, 심서석!"

그 순간 우리 둘의 고개가 동시에 돌아갔다. 그리고 보았다. 그녀를.

"심서현?"

"큰누나!"

백화점에서 막 나온 듯한 서현이가 우리 둘을 향해 살벌한 눈빛을 보내고 있었다.

"너희 지금 뭐하는 거야?"

심장이 쿵 내려앉는 느낌이 들었다.

"뭐하는 거냐고, 둘이?"

성큼성큼 다가온 서현이가 앙칼지게 물었다. 무슨 대답을 어떻게 해야 하나 망설이는 내 옆에서 서석이가 그녀를 향해 입을 열었다.

"보면 몰라? 뽀뽀했는데."

그의 대답이 끝남과 동시에 나는 두 눈을 질끈 감았다 떴고 서현이는 나를 노려보기 시작했다. 드디어 일이 터졌다.

"일단, 어디 좀 들어가자."

서현이의 제안으로 우리 셋은 근처 한산해 보이는 카페로 들어갔다. 다소 긴장감이 흐르는 분위기였기에 나는 조용히 앉아 상황을 지켜보았다. 우리 셋 사이에 길지 않은 침묵이 흐른 후 서석이가 먼저 자신의 누나를 향해 말했다.

"우리 곧 결혼할 거야."

"뭐? 결혼?"

"뭐? 결혼?"

서현이도 놀랐지만 나도 놀랐다. 갑자기 무슨 결혼? 눈을 크게 뜬 채 고개를 돌려 서석이를 쳐다보았다. 하지만 그는 나를 돌아보지도 않고 자신의 누나에게 말했다.

"내년이면 우리 노쌤 나이가 서른셋이야. 결혼해야지."

"못 들은 걸로 할게."

"누나."

서현이가 단호하게 고개를 젓자 서석이의 표정이 굳어졌다. 그런 그의 옆얼굴을 주시하고 있는데 얼마 지나지 않아 서석이가 다시 입을 열었다.

"내가 진짜 이런 말까진 안 하려고 했는데, 누나도 부모님이 반대하는 결혼했잖아. 근데 난 그때 누나랑 매형을 엄청 지지했어. 알지? 기억하지?"

이번엔 서현이의 표정이 딱딱하게 굳어졌다. 하지만 이내 그녀는 눈을 가늘게 뜨더니 서석이를 노려보기 시작했다.

"너 설마, 이런 날이 올 줄 알고 그때 날 도와줬던 거야?"

"에이, 말이 되는 소릴 해. 내가 아무리 머리가 좋아도 그런 계산까진 무리지."

"아니라고?"

"절대 아니지. 누나 말대로라면 나는 정말 계산, 계략, 선견지명까지 다 되는 놈이라는 건데, 그게 말이나 돼?"

아니. 심서석이라면, 이 녀석이라면 가능하다! 나는 그가 계획적으로 이 상황까지 노리고 서현이의 결혼에도 힘을 실어 준 거란 확신이 강하게 들었다. 보통 머리 좋은 놈이 아니란 말이다.

"난 그런 대단한 놈이 아니야."

서석이는 능청스럽게 웃어넘겼지만 나는 녀석이 정말 그런 말도 안 되는 놈일지도 모른다는 생각을 지울 수가 없었다.

"어쨌든, 둘은 안 돼. 헤어져."

그러나 서현이의 태도는 확고했고 완강했다. 예상했던 일이지만 힘이 빠지는 건 어쩔 수 없다.

"싫은데."

하지만 서석이 역시 만만치는 않았다. 누나를 쳐다보면서 양팔을 교차시켜 팔짱을 낀 서석이가 서늘한 눈빛으로 말했다.

"내가 아직도 누나 말 한마디에 동동거리면서 하란 대로 할 고등학생으로 보여?"

제법 살벌한 분위기 속에서 나는 속이 타들어 갔다. 그래서 눈앞에 있는 냉커피를 입으로 가져왔다. 그사이 서석이에게서 시선을 뗀 서현이가 나를 보며 물었다.

"노주의, 너 얘한테 대체 무슨 짓을 한 거야?"

순간 놀라 컵을 손에 든 채 되물었다.

"내가 뭘?"

"대체 무슨 짓을 했기에 그렇게 순진하고 착하고 누나밖에 모르던 애가 이렇게 살벌하게 변했는데?"

순진하고 착해? 대체 누가? 심서석이? 도대체 언제부터 언제까지? 태어날 때 '응애' 하고 울었던 그 5초 동안만 착하고 순진했을 것 같은 네 동생 심서석을 말하는 거야, 너 지금?

어렸을 때도, 그리고 지금도 나를 가지고 노는 서석이의 실체를 친누나도 잘 모르는 것 같아서 나는 쓴웃음이 났다.

"네 말을 도저히 이해 못 하겠다, 난."

지금껏 내가 지켜본 심서석은 착하고 순진한 애하고는 거리가 멀었다. 영악하고 능수능란하며 머리가 좋았다. 지금처럼 말이다.

"엄마! 삼촌! 어? 노쌤도?"

갑작스런 목소리에 우리 셋의 고개가 그쪽으로 돌아갔다. 나는 나를 '노쌤'이라고 부른 시점에서 그 목소리의 주인공이 누구인지를 알았지만 말이다.

"현준아!"

교복을 입고 있는 현준이를 발견한 서현이가 자리에서 벌떡 일어섰다. 아직도 그녀는 현준이에게 조금 긴장을 하는 듯 보였다.

"네가 여기 웬일이야?"

그러자 현준이는 서석이를 쳐다보았다.

"삼촌이 불렀는데요?"

"누나 혼자 돌아가기 적적할까 봐 내가 귀여운 조카를 불렀지."

기다렸다는 듯 서석이가 부드러운 목소리로 말했고 서현이는 그를 돌아보며 어색한 미소를 지었다.

"아, 그랬구나. 잘했어."

와, 역시 심서석. 늘 남들보다 한 수 위에 있다.

우리가 있는 테이블로 다가온 현준이가 우리 셋을 번갈아 쳐다보자 서석이가 녀석에게 말했다.

"인사해. 네 예비 외숙모."

나를 향해 곧게 뻗어 온 서석이의 손을 본 나는 얼른 서현이와 현준이의 눈치를 보았다. 현준이는 연신 '대박'을 외쳐 댔고 서현이는 머리가 지끈거리는지 손으로 이마를 짚었다.

"야, 너……!"

서현이가 서석이에게 소리를 치려는 순간 현준이가 그녀를 쳐다보았고 그 때문에 서현이는 입을 딱 멈추었다.

"후우……."

아들 앞에서 화를 낼 순 없다고 판단했는지 서현이는 길게 한숨을 내쉰 후 자신의 가방을 챙겨 들었다.

"너 잠깐 따라 나와, 심서석. 그리고 현준이 넌 여기 잠깐만 있어."

서현이가 서석이를 데리고 나가자 현준이는 얼른 내 옆으로 와서 앉았다. 그러고는 내 얼굴을 신기하다는 듯이 뚫어지게 쳐다보았다. 그런 녀석을 묵묵히 지켜보고 있는데 녀석이 갑자기 내게 엄지를 치켜세우며 소리쳤다.

"노쌤, 진짜 대박!"

"나도 알아."

"노쌤이 우리 외삼촌이랑 사귀는 사이였을 줄이야! 나 진짜 깜짝 놀랐어요!"

"나도 그래."

참고로 난 아직도 조금 놀라 있는 상태.

"그 건드려 주는 사람이 우리 외삼촌인 거죠? 맞죠?"

신이 나서 묻는 현준이에게 나는 대답 대신 피식 웃어 주었다. 현준이는 지금 상황이 무척 재미있는 듯 보였다.

"우리 외삼촌 진짜 인기 쩌는데! 어떻게 꼬셨어요?"

"나도 그게 의문이야."

평생 풀리지 않을 의문.

"결혼까지 하실 거예요?"

현준이의 질문은 계속되었고 나는 담백하게 대답했다.

"못 해."

"왜요?"

"네 어머니가 완강하게 반대하고 계시잖니."

속이 상하고 답답해서 냉커피를 쭉 들이켰다. 얼음이 다 녹아서 맛이 밍밍하다. 꼭 지금 내 기분처럼.

"왜요? 노쌤 진짜 좋은 사람인데."

"정말 그렇게 생각해?"

현준이의 칭찬에 나는 조금 기분이 좋아졌다.

"네. 얼굴도 예쁘고 성격도 쿨하고 불량학생인 나도 가끔 건드려 주고."

"……그거 너희 어머님께 어필 좀 해 줄래?"

현준이가 서현이에게 제법 힘을 써 줄 것 같았기 때문에 은근슬쩍 흑심을 담은 부탁을 했다. 그런데 그때였다.

"노쌤도 나랑 꼭 결혼하고 싶군요?"

아, 깜짝이야.

뒤에서 들려온 서석이의 목소리에 나는 어깨를 움찔 떨며 고개를 돌렸다. 그곳엔 서현이와 이야기를 마친 듯 서석이가 혼자 서 있었다.

"엇? 삼촌!"

자리에서 일어선 현준이가 서석이의 앞으로 다가가며 물었다.

"엄마는?"

"카페 밖에서 너 기다리고 있어. 가서 맛있는 거 사 달라고 해."

그러면서 서석이는 제법 어른처럼 현준이의 머리를 쓰다듬어 주었다.

현준이를 보내고 내 반대편에 앉은 서석이가 내가 마시던 냉커피를 자신의 앞으로 가져갔다. 그래서 나는 급히 손을 뻗었다.

"그거 내가 마시던 거야."

"그래서 마시는 건데요?"

내 컵에 입을 대고 마시는 서석이를 지그시 쳐다보았다. 솔직히 나는 지금 그에게 불만이 있다. 그래서 볼멘소리가 절로 나왔다.

"마시지 마. 밍밍해. 맛없어."

그러나 서석이는 내 말을 듣지 않고 계속 커피를 마셨다. 그래서 나는 더욱 목소리를 높였다.

"마시지 말라고. 하여튼 사람 말 드럽게 안 들어."

그제야 서석이의 눈빛이 조금 달라졌다. 그가 나를 빤히 보면서 컵을 내려놓았다. 그런 다음 천천히 물었다.

"혹시 화났어요?"

참아 보려고 했지만 역시 짚고 넘어가는 게 좋을 것 같았다. 그래서 제법 강한 어조로 그에게 말했다.

"왜 네 맘대로 결혼 이야기 꺼냈어?"

아까 서석이의 입에서 나온 결혼 이야기가 나는 그다지 마음에 들지 않았었다.

"왜요? 그럼 노쌤 나랑 결혼 안 할 거예요? 내년에 서른셋인데?"

"난 서른셋이지만 너는 겨우 스물여섯이야. 너랑 결혼까지 생각하는 건 너무 부담스러워."

아니. 분명 나보다 서석이가 더 부담스러울 거다. 한창 좋을 이십 대 중반. 나랑 결혼해서 서석이의 인생이 이상한 방향으로 틀어지는 건 아닌지 그냥 제자리에 머무는 건 아닌지 너무 마음이 쓰였다.

잠시 후 서석이가 의자 등에 등을 기대며 나직하게 말했다.

"나도 그 정도까지 말해야 누나가 받아 줄 것 같아서 그냥 해본 말이에요. 너무 신경 쓰지 마세요."

결혼이 그냥 해 본 말이라고?

내가 먼저 부담스럽다고 해 놓고 막상 서석이가 그냥 해 본 말이라고 하니까 왜 이렇게 섭섭한 마음이 드는 건지 모르겠다. 역시 나는 정말 이기적인 인간이다.

"그래. 그럴 줄 알았어. 그럼 그렇지. 넌 아직 팔팔한 이십 대니까. 내가 부담스러울 거야. 그치?"

내 말에 서석이는 정색을 하며 대꾸했다.

"무슨 소리예요? 방금 전까지 부담스럽다고 한 게 누군데?"

"솔직히 우리가 결혼하면 나보다 네가 더 손해 볼 것 같지? 여자애들도 더는 자유롭게 못 만날 테고……!"

"그러는 노쌤이야말로 어린 저랑 결혼해서 생활이 불안정해질까 봐 걱정하는 건 아니고요?"

"하긴, 한창 좋을 나이에 나한테만 묶이는 게 답답하겠지."

"노쌤 정도면 좀 더 능력 있고 직업 좋은 남자 만날 수 있을 테니, 나 정도론 불안하신 거겠죠."

서로의 날카로운 눈빛이 공중에서 부딪혀 팽팽한 긴장감이 돌았다. 그 순간 나는 화를 참지 못하고 내 페이스를 잃은 채 말했다.

"날 정 선생님 같은 사람처럼 말하지 마."

"당신이야말로 날 여자에 환장한 놈으로 만들지 말아요."

우리는 지지 않겠다는 듯 서로를 노려보았다. 결국 순간적으로 화가 치민 내가 먼저 자리에서 벌떡 일어섰다.

"됐다. 우리가 무슨 결혼이야?"

"맞아요. 우리가 무슨 결혼이에요?"

나쁜 자식.

상노무 시키.

카페를 빠져나온 나는 씩씩거리며 거리를 걸었다. 그런 내 뒤를 서석이가 따라오는 듯한 느낌이 들어서 나는 더욱 빨리 걸었다. 그런데 잠시 후 이상하게 뒤가 허전했다. 아무래도 서석이가 더는 안 따라오는 것 같았다. 그래서 나는 천천히 몸을 돌려보았다.

"!"

'뭐야?'

서석이는 나랑 조금 떨어진 거리에서 어떤 젊은 여자에게 팔이 붙잡혀 있었다. 그 여자는 자신의 휴대폰을 서석이의 앞으로 내밀며 뭔가를 말하고 있었다. 순간적으로 눈썹을 구겼는데 그때 서석이와 눈이 마주쳤다. 그리고 그와 동시에 서석이의 입술이 열렸다.

"여보!"

여보? 설마 나……?

"나 이 여자한테 번호 줘도 돼, 여보?"

들려온 서석이의 목소리에 화가 난 나는 그들의 앞으로 성큼성큼 걸어갔다. 그리고 서석이를 향해 서늘하게 말했다.

"미쳤니?"

그런 다음 서석이의 팔을 잡고 있는 여자에게 차가운 목소리를
보냈다.

"이봐요. 그 남자 제 남편이거든요?"

결국 여자는 내 눈치를 보며 서둘러 가 버렸고 서석이는 나를
향해 만족스럽다는 미소를 지어 보였다.

"우리가 무슨 결혼이냐면서요? 그런 분이 남편 소리는 참 잘
나오시네요."

"그러는 너야말로 여보 소리가 참 찰지더라. 난 순간적으로 내
가 진짜 결혼한 줄 알았어."

그렇게 우리는 길거리를 나란히 걸으면서도 계속 티격태격했다.

"근데 노쌤 그냥 갔으면 진짜 번호 줬을지도 몰라요."

"죽을래?"

"왜요? 나 딴 여자 만나면 죽일 거예요?"

"당연하지. 딴 여자 만나면 죽여 버릴 거야. 네 그 입술 더럽혀
도 내 손에 죽어."

"그럼 내가 당신 손에 죽을 일은 없겠네요."

그런데 이렇게 티격태격 싸우는 순간에도 나는 정말 연애를 하
는 것 같았다. 싸우는데도 정말 진정한 사랑을 하는 듯한 이상한
기분이었다. 이게 진짜 사랑인가 싶어서 신기하기도 했다.

나이 서른둘에 나는 사랑을 알게 된 것이다.

2o

"저 엊그제 처음으로 엄마랑 긴 대화를 나눴어요."

수업을 마치고 교실을 나온 나를 현준이가 따라 나왔다. 그래서 슬쩍 돌아봤더니 녀석이 대뜸 이렇게 말했다. 나를 보는 현준이의 얼굴이 무척 밝아 보여서 나는 저절로 웃음이 났다.

"정말?"

"네. 다 노쌤 덕분이에요."

"잘됐네."

싱긋 웃어 주고는 다시 고개를 돌려 앞으로 걸어갔다. 그런 나를 따라오며 현준이가 밝은 목소리로 말했다.

"막상 얘기해 보니까 의외로 말이 좀 통하더라구요, 엄마랑."

"그래. 앞으로도 그렇게 노력해."

"그때 제가 엄마한테 노쌤 좋은 사람이라고 막 어필했거든요?"

"그래? 착하네."

나는 손을 뻗어 현준이의 머리를 쓰다듬어 주었다. 그리고 다시 걸어가려는데 현준이가 짐짓 표정을 심각하게 바꾸더니 입을 열었다.

"근데, 그때 울 엄마가 뭐랬는 줄 알아요? 좀 충격적이었어요."

떼려던 발걸음을 딱 멈춘 나는 현준이의 앞으로 팔짱을 끼고 섰다. 그런 다음 진지하게 되물었다.

"왜? 너 닥치래?"

"에이, 설마 우리 엄마가 사랑하는 아들내미한테 닥치라고 했겠어요?"

예전 심서현이라면 가능하다. 물론, 지금의 그녀는 예전의 심서현이 아니긴 하지만 말이다.

그때 현준이가 얼굴 가득 미소를 띠우며 답을 알려 주었다.

"자기도 알고 있대요."

"뭐?"

순간 현준이의 말이 쉽게 이해가 되지 않아 나는 고개를 갸웃했다. 그런 나를 보고 현준이가 설명을 덧붙였다.

"노쌤이 좋은 사람인 거 자기도 안대요."

"아…… 그래?"

그녀의 반응은 꽤 의외였다. 나를 좋은 사람이라고 생각하고 있을 줄은 정말 몰랐다. 괜스레 가슴속에서 뜨거운 무언가가 올라오는 것만 같았다. 뭉클했다.

그때 주머니에서 휴대폰 진동이 짧게 울렸고 나는 바로 그것을 꺼내 들었다. 확인해 보니 서석이한테서 문자가 하나 와 있었다.

[쭘스러워 보일까 봐 내가 이런 얘기는 안 하려고 했는데, 현준이한테 너무 잘해 주지 말아요. 그 녀석 나랑 닮아서 노쌤을 좋아한단 말이에요.]

풋— 하고 웃음을 터뜨린 나는 곧바로 녀석에게 답장을 보냈다.

[무슨 막장드라마 같은 소리야?]
[진짜예요. 나랑 꼭 닮아서 노쌤을 가족 만들고 싶어 하거든요.]

곧이어 도착한 서석이의 답장에 나는 미소를 띤 채 현준이를 돌아보았다. 그리고 막 교실로 돌아가려는 녀석의 팔을 잡으며 빠르게 물었다.

"너는 내가 네 외숙모 되는 거 좋아?"

"네."

쌍꺼풀 없이 동그란 눈을 깜박이던 현준이 녀석은 별 고민도 않고 냉큼 대답을 했다. 그게 재미있어서 나는 또 웃음이 났다.

"왜? 난 별로 착하지도 않은데."

"그게 좋아요. 착한 척 안 해서요. 차갑게 구는데 그 속에서 따뜻함이 느껴지거든요. 그건 분명 그 사람 자체가 따뜻한 거라고 올 엄마가 그랬어요."

현준이의 말에 나는 주책없이 눈물이 날 뻔했다.

정말 내가 따뜻한 사람인지는 나도 잘 모르겠다. 그렇지만 그
렇게 느낀 사람들이 있다는 건 내가 정말 그런 사람일지도 모른
다는 기대감을 갖게 한다.

✳ ✳ ✳

"어? 국어쌤 아니세요?"

맞다. 나는 국어쌤이다.

그런데 도로 한복판에서 저렇게까지 날 반갑게 알은척하는 이
는 정말 드물었다. 나는 바로 고개를 돌려 날 부른 남자의 얼굴을
확인했다.

"어머, 희준아!"

김희준이었다. 체육복 바지에 늘 이름 크게 써 놓고 다니던 녀
석. 전교 1등이었는데 서석이 때문에 국어만 늘 2등 하던 녀석.
서석이가 이 녀석 체육복 바지를 훔쳐다 준…… 아니, 가져다준
일도 있었는데.

"이런 데서 뵙네요. 정말 반가워요, 선생님."

퇴근을 하고 집으로 돌아가는 길에 만나게 된 우연은 날 꽤 기
분 좋게 만들었다. 이젠 제법 어른 티가 나게 정장을 입은 희준이
가 나를 내려다보며 물었다.

"이 근처에 사세요?"

"어. 저기 보이는 오피스텔."

내가 살고 있는 오피스텔을 손으로 가리켰더니 희준이가 고개를 돌려서 확인하고는 내게 말했다.

"저는 이 근처에 회사가 있어요. 얼마 전에 취직했거든요."

"그래? 잘됐네. 요즘같이 취업이 어려운 시기에."

5년 만에 본 희준이는 꽤 훈훈한 남자의 분위기를 풍기고 있었다. 정말 어른이 된 듯한 녀석의 어깨를 나는 부드럽게 두드려 주었다.

"근데 정말 이렇게 국어쌤을 다시 만나게 될 줄은 몰랐어요. 저 진짜 가끔씩 국어쌤 생각났었거든요."

갑작스런 희준이의 말에 나는 기분 좋은 웃음이 났다. 그래서 그를 올려다보며 장난스럽게 물었다.

"너도 설마 나 좋아했니?"

"와우, 국어쌤이 그런 농담도 하실 줄이야. 많이 변하셨네요."

내 말에 웃음을 터뜨린 희준이가 잠시 나를 빤히 보더니 다시 입을 열었다.

"그러고 보니 어딘가 분위기도 변하고, 아름다워지셨네요. 저 조금 설레는데요?"

예전과 달리 안경을 벗고 치마를 입은 나를 희준이는 신기하다는 듯이 쳐다보았다. 그런 그를 흘겨보며 나는 짐짓 엄한 목소리를 냈다.

"그러면 안 돼. 선생님 임자 있는 몸이다."

"어? 국어쌤 결혼하셨어요?"

순간 희준이의 눈이 휘둥그레졌다.

"아니. 결혼은 아니고."

"에이, 그럼 임자 있는 몸은 아직 아니죠."

서석이가 들으면 기절할 말을 아무렇지도 않게 내뱉은 희준이가 갑자기 미소를 지으며 말했다.

"저녁 안 드셨으면 같이 드실래요? 제가 식사 대접하고 싶은데."

"글쎄……."

별로 내키지 않아서 곤란한 표정으로 고개를 돌리다가 오피스텔에서 나오는 서석이를 발견했다. 그런데 서석이는 혼자가 아니었다. 여자와 함께였다.

"저랑 같이 저녁 먹어요, 국어쌤. 네?"

옆에서 애원하는 희준이도 무시한 채 나는 서석이와 서석이 옆에 있는 여자를 주시했다. 처음 보는 여자다. 게다가 예쁘다. 게다가 늘씬하기까지 하다. 나를 열등감에 빠뜨린 그 여자는 서석이에게 팔짱까지 끼고 있었다.

'저 자식이……!'

울컥 화가 치밀어 두 주먹을 불끈 쥐는 순간 50m 정도 떨어져 있던 서석이와 나의 눈이 공중에서 딱 마주쳤다. 다음 순간 우리는 누가 먼저랄 것도 없이 서로에게 성큼성큼 다가섰다.

"저 자식 누구예요?"

"너부터 말해. 저 여자 누구야?"

"좋은 말로 할 때 빨리 말해요."

"너 먼저 말해."

날카로운 눈빛이 서로를 옭아매고 있던 그때였다.

"혹시 심서석?"

"아, 그쪽이 노쌤?"

희준이가 서석이를 알아보고는 말을 걸었고 서석이의 일행이었던 여자가 나를 알고 있다는 듯 말을 걸었다. 그러자 서석이는 미간을 찡그리며 희준이를 보았고 나는 눈썹을 치켜 올리며 여자를 보았다.

"나야, 나. 김희준."

"반가워요. 이 녀석 둘째 누나 심서진이에요."

어머나. 저 집 식구들은 다 예쁜 모양이구나.

나는 깜짝 놀라서 그녀의 앞으로 달려 나갔다. 그러곤 정중하게 인사를 건넸다.

"반갑습니다. 노쌤 아니, 노주의예요."

"알고 있어요. 저희 집에선 워낙 유명 인사시라서."

말을 마친 서석이의 둘째 누나는 인사를 나누고 있는 서석이와 희준이를 슥 쳐다보았다. 그러더니 웃는 얼굴로 우리들에게 제안했다.

"이렇게 만난 것도 인연인데, 우리 넷이서 밥이나 먹으러 갈까요?"

서진 씨의 제안으로 근처 프렌치 레스토랑으로 온 우리 넷은 두런두런 이야기를 나누며 식사를 시작했다. 그런데 한창 식사가 진행되고 있던 그때 희준이가 갑자기 서석이를 향해 말했다.

"근데 서석아, 국어쌤 정말 예뻐진 것 같지 않냐? 임자만 없다면 내가 어떻게 해 보고 싶을 정도야."

"……."

"……."

"……."

식탁 위에 정적이 흘렀다. 예전에도 그랬지만 쟨 좀 눈치가 없다.

갑자기 조용해진 분위기가 이상했던지 희준이가 당황한 얼굴을 했다. 그런 희준이에게 서석이의 날 선 목소리가 날아들었다.

"넌 눈치를 집에 두고 나왔냐?"

그러자 그 녀석 옆에 앉아 있던 서진 씨가 서석이를 말리면서 희준이에게 말했다.

"친구가 모를 수도 있지. 둘이 예쁘게 만나고 있대요."

서진 씨가 서석이와 나를 번갈아 쳐다보자 희준이도 우리를 번갈아 쳐다보았다. 그리고 이내 두 눈을 크게 떴다.

"네? 두, 둘이요? 정말요? 이 둘이?"

희준이는 한참을 혼란스러워했다. 그의 반응은 충분히 예상 가능한 것이었기에 나는 가만히 희준이를 지켜보았다. 그런데 잠시 후 그가 고개를 끄덕이면서 납득을 하기 시작했다.

"하긴, 유달리 서석이가 국어쌤을 챙기기는 했어요. 애들 사이에서도 유명했었죠. 간혹 가다 애들이 뒤에서 국어쌤 수업 재미없다고 욕하면 네가 한번 가서 수업해 보라고 화를 냈었고 국어쌤 수업에 자는 녀석들은 나중에 서석이한테 불려가곤 했었으니까요. 암튼 유난했었죠."

그, 그랬었단 말인가? 난 전혀 몰랐던 사실이다.

"그리고 무엇보다 서석이가 국어 수업에 열심히 참여하니까 애들이 국어 자체를 무시할 수가 없었어요. 그때도 서석이 존재감이 쩔었었거든요."

"많이 먹어. 이 존재감 쩌는 친구가 쏘는 거니까."

희준이의 말에 기분이 좋아진 서석이가 저녁을 사겠다고 나섰다. 하지만 그 옆에서 서진 씨는 다소 난감하단 표정을 지었다.

"누나 좀 창피하다, 서석아."

"창피해하지 말고 누나도 많이 먹어. 이 폭발 존재감인 남동생이 사는 거야."

서석이는 꽤 기분이 좋아 보였다. 그래서 나도 덩달아 기분이 좋아졌다. 그 순간 서석이와 눈이 마주쳤고 우리는 서로를 바라보며 웃었다.

"노쌤도 많이 먹어요. 이 존재감 넘치는 당신 남자가 사는 거니까."

당신 남자.

이 단어가 이렇게 행복한 단어인 줄은 미처 몰랐다.

그래서 나는 지금 매우 몹시 행복하다.

❋ ❋ ❋

서진 씨와 희준이랑 헤어진 후 오피스텔로 돌아왔는데 서석이는 너무나도 자연스럽게 자신의 집이 아닌 우리 집으로 들어왔다.

"왜?"

"왜긴요. 더 같이 있고 싶어서지."

매력적이게도 씨익 웃은 서석이가 내 허리를 두 팔로 감싸 안았다. 그의 가슴에 얼굴을 기대며 내가 말했다.

"그런데 진짜 인연이라는 게 있나 봐."

"인연? 왜요?"

"희준이 만난 거 봐. 그것도 5년 만에."

"아아. 그게 무슨 인연이에요? 그냥 우연이지."

내 정수리에 대고 서석이는 툴툴거렸지만 나는 지금 좀 어울리지 않게도 꽤 감성적이다.

"아니야. 인연은 있어. 우리도 봐봐!"

서석이의 가슴에서 얼굴을 뗀 나는 함박웃음을 지으며 그를 올려다보았다. 순간 그의 눈썹이 치켜 올라갔다.

"우리요?"

"응. 우리가 다시 만나게 된 거 봐. 5년 전에 다신 보지 말자고 헤어진 우리가 이웃으로 다시 만난 건 정말이지 인연이자 운명 아니야?"

생각해 보면 굉장한 인연이 아닌가. 5년 동안 어떻게 사는지도 몰랐던 서석이가 바로 옆집에서 튀어나왔다. 이건 운명이라고밖에 설명할 길이 없다.

"근데 그 운명이란 게 말이죠."

그런데 지금 이 순간 서석이의 표정이 조금 이상하다. 난감해하는 것 같기도 하고 내 눈을 잘 못 쳐다보는 것 같기도 했다. 녀석이 혀로 입술을 축이며 말을 이었다.

"가끔 만들어지기도 하더라구요."

"만들어져?"

집요하게 자신을 쳐다보는 내 시선을 서석이는 피해 버렸다. 하지만 나는 그의 팔뚝을 꽉 잡으며 다시 물었다.

"그게 정확히 무슨 뜻이야?"

"아, 별 뜻은 없어요. 그냥, 그냥 해 본 말이에요."

그냥 해 본 말이 아닌 것 같은데.

"솔직하게 말해 봐."

내가 그의 팔을 잡아당기자 서석이는 난처하다는 표정을 지었다. 나는 다시 그를 향해 나직하게 물었다.

"넌 무슨 운명을 만들었니?"

"그런 거 없어요."

"내가 널 몰라? 너처럼 머리 좋고 영악한 놈을 본 적이 없다, 내가."

그 순간 서석이가 내게 잡히지 않은 손을 들어 관자놀이를 긁적였다. 항상 여유롭기만 하던 그의 표정이 지금은 꽤 곤란한 듯 보였다. 그래서 나는 더욱 강하게 물었다.

"네가 짜고 계획한 운명은 대체 뭐야? 말 안 해?"

안경 너머로 보이는 서석이의 반듯한 얼굴을 뚫어지게 쳐다보고 있는데, 서석이가 뒷머리를 거칠게 긁으며 말했다.

"알았어요. 사실대로 말할게요."

"뭔데?"

"오피스텔이요."

"오피스텔?"

서석이는 5년 만에 우리 집 옆집에서 등장했었다. 굉장한 운명이라고 생각했었는데, 내 생각이 틀린 모양이다.

"실은 전에 노쌤 학교에다가 은사님께 선물을 보내고 싶다고 주소 좀 알려 달라고 한 적이 있어요. 그때 이 오피스텔에 사시는 걸 알았죠. 한국에 돌아와서 지낼 곳 찾다가 마침 노쌤 오피스텔이 생각나서 계약을 한 거고요."

"허—"

헛웃음과 함께 내 입이 쩍 벌어졌다. 예전부터 느꼈던 거지만 이놈의 계획력과 행동력은 정말이지 깜짝깜짝 놀랄 정도다.

"너 진짜 대단한 놈이구나. 아니, 무서운 놈이다. 우리 집 옆집을 계약한 것도 다 계획적인 거였다니."

"잠깐만요."

그때 서석이가 억울하다는 듯이 눈썹을 찡그리면서 나를 내려다보았다.

"제가 뭐 잘 살고 있는 사람들 내쫓았겠어요? 마침 노쌤 옆집이 비어 있었던 거라구요. 그건 정말 우연이었지만 그게 또 운명처럼 느껴지기도 하더라고요."

"쳇. 운명은 무슨."

크게 실망을 한 나는 바로 서석이의 팔을 놓아 버렸다. 저건 운명이 아니다. 운명은 좀 더 드라마틱해야 한다.

"그래도 우리 재회 첫 만남은 정말 운명이었어요."

갑작스런 서석이의 말에 나는 코웃음을 쳤다.

"흥. 웃기지 마. 네가 하도 노래를 크게 틀어 놓고 친구들이랑 밤새 파티를 하고 그러니까 내가 열 받아서……!"

"그거 말고요."

"그거 말고?"

순간 내 눈이 커졌다. 내가 서석이의 오피스텔 문을 거칠게 두드린 그 재회 첫 만남을 말하는 게 아니란 말인가?

"우리 첫 만남, 그때가 아니에요."

"그때가 아니라고?"

이건 또 무슨 소리지?

나는 고개를 갸웃하며 서석이를 올려다보았다. 그의 입가엔 옅은 미소가 서려 있었다.

"그보다 일주일쯤 전에 우리 만났었어요. 아니. 나만 만난 건가? 암튼, 호텔 레스토랑에서 전 노쌤을 봤죠. 선보고 계시던데요?"

"선?"

서석이와 재회하기 전 주에 나는 분명 선을 봤었다. 호텔 레스토랑에서. 그렇다면 그 자리에 서석이가 있었단 말인가?

"네. 그래서 그게 좀 화가 나서 장난을 살짝 쳤어요."

"장난?"

"주스를 엎었죠."

주스?

순간적으로 그 날 내 곁을 지나가던 남자가 신문으로 주스 컵을 툭 쳤던 기억이 떠올랐다.

"아……!"

그 남자 때문에 그 날 나는 축축하게 젖은 블라우스를 입고 집에 가야 했었다.

"그 신문남?"

"신문남? 아, 맞아요. 그때 신문을 들고 있긴 했었죠."

"허―"

헛웃음이 터졌다.

그 신문남이 심서석이었을 줄이야. 나 그때 그 신문남 등짝에 반했었는데. 이 얘기는 서석이가 너무 기고만장해질 테니까 하지 말아야지.

"어때요? 운명은 맞죠, 우리?"

정말 엄청 드라마틱하긴 하네― 란 생각에 피식 웃음이 났다. 내가 웃어 버리자 서석이가 두 손을 올리더니 내 안경을 벗겨 냈다.

"뭐하는……!"

그 순간 서석이의 입술이 내 입술에 닿았다. 그의 혀가 부드럽게 내 입술을 열고 입안으로 들어왔다. 내 입안을 유영하던 그의 혀가 움직임을 멈추고 내게 속삭였다.

"사랑해요."

나는 요즘 사랑과 함께 행복을 배워 가고 있다. 생각보다 행복은 굉장히 소소하게 곳곳에 자리 잡고 있었다. 이제껏 몰랐던 행복들을 한꺼번에 느껴 가느라 조금 정신이 없지만, 그건 그거대로 좋다. 하루하루가 즐겁다.

"나도. 나도 사랑해."

이 행복을 계속 느껴 가고 싶다. 물론 서석이와 함께 말이다.

에필로그

요즘 내 주변에 이상한 일이 벌어지고 있다.

난 단지 어린 남자친구를 창피하지 않게 하려고 전보다 많이 꾸미고 다니는 것뿐인데, 이상하게 나한테 말을 거는 남자들이 늘어나고 있었던 것이다.

엊그제는 학교 앞 사거리에서 눈앞에 있는 은행의 위치를 물어본 남자가 내 대답이 끝나기가 무섭게 내 전화번호를 물어봤으며, 어제는 어떤 남자가 오피스텔 앞까지 나를 쫓아오기까지 했었다.

아아, 나 설마…… 절세미인이었던 건가?

출근하기 전 화장실에서 손을 씻다가 올려다본 내 얼굴은 오늘도 곱게 화장을 한 상태였다. 동그란 눈에 작은 코, 나이에 맞지 않게 탱글탱글한 피부는 분명 봐줄 만하다.

하지만 갑자기 인기가 많아진 이유가 정말 안경을 벗고 화장을 하고 다니는 덕이란 말인가?

아무래도 이상해서 나는 고개를 숙여 내 옷차림을 훑어보았다. 오늘도 블라우스에 스커트 차림이다.

어깨를 펴 보았더니 가슴이 부각되었다. 배에 힘을 주고 허리를 곧게 폈더니 허리가 제법 잘록했다. 내 입으로 이런 말 하기 좀 그렇지만…… 제법 괜찮은 몸매다.

'호, 혹시 나 남자들을 홀릴 만한 굉장한 몸매의 소유자인가?'

그동안은 몰랐던 것뿐이고 나 사실은 엄청 관능적인 그런…….

똑똑—

화장실 문을 두드리는 노크 소리에 나는 생각을 멈추고 고개를 돌렸다.

"누구세요?"

그런데 이 말도 좀 이상하다. 여긴 우리 집 화장실이란 말이다.

"나예요."

역시 문을 두드린 이는 심서석이었다. 무슨 급한 일이 있는 건가 싶어서 나는 얼른 화장실 문을 열어 주었다.

"왜? 무슨 일 있어?"

그랬더니 화장실 문 앞에 서 있던 서석이가 어깨를 으쓱했다.

"아뇨. 일은 무슨."

"그럼 왜?"

"나 들어가도 돼요?"

화장실 안으로 들어오려는 서석이의 몸을 막아서며 빠르게 물었다.

"화장실엘 왜 들어와? 무, 무슨 짓을 하려고?"

야한 짓 하려고?

당황한 내 얼굴을 물끄러미 보던 서석이가 피식 웃음을 터뜨렸다. 그러더니 양손을 들어 보였다.

"손 좀 씻으려고요."

"아, 그래? 그럼 어서 씻어."

요즘 서석이의 스킨십이 노골적으로 야해진 탓에 이상한 상상을 해 버렸다. 그래서 뻘쭘해하면서 뒤로 물러서다가 세면대에 엉덩이를 부딪쳤다. 그걸 본 서석이가 눈을 가늘게 뜨며 말했다.

"우리 음란한 짓도 별로 안 했는데, 왜 혼자 음란마귀가 끼셨나?"

얼굴이 화악 붉어졌다. 그래서 얼굴을 푹 숙였는데 내 정수리에 대고 서석이가 하는 말이 들려왔다.

"근데 우리 노쌤, 요즘 너무 예뻐지는 거 아니에요?"

"네 눈에만 그래."

내가 퉁명스럽게 대답한 순간 그가 나직하게 중얼거렸다.

"사랑에 빠져서 그런가?"

아아. 그건가.

요즘 나에게 말을 거는 남자들이 많아진 이유.

여자는 사랑에 빠지면 예뻐진다. 나는 사랑에 빠졌다. 고로…… 으흐흐.

그때 서석이가 내 앞에 서더니 자신의 얼굴을 내 얼굴 위로 내렸다. 숨결까지 느껴지게 가까워진 그의 입술에 대고 내가 말했다.

"……나 학교 가야 되는데."

그러나 내 말은 듣지도 않고 서석이는 내 입술에 깊게 키스를 했다. 잠시 후 그가 내 입술 위에서 속삭였다.

"사랑해요."

내 입술에 키스를 하던 그의 입술이 이번엔 내 귀로 옮겨졌다.

"학교에 보내기 싫을 정도로."

뜨거운 그의 혀가 내 귀를 핥기 시작했다. 그 간지럽고 야릇한 느낌에 나는 어깨를 움츠렸다. 그사이 서석이의 두 손은 내 블라우스의 단추를 풀었다. 아주 빠른 손놀림이었다.

'내 이럴 줄 알았어. 이래서 화장실 안으로 들이기 싫었던 건데……!'

서석이의 혀가 내 목을 타고 내려와 쇄골까지 제 흔적을 남겼다. 그런데 딱 거기까지였다.

"더 하고 싶지만, 여기까지만."

"……그래. 고맙다."

생각보다 일찍 서석이가 내게서 떨어졌다. 아쉬운 마음이 아예 없다면 거짓말이지만 나는 굉장히 쿨한 척 뒤로 물러섰다.

"이 이상 하면 정말 학교 못 보낼 것 같아서요."

이글이글 타오르는 눈빛으로 나를 보는 서석이 때문에 나는 피식 웃음이 났다. 그때 서석이가 나를 향해 말했다.

"어제처럼 모르는 남자를 오피스텔 앞까지 끌고 오면 알죠?"

그의 살벌한 목소리에 조용히 고개를 끄덕이자 서석이는 나를 꼭 안아 주었다. 그러고는 알 수 없는 말을 중얼거렸다.

"불안해서 도저히 안 되겠어요."

"?"

그러나 서석이는 그 이상은 말해 주지 않았다.

✳ ✳ ✳

[나 지금 당신 학교 운동장에 와 있는데, 길을 잃은 것 같아요.]

'운동장에서 길을 잃어? 대체 어떻게 해야 그 넓은 데서 길을 잃을 수가 있지? 아니, 잃을 길이나 있나?'

점심시간에 서석이로부터 온 문자에 나는 먹던 밥까지 놔두고 운동장으로 달려 나갔다.

"심서석!"

정말 운동장 한가운데에 서 있는 서석이를 향해 이리 오라고 손을 붕붕 흔들었지만 녀석은 꿈쩍도 하지 않았다. 그래서 결국 내가 운동장으로 내려갔다.

특이하게도 오늘 서석이는 깔끔한 정장 차림이었다. 그는 운동장 한복판에 서서 나를 향해 진지한 얼굴로 말했다.

"저 고백할 게 있어요."

"뭔데?"

운동장에서 사랑 고백이라도 하려는 건가? 아이참, 부끄럽게. 멀리서 우리를 지켜보고 있는 학생들의 시선이 신경 쓰여서 주위를 힐끔힐끔 둘러보았다. 그때 그의 고백이 들려왔다.

"나 내년 봄엔 영화 찍으러 미국으로 돌아가야 돼요."

"뭐?"

순간 정신이 멍해진 나는 놀란 얼굴로 그를 돌아보았다. 너무 놀라서 화도 나지 않았다. 그냥 기가 막혔다.

"아마 이번에 가면 한 1년은 넘게 있다 올 것 같아요."

"아……."

또 이별인가. 그래서 아침에 스킨십도 하다 만 건가. 그런 건가.

나는 아랫입술을 꾹 깨물며 마음을 진정시켰다. 현명해야 한다. 또 그를 놓칠 순 없다. 곧 나는 두 눈을 질끈 감으면서 솔직하게 고백했다.

"그래. 나 이번엔 너 기다릴게."

그런데 바로 이어 들리는 서석이의 목소리에 나는 두 눈을 번쩍 뜨고 말았다.

"아뇨. 기다리지 마세요."

내심 크게 당황한 나는 얼른 그에게 내 진심을 전했다.

"응? 아니야. 나 기다릴게. 나 되게 얌전히 기다릴 수 있는데."

"아니에요. 그러실 필요 없어요."

"너 왜 그래? 나 진짜 너 기다릴 건데!"

당황한 내 얼굴을 진지한 표정으로 빤히 보던 서석이가 자신의 입가를 슬쩍 가리더니 이내 웃음을 터뜨렸다.

"아 귀여워, 진짜."

이렇게 중얼거리는 서석이를 나는 동그래진 눈으로 쳐다보았다. 그때 그가 다시 내게 말했다.

"안 기다려도 돼요, 진짜."

'왜 저러지? 나한테 벌써 마음이 식었나?'

내가 불안감을 느끼고 있던 그 순간 서석이가 다시 입술을 열었다.

"대신, 나랑 결혼해 줘요."

결혼?

생각지도 못한 그의 프러포즈에 심장이 아프도록 빠르게 뛰기 시작했다.

"미국 가기 전에 당신이랑 결혼하고 싶어요."

순간 눈이 커진 나에게로 서석이가 무릎을 척 꿇었다. 그러고는 주머니에서 작은 상자를 꺼내더니 그것을 열어서 내게 보여 주었다. 작은 큐빅이 박힌 은색 링이 눈앞에서 반짝거렸다.

"저랑 결혼해 주세요, 주의 씨."

꿈에도 생각지 못했던 일이라 순간 정신이 하나도 없었는데 그때 갑자기 우렁찬 고함 소리가 들려왔다.

"오오!"

"와! 노쌤, 지금 프러포즈 받는 거예요?"

그리고 이내 우리 주변으로 학생들이 몰려들었다. 그래서 나는 얼른 서석이의 팔을 붙잡아 일으키려고 했다.

"일어나, 서석아. 그만해."

"받아 주시기 전까진 안 일어날 거예요."

그러나 서석이는 고개를 숙인 채 반지를 더욱 높이 들어 올렸다. 그사이 학생들의 목소리는 더욱 커져 갔다.

"받아라! 받아라! 받아라!"

"결혼해! 결혼해! 결혼해!"

이 모든 상황이 나를 두근거리게 만들었다. 잠시 망설이던 나는 서석이의 반지상자를 향해 손을 뻗었다.

"그래."

지금의 우리가 영원할 거라 생각하지는 않는다. 언젠가 서석이는 변할 것이고 나도 변할 것이다. 하지만 그건 자연스러운 현상이다. 우리는 5년 전에도 처음 만난 9년 전에도 지금과 달랐다. 우리는 계속 변화할 것이고 변화된 서로를 좋아할 것이다.

설사 그것이 말도 안 되는 일이라 할지라도, 그래도 믿고 싶다. 서석이가 보여 주었던 그 끝없는 사랑 역시 말도 안 되는 것이었으니까.

"결혼하자."

그래서 나는 끝까지 서석이를, 사랑을 믿어 보기로 했다.

외전.1

첫 만남

올해 봄, 나는 선생님이 되었다.

그토록 염원하던 일은 아니었지만 만족스러웠다. 부모님은 날 자랑스러워했고 대학교 동기들도 임용고시를 한 번에 합격한 날 부러워했다. 더러는 당연하다는 반응을 보이기도 했지만 말이다.

그들 속에서 나만 침착하고 고요했다.

축하 파티를 하자는 가족들의 제안도 호들갑 떨지 말라며 거절했다. 소란스러운 건 딱 질색이었다.

나는 그냥 조용히 선생님이 되었고 전과 변함없이 나답게 잘 살고 있었다. 그리고 잘 살 자신도 있었다.

언제나처럼 수업을 마치고 집으로 돌아가기 위해 교무실을 나오려는데, 얼굴만 알고 개인적으로 이야기는 나눠 본 적 없는 수학 선생님이 내게 말을 걸었다.

"회식 있는데, 같이 안 가실래요?"

키가 큰 그를 나는 슥 올려다보았다. 그러자 내 시야로 자연스럽게 그의 어깨가 들어왔다. 와. 어깨 넓다.

"선약이 있어서요."

선약, 그딴 거 없다. 그냥 회식이 싫었다.

딱딱하게 거절의 말을 던졌는데도 그 수학 선생님은 나를 향해 서글서글하게 웃어 보였다.

"네. 그럼 다음엔 꼭 오세요."

성격 좋네. 나랑 달리. 어깨도 넓고.

나는 다시 걸음을 옮겨 교무실을 나왔다. 그리고 빠른 발걸음으로 학교를 빠져나왔다.

교문을 나와 한참을 걸어왔는데 골목길 쪽에서 무언가 둔탁하게 부딪치는 소리가 들려왔다. 무심코 고개를 돌렸다가 나는 보고 말았다. 대여섯 명의 학생들이 한 학생을 에워싼 채 괴롭히고 있는 상황을 말이다.

나는 잠시 팔짱을 낀 채 상황을 지켜보았다.

덩치가 크고 불량스럽게 생긴 학생들은 작고 여린 남학생의 머리카락과 교복을 잡아당기며 위협적인 행동을 취하고 있었다.

나는 그들을 묵묵히 지켜보다가 순간 두 주먹을 불끈 쥐고 말았다. 하지만 그렇다고 어떤 행동을 취한 건 아니었다. 그럴 정도로 나는 정의로운 사람은 아니니까.

다만 근처 파출소에 전화를 걸어 학교폭력이 일어나고 있다는 신고만 했을 뿐이다.

신고를 하고 다시 조용히 그들을 지켜보고 있는데 내 옆에서 불쑥 말소리가 들려왔다.

"왜 가서 안 도와주세요?"

깜짝 놀라서 고개를 돌려 보니 그곳엔 우리 학교 교복을 입은 하얗고 예쁘장한 얼굴의 남학생이 한 명 서 있었다.

"뭐?"

나직하게 되묻자 녀석은 예쁘게 싱긋 웃었다. 어느 집 아들내 미인진 몰라도 낳아 놓은 순간부터 안 먹어도 배가 불렀을 것만 같은 미모였다.

"선생님 맞으시죠? 근데 왜 쟤네들 안 말려요? 학생 하나가 이지메 당하고 있잖아요."

흥, 하고 나는 코웃음을 쳤다. 그리고 다시 골목길을 보면서 시크하게 말했다.

"내가 도와줘야 될 이유가 있나? 아님 의무가 있나?"

순간 녀석의 눈이 휘둥그레졌다.

"선생님 아니에요? 학교에서 본 것 같은데."

"어. 맞아. 선생님."

"허—"

처음 보는 녀석이 하도 나를 기가 막혀 하기에 나는 시선을 내려 녀석의 명찰을 확인해 보았다.

「심서석」

이름 한번 특이하네.

"그러는 너는 왜 안 도와주냐?"

그 명찰에서 시선을 떼며 건조하게 물었다.

"네?"

"잘 모르는 나한테 그렇게 말할 정도면 너도 꽤 정의로운 아이인 모양인데, 너는 왜 쟬 안 도와주지?"

"아아."

그러자 심서석이란 아이는 유난히 붉게 보이는 입술 끝을 올리며 미소를 지었다. 잠시 후 얼굴에서 미소를 거둔 녀석이 검지를 뻗어 학교폭력이 벌어지고 있는 골목길을 가리켰다.

"전요, 사실은 저 괴롭히는 아이들 중 한 명이 제 절친이거든요. 죽마고우예요. 근데 제가 괜히 정의로운 척 나서면 서로 부끄러울 것 같아서요."

내가 녀석을 물끄러미 쳐다보자 녀석은 정말 어쩔 수 없는 일이라는 듯 어깨를 으쓱거렸다.

"안 그래도 제가 저런 짓 그만하라고 타이르고 있긴 해요. 녀석이 말을 잘 안 들어서 그렇지."

"흐음."

별 관심 없다는 듯 내가 고개를 돌려 버리자 녀석 쪽에서 웃음기 섞인 목소리가 들려왔다.

"쌤이나 나나 똑같이 가해자인 셈이네요."

그래서 나는 다시 고개를 홱 돌려서 말해 주었다.

"난 아니야."

그런 다음 나는 발걸음을 뗐다. 몇 발자국 걸으니 내 반대편으로 순경이 두 명 다가왔다. 나는 그들에게 짧게 위치를 설명해 주고 다시 걸었다.

그렇게 내 길 걸어가는데 갑자기 뒤에서부터 누군가 달려오는 소리가 들렸다. 그 소리가 내 옆에서 멈추자 나는 어깨를 틀어 달려온 이를 확인했다.

"와, 진짜 대박이다, 쌤!"

방금 그 녀석이다. 잘 웃고 말 많은 예쁘장한 녀석.

"뭐가?"

"이지메 현장을 보고 경찰에 신고한 거죠? 그쵸?"

내가 대답 없이 녀석을 빤히 쳐다보자 녀석은 다시 한 번 감탄사를 터뜨렸다.

"와— 선생님이 어떻게 일을 그렇게 처리하지? 그냥 선생님인 당신이 가서 말 한마디 하면 끝나는 일인데……!"

"정말 끝나는 일이야?"

"네?"

녀석의 말을 자르며 나는 차갑게 물었다.

"선생님이 나서면 정말 깨끗하게 해결되고 다시는 일어나지 않는 일이냐고."

"아아, 그건……."

"그런 의미 없는 일에 시간 낭비, 감정 낭비 하고 싶지 않아."

학교폭력이나 왕따 문제는 한 사람이 어떻게 할 수도 없는 고질적인 문제다. 절대 내 힘으로 해결되지도 않는다. 그런 일에 굳이 나서고 싶지 않다.

굳어 있는 녀석을 스쳐 지나가려는데 녀석이 불쑥 내게 말했
다.

"쌤, 이름이 뭐예요? 과목은요?"

그래서 나는 시크하게 대답해 줬다.

"노주의. 국어."

✳ ✳ ✳

역시 내 말은 정확했다.

이지메 문제는 오늘도 골목길 구석에서 또다시 벌어지고 있었
던 것이다. 얼마 전에 때리고 있던 녀석들은 또 때리고 있었고,
맞고 있던 녀석은 또 맞고 있었다.

선생님도, 경찰도 그 누구도 어차피 해결할 수 없는 문제란 걸
다시 한 번 깨달았다.

두 주먹을 움켜쥐다가 휴대폰을 꺼내 들었다. 그래도 내가 지
금 의지할 수 있는 건 공무원뿐이다. 침착하게 파출소 전화번호를
찾고 있던 그때 내 귀로 남자의 목소리가 크게 들려왔다.

"너희들 그만두지 못해?"

우렁찬 그 목소리에 고개를 들어 보니 키도 크고 어깨도 넓은
남자가 학생 하나를 괴롭히고 있는 불량 학생들에게 성큼성큼 다
가서고 있는 게 보였다. 그를 주시하느라 내 손이 멈췄다.

"너희들이 그러고도 사내자식들이냐? 여러 명이서 우르르 몰려

다니면서 한 사람이나 괴롭히고?"

저 남자는 분명 내가 알기로 수학 과목을 가르치고 있는 선생님이다. 얼마 전에 꽤 상냥한 태도로 나한테 회식을 제안하던 그 선생님. 그러고 보니 이름이 꽤 특이했었는데, 뭐더라?

"한심하다, 한심해."

그 수학 선생님은 허리에 두 손을 척 올리며 안 그래도 큰 어깨를 더욱 부각시켰다.

"너희들 어디 가서 우리 학교 학생이라고 말하고 다니지 마라. 교복도 벗고 다녀. 친구나 때리고 괴롭히는 그런 한심한 놈들 우리 학교엔 없으니까."

수학 선생님의 눈치를 보던 아이들이 서둘러 가 버리자 그곳에는 그들에게 맞고 있던 여리여리한 남학생 혼자만이 남게 되었다.

"괜찮냐?"

수학 선생님이 투박하게 묻자 그 남학생은 손으로 입가를 닦으며 고개를 끄덕였다.

"……네. 감사합니다."

나는 이걸로 일이 다 해결된 거라 생각지는 않는다. 분명 저 아이들은 내일도, 내일모레도 저 약자를 괴롭힐 것이다.

그렇지만 왠지 지금은 해결된 거라고 믿어 보고 싶어졌다.

"일어나, 인마."

수학 선생님이 아이를 일으키고 있던 그때 나는 용기를 내서 그들에게 다가섰다. 그러나 그것뿐, 어떤 말도 하지는 않았다.

"어? 노 선생님."

날 발견한 수학 선생님이 내게 알은체를 했기에 나는 그에게 목례를 보냈다. 그러자 그가 옅은 미소를 지었다.

"노 선생님도 신경 쓰여서 거기 계셨었군요."

그런 건 아니었지만 그냥 고개를 끄덕여 버렸다. 이상하게 그에게는 좋은 선생님인 것처럼 보이고 싶었던 것이다.

"자, 이제 집으로 가."

아이에게 책가방을 집어 준 다음 수학 선생님은 내게로 다가왔다. 그리고 아주 작은 목소리로 말했다.

"창피할 테니 우린 이만 가요."

학교폭력을 당한 아이가 창피할 거라면서 수학 선생님은 걸음을 재촉했다. 그게 뭔가 굉장히 인간적이란 느낌이 들었다. 그런 그의 넓은 등을 물끄러미 보고 있는데 갑자기 뒤에서 목소리가 들려왔다.

"야, 민우야. 너 괜찮냐? 이걸로 좀 닦아."

뒤를 돌아보니 얼마 전에 만났던 예쁘장한 녀석이 다친 학생에게 물티슈를 건네고 있는 게 보였다.

그래도 저번에 모른 척했던 게 마음에 걸렸던 모양이네.

"쟤가 웬일이지? 이상하네."

그런데 수학 선생님은 그런 녀석을 보면서 고개를 갸웃했다. 옆에서 들린 그의 중얼거림에 나는 영문을 몰라 눈을 크게 떴다.

"네? 왜요? 저 녀석, 전에도 도와주고 싶어 하던데요."

내 말에 수학 선생님은 너털웃음을 터뜨렸다. 그러면서 고개를 설레설레 흔들었다.

"저 녀석이 도와줄 리가 없죠."

"왜요?"

그 순간 수학 선생님의 표정이 조금 굳어졌다. 그리고 얼마 지나지 않아 그가 다시 입술을 열었다.

"저 녀석이 주범인데요, 뭐."

"네?"

이건 또 무슨 소리란 말인가?

나는 며칠 전 일이 떠올라 머릿속이 혼란스러웠다. 그런 내게 수학 선생님이 곧 진실을 알려 주었다.

"민우 괴롭히는 애들은 그냥 다 행동대장들이에요. 심서석 쟤가 진짜 우두머리죠. 키 크고 잘생긴 데다 머리도 좋고 인간관계도 좋아 중학생 땐 학생회장까지 했다고 하더라고요. 근데 내면이 좀 악마 같은 구석이 있는 녀석이에요. 전면에 안 나서고 왕따를 주도하니까요. 왕따 타깃은 심서석의 마음에 안 드는 놈이라는 말이 있을 정도거든요. 그래도 아직 고1이니까 이제부터 인성교육 제대로 시키면 꽤 훌륭하게 자랄 거예요, 저 녀석."

······무서운 아이였구나, 심서석.

순간 녀석에게 속았다는 생각에 나는 헛웃음이 터졌다. 어이가 없기도 했다. 나는 민우의 교복을 털어 주고 있는 가식적인 심서석 녀석을 서늘하게 노려보았다.

괘씸한 놈.

곧 나는 얼굴을 딱딱하게 굳히고 수학 선생님을 향해 말했다.

"수학 선생님, 먼저 가세요."

"네? 아, 네."

목례를 하고 가려던 수학 선생님이 갑자기 몸을 돌리고는 내게 말을 걸었다.

"아, 저기 혹시……."

"네."

"제 이름은 정석입니다. 혹시 잊으셨나 해서 말씀드려 봅니다. 그냥 정 선생님이라고 불러 주세요."

"……네. 그러죠."

그렇게 정 선생님은 먼저 자리를 떴다. 그런데 나는 그의 넓은 등에서 한참 동안 시선을 떼지 못했다. 그의 뒷모습을 보는데 이상하게 심장이 떨렸던 것이다. 처음 느껴 보는 이 감정은 대체 뭘까.

하지만 나는 애써 정신을 차리고 고개를 돌렸다. 아직은 해결해야 할 일이 남아 있었던 것이다.

나는 민우와 여전히 가식을 떨고 있는 심서석 쪽을 쳐다보았다. 그리고 성큼성큼 그들에게 다가섰다. 그들은 내 등장에 두 눈을 크게 떴다.

"쌤, 또 보네요?"

심서석은 내가 꽤 반가운 듯 밝게 인사를 건넸다. 하지만 나는 녀석을 무시하고 민우에게로 걸어갔다. 그리고 민우의 앞에 멈춰 서며 차갑게 말했다.

"너 바보처럼 뭐하는 거야? 싫다고 해. 소리라도 질러. 악이라

고 쓰라고. 그런 다음 집으로 돌아가서 공부를 열심히 해. 그 누
구도 무시하지 못하게 잘난 사람이 되라고. 그게 진정으로 네가
쟤네들한테 복수하는 거야."

나는 마지막 말을 하면서 노골적으로 심서석 쪽을 쳐다보았다.
그러자 나와 눈이 마주친 심서석의 눈썹이 치켜 올라갔다. 저런
표정을 지으니까 녀석의 나쁜 심성이 조금 보이는 것도 같다. 저
번에는 저 예쁜 얼굴에 속고 만 것이다. 한심하게도 말이다.

나는 다시 걸음을 옮겨 심서석의 앞으로 갔다. 두 눈에 힘을 주
고 나를 주시하고 있는 심서석에게 나는 천천히 입을 열었다.

"네가 제일 나쁜 놈이야."

심서석은 순간 충격을 받은 듯 눈을 크게 떴다. 그러더니 잠시
후 녀석의 하얀 얼굴의 광대 부근이 조금씩 붉은색을 띠기 시작
했다.

"그렇게 살면 좋니? 애들 위에서 군림하고 뒤에서 조종하고,
아주 신나지? 어른들한텐 착한 척 위선 떨고 거짓말하고. 너한테
속는 어른들이 재미있지? 이 세상이 우습지?"

"쌤, 저는요……."

"그렇게 가식적이고 거짓투성이인 채로 사는 거 피곤하지 않
니? 그렇게 사느니 그냥 나처럼 사는 게 낫겠다. 난 적어도 누구
한테 피해나 고통은 안 주거든."

예쁘장한 얼굴이 딱딱하게 굳어지고 볼이 붉어진 심서석은 미
세하게 미간을 구겼다. 아무래도 화를 참고 있는 듯 보였다.

"머리도 좋다는 놈이 좋은 머리를 왜 그딴 데 써? 얼굴도 잘생

367

겼고 키도 크잖아, 너. 내가 그렇게 태어났으면 남한테 더 잘하면
서 살았겠다, 야."

주저리주저리 떠들다 보니 내가 너무 말이 많았단 생각이 들었
다. 난 원래 이렇게 남의 인생에 상관하는 거 딱 싫어하는데 말이
다.

"그러니까 내가 하고 싶은 말은…… 좀 더 성숙해져라, 꼬맹
아."

그래서 나는 마지막으로 이렇게 말하고 돌아섰다.

그런데 이상하게 기분이 홀가분하다. 기분이 꽤 좋다. 남한테
상관한 건 처음인데 기분이 썩 나쁘지 않았다.

그런데 그 날 이후 한 달도 지나지 않아 민우란 남학생은 전학
을 갔다. 결국 난 아무것도 하지 못한 것이다.

역시 싫다. 남의 인생에 상관하는 건 어차피 감정 낭비다. 아무
것도 변하지 않는다. 그러니 나는 그냥 혼자가 좋다.

"노쌤!"

학교에서 날 이렇게 부르는 이는 없다. 그래서 나는 깜짝 놀라
서 뒤를 돌아보았다.

"?"

그곳엔 하얀 얼굴의 예쁘장한 남학생이 서 있었다. 어딘가에서
본 적이 있는 예쁘장한 얼굴이긴 한데, 누구더라?

"누구……?"

"저요, 저. 심서석."

아아. 어렴풋이 기억이 난다.

가식 떨던 아이.

"설마 벌써 절 잊으신 거예요? 말도 안 돼. 제가 얼마나 쉽게 잊기 힘든 비주얼인데."

녀석의 농담에 내가 웃지도 않자 심서석이란 남학생은 내 앞으로 다가와서는 변명처럼 말을 늘어놓기 시작했다.

"민우 전학 간 거 저 때문 아니에요. 노쌤 말 듣고 그 뒤로 저 아무 짓도 안 했거든요. 근데 제가 아무 짓도 안 한다고 해서 이지메가 멈추는 건 아니더라고요. 결국 노쌤 말대로 누구도 해결할 수 없는 문제였던 거예요."

녀석은 유난히 붉은 입술을 늘어뜨리며 씁쓸하게 웃었다.

"그래서 민우 본인이 전학을 가겠다고 한 거예요. 그리고 민우가 그랬어요, 그냥 왕따당한 거 모르는 친구들 틈에서 제대로 공부하고 싶다고. 그래서 전학 가는 거라고."

"흐음."

별 관심 없다는 듯 고개를 돌려 버렸다.

그렇지만 솔직히 마음은 무거웠다. 나는 결국 누구의 인생도 상관하지 않고 사는 게 맞는 걸까. 어차피 변하지는 않을 테니 말이다.

"노쌤."

심서석 녀석이 자꾸 나를 이상하게 부르면서 따라왔다. 그래서 나는 녀석을 돌아보며 내 호칭을 정정해 주었다.

"그냥 국어쌤이라고 불러."

"아뇨. 난 이제 노쌤을 노쌤이라고 부를 거예요."

"맘대로 해. 하지만 앞으로 우리가 만날 일이 있을까 싶다. 난 고1 국어는 안 가르치니까."

귀찮아서 어서 녀석을 보내고만 싶었다. 하지만 녀석은 꿋꿋하게 내 앞으로 와서는 애교스럽게 말했다.

"그래도 다음에 만나면 알은척 좀 해 줘요."

그 순간 나는 녀석의 반듯한 얼굴을 빤히 쳐다보았다. 귀찮다. 그것도 엄청. 그래서 일부러 차갑게 물었다.

"너 국어 잘하냐?"

"네? 아뇨. 전 이과 쪽 영재에 가깝죠."

"그럼 안 되겠다."

내 말에 녀석은 고개를 갸웃했다. 그래서 나는 그 이유를 친절하게 알려 주었다.

"미안한데, 난 국어 공부 잘하는 애들만 기억해."

"와, 역시."

내 냉정한 말에도 녀석은 그럴 줄 알았다는 듯 고개를 끄덕였다. 그러고는 얼굴 가득 미소를 지었다. 한참을 웃던 녀석이 내게 말했다.

"노쌤은 좀 특별한 것 같아요."

"고맙다."

그리고 나는 시크하게 돌아섰다. 그런데 걸으면서 생각해 보니까 좀 이상했다.

왜 저 녀석은 내게 '특이하다'가 아닌 '특별하다'란 표현을 썼을까?

"……바보."

역시 국어를 못한다더니, 헷갈린 모양이다.

외전.2
이 남자가 사랑하는 법

— 그러니까 이젠 개인적으로 전화하지 마, 서석아. 공부 열심히 해.

나는 지금 좀 심각한 위기 상황에 봉착했다.

갑자기 노쌤이 차가워진 것이다. 원래 차가운 여자이긴 했지만 이번엔 다르다. 좀 더 모질다. 아무래도…… 내 마음을 눈치챈 모양이다.

"아아, 젠장."

대체 언제 어디서 어떤 일 때문에 눈치챈 거지?

희준이 바지 사건? 아니지. 그건 내가 훔친 건 줄 알았다가 오해 풀리고 넘어간 사건인데? 겨우 그 정도 일에 눈치를 챘겠어?

아님, 나한테 전 재산 주고 나랑 결혼하면 되지 않냐고 해서? 그건 농담으로 잘 넘어간 것 같은데. 나 혹시 그때 표정 너무 진지했나?

아니면, 내가 국어 공부를 너무 티나게 열심히 했나? 확실히 조금 과하긴 했지.

아니면 혹시, 노쌤 혼자 고기 먹는 아니, 굽는 사진을 2학년들이 SNS에 올린 걸로 난동을 좀 피웠는데, 그게 소문이 났나?

아이씨, 마음에 걸리는 게 너무 많아서 모르겠다.

분명한 건,

— 서석아. 나 네 마음 부담스러워. 진심인 것 같아서.

노쌤이 내 마음을 눈치챘다는 거다.

"젠장!"

노쌤은 지금 내 전화는 물론 문자까지 싹 다 무시하고 있다. 아예 나랑은 모르는 사람처럼 지내기로 한 모양이다.

미치겠네. 겁나 초조하다.

사내자식이 자기 마음 하나 못 다스려서 일을 이렇게 만들다니……! 진짜 등신 같다, 심서석.

입맛이 없어서 밥을 거르고 상사병 걸린 놈마냥 시름시름 앓았다. 그렇게 하루가 다르게 말라 가고 있는 내 앞에 나타난 게 송지희다. 지희는 하얀 얼굴에 홍조를 띤 채 내게 고백했다.

"나 너 진짜 좋아해."

"알아."

네 고백만 벌써 서른 번째 들은 것 같으니까.

얘도 참 애가 질기다. 나 같으면 자존심 상해서 그렇게까진 고백 못 할…… 그 순간 노쌤의 작고 동그란 얼굴이 머릿속에 퐁

하고 떠올랐다.

······아아, 할 수 있겠구나.

한 마흔 번까진 괜찮겠어. 고백. 아니, 마흔세 번까지도 괜찮겠다.

"나 너 좋아하는 사람 있는 것도 알아."

"!"

갑작스런 지희의 말에 나는 그만 깜짝 놀라고 말았다.

"안다고?"

"내가 널 2년 넘게 지켜봐 왔는데 그걸 모르겠니? 가끔 멍하니 앉아 있다가 피식 웃었다가 심각한 표정 지었다가 다시 얼굴 붉히며 미소 짓다가 그러는 거 다 봤는데, 네가 정신이상자가 아니라면 분명히 누군가를 좋아하는 거겠지."

다행히 난 정신이상자가 아니다.

그때 지희가 나를 진지한 얼굴로 보면서 고백했다.

"그래도 난 서석이 네가 좋아."

쟤는 얼굴도 예쁜 애가 하필이면 나 같은 놈을 좋아할 게 뭐람. 나는 노주의 앞에서만 좋은 놈이 되는 못돼 처먹은 놈인데. 쟤 정도면 나보다 좋은 놈들이 줄을 설 텐데.

"후우······."

한숨이 절로 났다. 나도 정말 이렇게까진 하고 싶지 않았다. 하지만 방법이 이거 하나뿐이다. 노주의 마음을 돌릴 방법이.

"네 말대로 나 정신이상자 아니야. 좋아하는 사람 있어. 그래도 괜찮겠어?"

"응?"

그 순간 지희의 큰 눈이 더욱 동그래졌다. 그래서 나는 다시 한 번 덤덤하게 말했다.

"나한테 좋아하는 사람이 있어도 내가 사귀자고 하면 사귈 거냐고."

"어! 물론이지!"

"사귀자, 그럼."

그래서 나는 결국 송지희를 이용했다. 나쁜 놈이었다.

하지만 그로 인해 노쌤은 다시 나를 믿기 시작했다. 다시 곁에 두기 시작했다. 나는 아직 그녀의 옆에 있을 필요가 있었다. 그녀에게 내 존재를 좀 더 각인시킬 필요가 있었다. 그래서 나중에는 그녀 스스로 나를 필요로 하게 만들고 싶었다. 솔직히 자신도 있었다.

나는 정말 노쌤의 결혼 소식만 듣지 않았다면 졸업 날까지 얌전히 노쌤의 곁에 있다가 졸업 후에 그녀에게 접근했을 것이다. 남자로서 말이다.

그런데 학교 내에 퍼진 노쌤과 담임쌤의 결혼 소식에 나는 그만 이성을 잃고 말았다. 그래서 고삐 풀린 망아지마냥 나 좋은 대로 행동했고 멋대로 노쌤에게 사랑을 갈구했다. 졸졸 쫓아다니며 사랑해 달라 울부짖었다.

물론, 결과는 최악이었다.

"그만 가. 이제 네 꼴 안 보고 싶으니까."

그냥 좋았다. 마냥 좋았다.

이런 감정이 처음이었고 소중하게 여기고 싶었다.

"이제 넌 네 나이 또래의 여자애들이랑 예쁜 사랑도 하고 인생 즐기면서 살아. 공부도 열심히 하고. 군대도 가고."

하지만 내가 내 주제를 몰랐던 거다.

"잘 살아라, 꼬맹아."

난 꼬맹이였다. 열아홉 꼬마였다.

어렸다. 너무.

※　※　※

솔직히 노쌤에게 모질게 차인 후 홧김에 여자를 만나 보려 노력해 본 적이 있긴 하다. 그런데 다 거짓인 것 같았다. 내가 여자를 향해 웃어 주는 것, 말을 하는 것, 쳐다보는 것 모두가 마음이 시키는 일은 아니었기 때문이다.

정말 지독한 첫사랑이었다.

노쌤을 잊어 보려 공부에 매달려 보기도 하고 영화에 매달려 보기도 했다. 하지만 정말 지독하게도 그녀는 내게서 떨어지지 않았다. 오히려 시간이 가면 갈수록 보고 싶어서 미칠 것만 같았다.

그래서 결국 나는 그 첫사랑을 손에 넣기로 마음먹었다.

마음을 먹자마자 한국으로 돌아와 노쌤이 살고 있다는 오피스텔을 찾아 계약했는데 노쌤의 바로 옆집이었다.

이건 또 무슨 운명의 장난인가 싶어서 신기해하던 그때 우리의 재회가 이루어졌다.

그건 귀국하고 얼마 안 있어 친구를 만나기 위해 호텔 레스토랑에 갔을 때 일어난 일이었다.

옆집에 살고 있는 노쌤과 어떻게 재회해야 하나, 단순히 소음을 내는 것만으로 괜찮을까, 이런저런 생각을 하고 있던 그때, 거짓말처럼 그녀가 레스토랑 안으로 들어왔다.

"……노쌤?"

나는 순간 내 눈을 의심했다. 이런 곳에서 그녀와 재회할 줄은 꿈에도 몰랐던 것이다.

그녀를 보는 건 5년 만이었다. 하지만 그녀는 전과 달라진 게 전혀 없었다. 여전히 세상일엔 관심 없다는 듯 시크한 표정이었고 안경 너머 두 눈동자는 신비하리만치 밝은 갈색이었다. 한때는 저 눈동자가 줄곧 나만을 봐 줬으면 좋겠다고 생각한 적도 있었다. 그녀를 발견한 내 심장이 쿵쾅쿵쾅 뛰기 시작했다.

반면에 나를 전혀 눈치채지 못한 그녀는 뚜벅뚜벅 걸어서 어떤 남자가 있는 테이블에 앉았다.

설마…… 선보러 온 건가?

"허—"

기가 찼다. 그리고 화도 났다. 저절로 두 주먹이 불끈 쥐어졌다.

'누구 맘대로 선을 봐?'

그동안 잊고 있었던 소유욕이 몸속에서 용솟음쳤다. 입안이 마르는 것 같아서 눈앞에 있는 물컵을 들어 벌컥벌컥 물을 마셨다.

"미치겠네."

입술만 잘근잘근 씹어 대던 내 눈에 그녀의 테이블에 놓여 있는 긴 주스 컵이 들어왔다. 문득 나는 심술궂은 장난이 치고 싶어졌다. 그래서 바로 자리를 박차고 일어섰다. 일어서면서 내 테이블에 있던 신문을 집어 들었다.

나는 노쌤의 곁을 지나가면서 신문으로 그 주스 컵을 툭 건드려 넘어지게 만들었다.

"엇……!"

앞으로 걸어가는 내 뒤에서 노쌤의 울분에 찬 목소리가 들려왔다.

"이봐요!"

하지만 나는 끝까지 못 들은 척했다.

'그러기에 왜 맘대로 선을 보고 그래요?'

나는 그녀를 돌아보지 않고 그동안 열심히 운동해서 키운 등을 꼿꼿이 편 채 당당하게 걸어 나왔다.

한 달하고도 이틀. 오래도 참는다 싶었던 그녀가 결국 내 집의 벨을 거칠게 눌러 댔다. 인터폰 화면에 보이는 그녀의 얼굴에 나는 웃음이 절로 났다. 내가 이걸 보려고 그동안 그렇게 음악을 틀어 댔었지. 무개념 이웃 코스프레랄까.

"벨 좀 그만 눌러요, 아줌마."

내 말에 그녀의 눈썹이 사납게 꿈틀거렸다.

— 뭐? 아줌마?

"그럼 그쪽이 아줌마지, 아저씨예요?"

— 야, 너 나와 봐!

'아줌마' 소리에 순간적으로 이성을 잃었는지 그녀가 인터폰 화면에 대고 검지를 까딱거렸다. 그 모습이 귀여워서 자꾸 웃음이 났다.

"왜요? 지금 나가면 한 대 치실 기센데 제가 나가긴 왜 나갑니까?"

— 이 어린노무 시키가 어디서 인터폰으로만 대화를 하려고 해? 나와서 얼굴 보고 맞장 떠!

"어휴, 무서워서 더 못 나가겠네."

어째 이 여자는 성질이 더 나빠졌다. 이런 여자랑 누가 결혼을 하겠어. 나 아니면.

— 너 층간소음이 얼마나 무서운 건 줄이나 알아? 그걸로 살인도 일어나는 세상인데! 그래도 나는 점잖게 포스트잇에 음악 소리가 너무 커요, 라고 써 놨잖아! 봤어, 못 봤어?

"봤어요."

그리고 고이 간직하고 있지요.

— 봤는데 오늘 또 그래? 너 나 약 올리냐?

장난은 이쯤에서 그만할까 해서 나는 오디오의 전원을 껐다. 그런데 그때 옆에서 상황을 지켜보던 다희가 현관으로 뛰어가는 게 아닌가.

"야……!"

쟤 랩가운만 입었는데, 지금. 어깨가 훤히 드러나는 거.

아아, 오해하겠네, 거참. 놀라겠네, 우리 노쌤. 아이참.

"야, 네가 왜 나가냐?"

심드렁하게 물으며 나는 현관문을 향해 걸어갔다. 그때 다희가 내 쪽을 돌아보며 말했다.

"너무 시끄러워서. 오빠, 이 아줌마 뭐야? 누구야?"

발을 옮기며 나는 보란 듯이 다희의 허리에 팔을 둘렀다. 맹세컨대 이게 다희와의 첫 스킨십이다.

그때 노쌤의 갈색 눈동자가 날 발견했다. 그리고 이내 내 이름을 불렀다.

"심서석……!"

드디어 다시 만났다.

내 천사. 내 영웅. 내 사랑.

5년이나 지났다 해도 어떻게 저 얼굴을 잊을 수가 있겠는가. 꿈에도 그리던, 생각하는 것만으로도 심장을 죄어 오던 그 얼굴인데, 어떻게 잊을 수가 있겠는가.

나는 씨익 웃으며 다희에게 대답했다.

"오늘 처음 본 옆집 아줌마."

오늘부터 난 처음 본 옆집 아줌마랑 사랑에 빠져 보려고 한다.

— *The end*

작가 후기

안녕하세요. 루영이라고 합니다.

항상 머릿속에서만 상상하던 내용을 소설로 낼 수 있게 되어서
정말 기쁩니다.

제가 만들어 낸 설정이 현실적으로 굉장히 비난을 받을 수도
있는 것인지라 일부러 내용이나 문체 자체를 유쾌하게 하려고 노
력했습니다. 제가 개인적으로 유쾌한 글을 쓰는 걸 좋아하기도 하
고요.

이 소설 속 '노주의'는 실제 제 모습과 조금 닮아 있습니다.
가령 긴장을 하면 목소리가 차분해진다든가 생각과 입이 따로 논
다든가 하는 점이요. 저는 정말 좋아하는 사람 앞에선 더 차가워
지거든요. 그래서 연애를 잘 못해요. 흑흑.

저나 주의 같은 분들이 은근히 많을 거라 생각합니다. 그래서

그런 여주에게는 어떤 인연이 어울릴까 생각하다가 그 본모습을 그대로 알아주고 이해해 주는 '심서석'이라는 남주를 만들어 냈습니다.

현실에서는 서석이 같은 남자 만나기 힘들거든요. 말 안 해도 다 알아주는 남자요. 저도 정말 서석이 같은 남자 만나고 싶네요! ……힘들겠죠. 알아요.

어딘가에서 알콩달콩 잘 살고 있을 것 같은 주의와 서석이를 이쯤에서 보내 주고, 저는 또 다른 어여쁜 커플을 낳아 보겠습니다.

마지막으로, 항상 저를 응원해 주는 사랑하는 가족들과 친구들에게 고맙다는 인사 전하고 싶고요, 다향 로맨스 관계자분들과 제 개그코드 좋아해 주시는 정시연 팀장님께 감사의 인사를 전하고 싶습니다.

앞으로도 재미있는 소설 쓰도록 노력하겠습니다. 읽어 주셔서 감사합니다.

—루영 드림

그들에겐 주의가 필요해

초판 1쇄 찍음 2014년 12월 26일
초판 1쇄 펴냄 2015년 1월 2일

지은이 | 루 영
펴낸이 | 정 필
펴낸곳 | 도서출판 뿔미디어

편집장 | 이재권
기획 · 편집 | 정시연

출판등록 | 2002년 9월 11일 (제1081-1-132호)
주소 | 경기도 부천시 원미구 소향로 17, 303(두성프라자)
전화 | 032)651-6513 / 팩스 | 032)651-6094
E-mail | dahyangs@naver.com
블로그 | http://blog.naver.com/dahyangs
홈페이지 | http://bbulmedia.com

값 9,000원

ISBN 979-11-315-6148-5 03810

도서출판 뿔미디어 홈페이지 OPEN*!!*

안녕하세요.
지금껏 저희 뿔미디어를 응원해 주신
독자님들의 성원에 힘입어
이번에 새롭게 홈페이지를 오픈하였습니다.

저희 뿔미디어는 홈페이지에서 독자님들께서
보다 빠른 출간 소식과 미리보기 등
알찬 내용을 제공하기 위해 많은 노력을 기울였습니다.
또한 독자님들에게 도서 할인, 이벤트 등
다양한 혜택을 제공하고자 합니다.

저희 뿔미디어 홈페이지 오픈을 계기로
한층 더 독자님들과 가까워질 수 있는 기회가 되었으면 합니다.

보다 많은 관심과 사랑 부탁드리며,
앞으로도 더 좋은 컨텐츠 제공에 힘쓰도록 하겠습니다.

감사합니다.

-도서출판 뿔미디어 올림-

www.bbulmedia.com